KB055816

예지몽으로 히든랭커 10

2021년 9월 10일 초판 1쇄 인쇄
2021년 9월 15일 초판 1쇄 발행

지은이 이현비
발행인 김정수 강준규

기획 이기헌 왕소현 박경무 강민구
책임편집 백승미
마케팅지원 배진경 임혜솔 송지유 이영선

발행처 (주)로크미디어
출판등록 2003년 3월 24일
주소 서울시 마포구 성암로 330 DMC첨단산업센터 318호
Tel (02)3273-5135 **편집** 070-7863-8595 **Fax** (02)3273-5134
홈페이지 rokmedia.com **E-mail** rokmedia@empas.com

ⓒ 이현비, 2021

값 8,000원

ISBN 979-11-354-9548-9 (10권)
ISBN 979-11-354-9382-9 04810 (세트)

예지몽으로
히든랭커

이현비 게임 판타지 장편소설

CONTENTS

후와 토벌(1)

　가온은 당장 자치위원들을 만나서 논의에서 나온 사항들을 전해 주었고 그들도 동의를 해서 용병, 모험가, 헌터 들은 물론 벌목꾼들까지 포함된 대규모 토벌대가 구성되었다.

　그 숫자가 무려 3천여 명에 달했으니 세이런 측에서도 사활을 건 것이나 다름없었다. 어차피 후와를 토벌하지 않으면 세이런의 미래도 없으니 어쩌면 당연한 결정일 수도 있었다.

　온 클랜이 이끌기로 한 토벌대의 전력은 세이런이 동원할 수 있는 한계나 다름없었다. 성에서 난다 긴다 하는 이들은 모두 참여했다.

　총인원은 3천여 명이지만 가온은 1천여 명을 전투대로 편성했다. 다만 출신이 다양하기에 노라, 말톤, 그리고 벌목길드의 길드장인 디악으로 하여금 3분의 1씩 지휘하도록 했다.

경지와 상관없이 마법을 쓸 수 있는 50여 명은 지원대로 편성해서 원거리 딜러 및 치료 임무를 맡도록 했다.

나머지 2천여 명 중 절반은 노련한 벌목꾼이자 사냥꾼이었고, 나머지 절반은 세이런과 인근에서 피난 온 이들 중에서 건강하고 활을 다뤄 본 이들이라서 도끼와 함께 활이나 석궁을 지급했다.

마지막으로 마법사들을 제외한 온 클랜원들과 검기 입문자 이상의 실력을 가진 30여 명은 별동대로 운용하기로 했다.

토벌대는 아침 일찍 성을 나서 빠르게 오크라강을 건넜다. 선착장 인근에는 더 이상 콰르가 없었기 때문에 세이런이 보유한 모든 배가 동원되어서 빠르게 도강할 수 있었다.

마침내 도강을 마친 토벌대는 잠깐 정비하는 시간을 가졌다.

작전을 시작하기 전 짧게 지휘관 회의를 열었다. 정찰을 위해서 새벽에 먼저 성을 나선 노련한 사냥꾼들과 퍼슨 그리고 스톤이 막 돌아온 직후였다.

"정찰대원들의 보고에 의하면 이 지역을 장악한 후와 무리는 대략 5천여 마리라고 합니다."

"그럼 암컷과 새끼를 제외하면 우리가 상대할 성체는 대략 3천 마리 정도겠네요?"

에지몽으로
히든랭커

세이런 측 대표 중 한 명이자 전투대의 한 축을 이끌고 있는 노라의 질문이었다.

"그럴 것으로 예상됩니다. 그런데 희한한 사실이 있습니다. 자세히 정찰을 해 보니 놈들은 오크라강을 기준으로 내륙 쪽으로 대략 300미터 정도만 영역을 삼은 것 같습니다."

"온 대장님은 처음 듣는 사실이니 신기할 테지만 후와는 원래 강변에서 멀리 떨어지지 않습니다. 아무리 영역이 넓은 경우라도 강에서 3천 보 이상 떨어지지 않습니다."

말톤의 말을 통해 가온은 후와가 어떻게 급속히 영역을 확장했는지에 대한 이유 중 하나를 알 수 있었다.

개체수가 급격히 늘어나는 대신 강변에서 멀리 떨어진 곳까지 진출하지 않기 때문에 강을 따라 급속히 영역을 확장한 것이다.

"그렇군요. 아무튼 덕분에 토벌은 더 쉬워질 것 같습니다. 일단 우리가 할 일은 명백합니다. 별동대가 경계를 하는 후와들을 해치우고 벌목 과정에서 발생하는 소음이 거의 들리지 않는 곳까지 진출하면 바로 벌목을 시작하는 겁니다."

"세이런을 생각하면 벌목이 급하기는 하지만 굳이 토벌을 하는 과정에 벌목을 할 필요가 있을지 모르겠습니다. 위험한 일에 이렇게 많은 벌목꾼들을 동원하는 것도 좀 그렇고요."

벌목길드의 길드장인 디악이 내내 찌푸리고 있었던 얼굴

을 더욱 일그러뜨리며 물었다. 그 역시 자치위원이었지만 가온에게 벌목꾼들의 동원에 대한 설명을 듣지 못하고 따라온 것이다.

"그건 세이런의 재정을 위해서가 아닙니다."

"그럼 후와의 토벌에 꼭 필요한 일이란 말입니까?"

"그렇습니다. 숲에서 후와를 사냥하는 건 무척 어렵습니다."

"그럼 후와를 넓은 벌목 지역으로 끌어내기 위해서인가요?"

노라가 눈을 빛내며 물었다.

"그렇습니다. 놈들이 오우거나 샤벨타이거와 같은 상위급 몬스터나 마수를 두려워하지 않는 이유 중 하나는 높은 나무 위에서 생체 방어막은 물론 뼈를 부술 정도로 단단한 열매를 던지는 공격 때문입니다. 일단 나무가 없는 지역으로 끌어내면 놈들은 궁사들의 밥이 될 수밖에 없습니다."

"아!"

수뇌부에 포함된 세이런 측 인사들은 일제히 탄성을 질렀다.

"그래서 노련한 벌목꾼 외에 활이나 투창을 다루어 본 이들을 요구한 거군요?"

물어보고는 있었지만 말톤의 말이 정답이었다.

"그렇습니다. 놈들을 상대하려면 최소한 폭과 길이가 각각

300미터 정도 되는 공간을 말끔하게 벌목을 해야 합니다. 틈틈이 화살이나 투창에 필요한 목창도 만들어야 하고요."

"이해했어요!"

노라의 말과 함께 다른 이들의 고개가 자연스럽게 끄덕여졌다.

"시작하겠습니다!"

가온의 말이 떨어지자 오크라강 변에 모인 3천여 명은 긴장한 얼굴로 속속 숲으로 사라지는 별동대의 뒤를 열망 가득한 눈으로 쳐다보았다.

그중에서도 무기를 들고 있는 1천여 명의 시선은 남달랐다.

"정말 성공할 수 있을까요?"

"숲이라는 지형에서는 샤벨타이거도 후와를 당해 낼 수 없는데……."

"그래도 믿어 봐야지. 온 대장은 콰르를 혼자 사냥한 강자이고 나머지 대원들도 수중 던전을 클리어하는 데 큰 역할을 했잖아."

소곤거리며 대화를 나누는 그들의 눈에는 숨길 수 없는 기대감과 두려움 그리고 근심이 가득했다.

그렇게 걱정과 기대를 받으며 숲으로 들어간 별동대원들은 10미터 간격으로 나란히 늘어섰다. 물론 가온은 먼저 은신 스킬을 펼친 상태로 나무 위로 올라간 상태였다.

얼마 후 '툭' 하는 소음과 함께 강과 가장 가까운 가장자리에 위치한 패터의 앞쪽에 후와 한 마리가 떨어졌다.

패터는 최대한 기척을 죽이며 달려가서 후와의 목을 향해 창을 꽂았다.

"이런! 죽었잖아!"

후와의 머리통에는 이미 구멍이 뚫린 채 피와 뇌수가 흘러나오고 있었다.

'그런데 대장은 대체 뭐로 이런 구멍을 만든 거지?'

화살이나 볼트가 뚫고 들어간 구멍은 아니다. 둘 다 빠르고 곧게 날아가도록 깃을 달기 때문에 목표를 완전히 관통하는 경우는 별로 없었다. 힘이 남더라도 깃 부분은 남는 것이 보통이었다.

하지만 지금 후와 사체에는 머리에 손가락 굵기의 직경을 가진 구멍이 뚫려 있을 뿐 투사체의 흔적은 전혀 찾아볼 수 없었다.

가온이 지난 열흘에 걸쳐서 심혈을 기울여서 수련한 마나탄의 존재를 알지 못하는 패터로서는 이 부분이 수수께끼였다.

그렇게 10미터 간격으로 늘어서서 천천히 전진하는 별동대원들은 나무에서 추락하는 후와들을 조용히 끝장내고 있었다.

처음에는 즉사한 놈들이 대부분이었지만, 시간이 흐르면서 머리에 피를 흘리며 추락하긴 했지만 살아 있는 놈들이 많아졌다.

그건 초반에는 마나탄의 위력을 최대로 높였던 가온이 대원들의 실력을 믿기도 했고 마나의 소모를 줄이려는 목적으로 위력을 낮췄기 때문이다.

그래도 추락했을 때 비명을 지르거나 경고성을 지르는 놈들은 없었다. 보통 5미터 이상의 높이에서 머리에 강한 충격을 받고 추락했으며 놈들이 미처 정신을 차리기 전에 대기하고 있던 대원들이 마무리를 했기 때문이다.

그렇게 가온이 폭 300여 미터 구간을 좌우로 이동하면서 마나탄으로 후와를 맞혀 떨어뜨리면 클랜원들이 마무리를 하는 방식으로 토벌이 진행되었다.

그럼에도 불구하고 10미터 간격으로 전진하는 별동대원들은 바빴다. 그만큼 가온이 횡으로 이동하면서 빠르게 사냥을 했다.

3시간 정도가 지나자 처음 출발한 지점을 기준으로 대략 1킬로미터 미터를 전진할 수 있었다.

제대로 된 딜러가 가온 하나뿐이라는 사실을 고려하면 엄청난 성과였다.

별동대원들에게도 휴식을 줄 겸 투명 날개를 장착한 상태로 하늘 위로 날아간 가온이 신호탄을 터트렸다.

'이젠 벌목을 시작하겠지.'

숲에서 1킬로미터 정도 떨어지면 어지간한 소음은 들리지 않는다. 당연히 후와들도 벌목하는 소리를 듣지 못할 것이다.

쿵! 쿵! 쿵!

1천여 명에 달하는 노련한 벌목꾼들의 도끼질이 이어지자 몇 년 사이에 가구와 건축용 최상급 자재로 떠오른 거대한 카농 나무들이 차례로 쓰러지기 시작했다.

그러자 손도끼를 든 사람들이 달려들어서 가지를 말끔하게 쳐 내고 얇은 꼭대기 부분을 정리했다.

그다음은 젊은 청년들 차례였다. 그들 중 일부는 말끔하게 정리된 통나무들을 힘을 합쳐서 들어 강변까지 날랐고 일부는 가지 등 잔해들을 한곳에 모아서 쌓았다.

그사이에 처음 벌목을 했던 노련한 벌목꾼들은 칼을 들고 적당한 나뭇가지를 골라서 투창용 목창을 만들기 시작했다.

그렇게 역할을 나누어 작업을 하는 2천여 명의 벌목꾼들의 앞쪽에는 1천여 명이 무기를 들고 대기하고 있었다. 혹시 나무가 넘어가는 소리에 자극을 받은 후와들이 몰려올 경우를 대비한 용병들과 헌터들이었다.

하지만 그들이 활약할 기회는 오지 않았다. 생각보다 온 클랜의 전진 속도가 빨라서 후와 무리가 벌목할 때 나는 소음을 듣지 못한 것이다.

그렇게 해가 질 때까지 이어진 사냥으로 500여 마리의 후와가 죽었고, 벌목된 나무는 2천여 그루나 되었다.

이로써 오크라강과 인접한 가로세로 300미터의 구간이 완전히 벌목이 되었다.

사냥과 작업을 마무리한 사람들 중 절반은 정리하고 나온 나뭇가지들로 길이 300미터에 너비 20미터의 거대한 목책을 완성시켰다.

그렇게 벌목을 하고 목책을 완성시킨 사람들은 해가 지기 시작하자 가온의 명령에 따라 목책 안으로 들어갔다.

안전을 생각하자면 세이런에서 하루 자고 다시 오는 쪽이 나았지만, 강을 건너야 한다는 점과 작업 효율을 생각하면 이곳에서 숙영을 하는 편이 더 좋았다.

무려 3천여 명이나 되는 대인원이지만 제대로 된 건물은 없었다. 대형 천막을 치고 삼사십 명 정도씩 자기로 했었다.

앞으로 계속 이동을 할 텐데 건물을 짓는 건 무리였다.

모두들 육포와 건과로 식사를 하고 교대로 잠을 청했다. 긴장한 상태로 벌목을 했기에 피곤하기도 했지만, 언제 후와들이 이상을 감지하고 쳐들어올지 모르기 때문이었다.

종일 후와를 사냥했던 온 클랜원들도 몸이 노곤한지 식사를 마치자마자 잠을 청하거나 로그아웃을 했다.

하지만 가온은 잠 대신 연공을 시작했다. 청뇌명상법을 운용하면 몸과 정신의 피로를 말끔하게 풀 수 있기도 했지만, 사냥한 500여 마리의 후와를 대상으로 파워 드레인 스킬을 펼친 후라서 공을 들여서 연공을 해야만 했다.

후와 사체는 앙헬이 따로 챙겼다.

불침번은 따로 운용이 되었지만 첫날 밤 가온은 한숨도 자지 않았다. 정령들도 교대로 소환해서 경계를 했다.

본격적인 전투는 이틀째 아침 사냥을 시작할 무렵에 벌어졌다.

'무려 1천여 마리가 사라졌으니 난리가 안 나면 이상한 거지.'

가온은 숲을 가득 채운 후와의 물결을 하늘에서 내려다보며 신호탄의 줄을 잡아당겼다.

꽝! 쉬이잇!

벌목의 소음을 뚫고 들을 수 있는 강력한 폭음과 함께 노란 연기가 하늘로 올라갔다.

전날에 이어 카농 나뭇가지로 화살과 창을 만들다가 신호를 확인한 사람들은 서둘러 임시 숙영지까지 빠르게 후퇴했다. 물론 경계를 맡은 이들까지 황급히 숙영지로 달려갔다.

목책 안으로 들어간 사람들은 후와들을 맞이할 준비를 했다.

온 클랜원들을 포함한 전투대원 1천여 명은 무기를 들고 목책 바로 뒤에 포진을 했고, 나머지 2천여 명도 활과 석궁, 그리고 어제 종일 만든 목창을 꺼내 들었다.

밀림에서 벌목을 하는 일은 무척 위험했다. 당연히 건장한 몸과 기본적인 전투력은 갖추어야만 했다. 그리고 벌목꾼이 준비할 수 있는 가장 효과적인 무기는 바로 활과 화살이었다.

얼마 후 사람들은 벌목을 한 300여 미터의 구간의 외곽까지 접근한 후와 무리를 볼 수 있었다.

동료들을 찾아 나섰다가 인간의 체취를 맡고 흥분한 후와들은 나무 사이로 모습을 드러내더니 넓은 지역의 카눙 나무들이 벌목된 것을 보고 화가 났는지 뾰족하고 날카로운 송곳니를 드러내며 투기를 방출했다.

그런데 그 수가 4천에 달했다. 어제 가온과 별동대가 처리한 숫자가 거의 500마리에 가까우니 정찰 보고와는 큰 차이가 있었다.

비록 300미터 정도의 거리를 두고 있지만 숲 사이로 빠져나온 4천여 마리의 후와가 머리를 쭈뼛하게 만드는 기성을 지르며 금방이라도 달려올 것 같은 모습을 보자 사람들은 자신도 모르게 마른침을 삼켰다.

그때 가온이 목책으로 내려온 후 은신을 풀고 사람들에게 외쳤다.

"3천이든 4천이든 다 죽여야 하는 대상일 뿐입니다! 작전 대로만 하면 모두 죽일 수 있으니 두려워할 필요가 없습니다! 우리는 이미 어제 하루에만 아무런 피해도 없이 500여 마리를 죽였습니다!"

가온의 외침에 사람들은 비로소 막연했던 두려움을 떨쳐 버릴 수가 있었다.

"콰르를 사냥한 온 클랜이 우리와 함께하고 있어요! 겁먹을 필요가 전혀 없어요!"

노라가 타이밍에 맞게 소리를 치자 사람들의 사기가 빠르게 올라갔다.

그만큼 세이런 사람들에게 콰르는 공포의 존재였고 그런 존재를 사냥한 온 클랜이 함께하고 있다는 사실은 큰 용기를 준 것이다.

둥! 둥! 둥!

디악의 신호에 나이가 많은 벌목꾼들이 북을 두드리기 시작했다.

그러자 고양감에 휩싸인 인간들이 목책이나 다른 무기에 자신의 무기를 두드리며 기성을 지르기 시작했다.

기세는 올리고 있었지만 인간 측은 임시 숙영지 밖으로 나갈 생각이 전혀 없었다. 그러니 양측은 벌목된 구간을 사이에 두고 투기를 발출하며 기세만 올리고 있었다.

인내심이 부족한 쪽은 당연히 후와들이었다. 놈들은 자신들의 터전이 되어 주던 카농 나무 상당수를 벌목한 인간들에 대한 증오심을 감추지 못하다가, 보스의 로어가 울려 퍼지자 무서운 기세로 숙영지 쪽을 향해 달려왔다.

'엄청나네!'

다시 은신한 상태로 하늘로 날아올라간 가온이 내려다보니 아주 장관이었다. 엄청난 숫자의 후와 떼가 임시 숙영지를 향해 쇄도하고 있었다.

정찰대는 기껏해야 3천여 마리라고 했지만 지금 보니 4천 마리가 훨씬 넘었다. 거의 5천 마리에 육박하는 것 같았다.

하지만 오와 열을 맞춘 것도 아니고 광기에 취해서 저마다 다른 속도로 맹렬히 달려오고 있는 것에 불과했다.

'그나저나 일종의 주술에 걸린 모양이네.'

벌목 구간에 진입하여 목책을 향해 내달리는 후와들은 대부분 눈이 붉게 변했고 근육이 터질 듯 부풀어 오른 모습으로 가공할 살기를 발출하고 있었다. 버서커 주술에 걸린 오크와 비슷한 상태로 보였다.

가온은 그 현상을 보고 후와들이 스밀로돈이나 레오파드와 같은 마수들을 물리치고 숲의 지배자가 된 이유를 알 수 있었다.

나무를 잘 탄다는 이점 외에도 근육이 잘 발달한 몸은 아주 위협적이었다. 일반 성체만 해도 오크보다 훨씬 더 강해 보였으니 말이다.

가온은 은신을 풀었다. 하늘에 신경을 쓰는 후와들은 없었고, 마나탄을 쏘게 되면 은신 스킬은 자연스럽게 해제되기 때문에 굳이 유지할 필요가 없었다.

가온은 후와 무리의 선두가 임시 숙영지와 150여 미터까지 접근했을 때 아래를 향해 하강 비행을 시작했다.

'역시 보스는 없군.'

후와 보스는 숲을 빠져나오지도 않았다. 100마리에 한 마리 꼴인 중간 보스들이 후와들을 이끌고 있었다.

미끄러지듯 부드럽게 하강 비행을 하는 가온의 손가락 끝에서 마나탄이 빠른 속도로 발출되었다.

퍽! 퍽! 퍽!

가온의 손가락 끝에서 마나가 농축된 탄환이 발사될 때마다 위협적인 기성을 지르며 무리를 이끌던 중간 보스들이 머리통에 구멍이 뚫리며 죽어 가기 시작했다.

하지만 모종의 주술로 인해 광기에 빠진 상태로 인간들을 향해 달려가고 있는 후와들은 그런 일이 발생하는 것도 모르고 있었다.

선봉에서 적을 공격하면서 명령을 내려야 하는 중간 보스들이 그렇게 쓰러지자 바로 주변에 있던 후와들은 당황했지만, 뒤에서 달려오는 동료들 때문에 어쩔 수 없이 임시 숙영지를 향해 달릴 수밖에 없었다.

결국 후와들이 목책과 100미터까지 접근하자 정령사 대원들은 미리 소환해 두었던 대지의 정령들로 하여금 벌목 구간의 정중앙에 해당하는 구간의 대지를 차례로 솟구치게 만들었다.

높이가 대략 5미터에 달하는 흙이 횡으로 빠르게 솟구치며 300미터에 달하는 긴 둔덕이 만들어지자 4천여 마리의 후와는 두 무리로 나뉘고 말았다. 5미터 높이라고는 하지만 갑자기 생긴 장애물로 인해서 속도에 차이가 난 것이다.

그렇게 만들어진 둔덕은 하나가 끝이 아니었다. 앞뒤로 한 개씩 더 만들어져서 후와 무리는 총 네 무리로 분리가 되어 버렸다.

이제 후와 무리는 대략 1천여 마리씩 총 네 무리로 나뉘었고 무리 사이에는 30미터 정도의 거리가 생겨났다.

피이잇! 파앙!

폭음과 함께 하늘에 붉은색 연기가 피어오르자 목책 뒤에 몸을 숨기고 있었던 벌목꾼들이 활과 석궁을 들고 일어났다.

무려 2천여 명이나 되는 벌목꾼들은 조밀한 간격으로 선 채 1천여 마리로 이루어진 첫 번째 무리의 접근을 기다렸다.

"쏴!"

후와 선두가 미리 표시를 해 둔 지점, 즉 목책과 70보 거리에 도달하는 순간 벌목꾼들이 일제히 볼트와 화살을 쏘기 시작했다.

직사와 곡사라는 차이는 있지만 석궁과 활의 사거리는 대략 300보에 달하기 때문에 그 범위 안에 드는 놈들은 모두 목표가 될 수밖에 없었다.

　비록 후와가 높이 도약하고 빠르게 이동할 수 있으며 송곳니와 손톱 그리고 발톱이 날카롭고 예리하다고 해도 이렇게 거리가 떨어져 있고 벌목으로 인해서 엄폐물이 별로 없는 환경이라면 원거리 딜러들의 밥이 될 수밖에 없었다.

　끼이잇!

　꺄아앗!

　후와들은 날카롭고 구슬픈 비명을 지르며 쓰러지기 시작했다. 목책을 향해 쇄도하던 파도의 앞부분이 순식간에 꺾여 버렸다.

　"파이어 볼!"

　후와들이 몰려 있는 부분으로 날아간 마법 공격들은 한 번에 수십 마리의 후와를 집어삼켰다. 마법사들에게 놈들은 살아 있는 표적이나 다름없었다.

　하지만 집단 광기에 빠진 놈들은 자신의 상처나 동료들의 죽음에도 아랑곳하지 않고 목책을 향해 내달렸다.

　그런 놈들을 향해 벌목꾼들은 손가락에 피가 맺히도록 창을 던지고 화살과 볼트를 쏘았다. 너무 숫자가 많아서 대충 조준만 하면 되었기 때문에 빠르게 연사하는 데만 신경을 썼다.

방어는 걱정할 필요가 없었다. 놈들이 너무 가까워진다 싶으면 대지의 정령들이 땅이 요동치며 놈들의 균형을 흔들었다.

그럼에도 불구하고 선두는 죽거나 부상을 당한 동료들의 몸을 밟고 목책과 10미터 거리까지 접근하는 데 성공했다.

10미터 거리는 후와들에게 몇 번만 도약하면 도착할 수 있는 가까운 거리였다.

하지만 그때 선두의 발밑이 무너졌다.

후와 선두는 깜짝 놀라 기성을 지르며 5미터 아래의 구덩이로 추락했다.

추락했다고 죽을 정도는 아니었지만 떨어진 충격에 이어 연이어 추락하는 동료들 때문에 쉽게 오르기는 힘들었다.

어젯밤 늦게 정령사들이 물의 정령으로 하여금 미리 목책과 가까운 땅을 충분히 적시도록 해서 무르게 한 다음 일시에 무너지게 만드는 방식으로 미리 함정을 만들어 둔 것이다.

하지만 충분히 거리가 가까워진 만큼 구덩이를 빠져나온 놈들이 목책에 도착하는 것은 시간문제였다.

그런데 벌목꾼들의 화살과 볼트는 목책과 가까워진 놈들이 아니라 그 뒤편에서 달려오는 두 번째 무리를 향해 날아갔다.

한편 구덩이에 빠졌다가 겨우 빠져나온 첫 번째 무리의 후와들은 화가 났는지 더욱 흉포한 기세를 뿜어내면서 목책 쪽으로 달리기 시작했다.

그때 뒤에 대기하고 있던 1천여 명의 전투대원들이 나섰다.

그들의 손에는 벌목꾼들이 어제 만든 목창이 들려 있었다.

쐑! 쐑!

마나가 주입된 목창들은 구덩이에 빠졌다가 겨우 기어 올라와 목책을 향해 다시 달려오기 시작한 후와들을 향해 무서운 속도로 날아갔고 대부분 놈들의 머리와 몸통에 깊이 박혔다.

목창이기는 했지만 마나를 사용하는 이들이 온 힘을 다해 던졌고, 워낙 놈들의 간격이 조밀해서 빗나가는 것은 거의 없었다.

순식간에 목책 전 구간에 걸쳐 400여 마리의 후와들이 목창에 꿰어 쓰러졌다.

즉사하지는 않았지만 심한 고통에 몸부림치며 비명을 지르는 후와들은 그제야 집단 광기에서 깨어나 도망을 치려고 했지만 때는 이미 늦었다.

이제 구덩이 앞까지 도착한 1천여 마리도 마찬가지였다. 겨우 구덩이를 뛰어넘은 놈들도 있었지만 대부분 날아오는 창과 화살 그리고 볼트를 피하지 못하고 궤멸되고 말았다.

그때 다시 폭음과 함께 하늘에 노란 연기가 피어올랐다.

"전투대는 목책 밖으로 나가서 후와들을 처리해라!"

"와아아!"

이런 순간만을 기다리고 있던 전투대원 1천여 명이 거의 동시에 목책을 뛰어넘어 갔다.

그들은 무기에 마나를 담아 거침없이 휘둘렀고 정령사들이 만든 함정에 빠졌다가 기어 나오는 놈들은 속속 치명상을 입고 죽어 갔다.

그런 놈들은 동료들의 지원을 간절하게 기다렸지만 헛된 기대였다. 세 번째 무리가 도착하는 것보다 전투대원들의 무기가 먼저 놈들을 향해 날아왔다.

그렇게 두 무리를 정리한 전투대원들은 흥분을 간신히 누르고 즉각 목책으로 되돌아갔다.

하늘을 날고 있는 가온은 마나탄으로 눈에 띄게 체구가 큰 준보스들을 죽이는 한편 카오스로 하여금 솟구친 흙벽을 더욱 높이는 방법으로 나머지 두 무리 사이의 간격을 더욱 벌리도록 했다.

'이 정도면 됐어!'

1천여 마리로 나뉜 후와 무리의 간격이 50보 정도로 벌어지자 가온은 카오스를 불러들였다. 그 정도면 3천여 명이 충분히 사냥을 할 수 있었다.

'내가 할 일은 따로 있지. 녹스!'

녹스를 소환한 가온의 시선은 숲 안쪽에서 지켜보다가 상황이 답답했는지 이제 막 움직이려는 후와 보스 일행에게 쏠려 있었다.

후와 보스는 덩치가 일반 후와의 두 배에 달하는 암컷 세 마리와 친위대로 보이는 100여 마리의 준보스와 함께 나무 위에서 전장을 노려보고 있었다.

'녹스, 저놈들에게 독을 뿌려 줘.'

후와 보스와 친위대로 보이는 준보스들과 암컷들까지 합해서 100여 마리로 이루어진 무리를 가리키며 부탁했다.

-히힛! 알았어!

녹스가 두 쌍의 날개를 힘차게 흔들어 후와 무리를 향해 날아가고 얼마 후 독에 당한 후와들이 속속 쓰러지기 시작했다.

크와아아!

다른 놈들과 마찬가지로 잠깐 비틀거렸던 후와 보스의 눈이 시뻘겋게 변하더니 체구가 커지기 시작했다. 놈 역시 거대화 스킬을 사용할 수 있었다.

키가 8미터까지 커진 놈은 독을 해독했는지 멀쩡해졌는데 이젠 녹스의 존재를 알아차렸는지 그녀가 날아다니는 곳을 향해 주먹질을 하며 쫓아다니기 시작했다.

뭐 녹스가 일부러 날개를 사용하기는 했지만 원래 정령은 순간이동을 하는 존재라 그런 공격은 아무 소용도 없었지만 말이다.

녹스는 그러라고 시킨 것도 아닌데 놈을 잔뜩 약 올려서 멀리까지 끌고 다녔다.

그 모습을 본 가온은 피식 웃으며 흑검 대신 파르를 창으로 변형시키고 마나를 주입해서 창기를 생성했다.

일단 보스를 상대하기 전에 거추장스러운 놈들부터 처리를 해야만 했다.

가온은 창기를 이용해서 중독이 되어 정신을 제대로 못 차리는 암컷 후와들부터 시작해서 준보스들의 숨통을 빠르게 끊어 놓았다.

녹스가 뿌린 독을 해독하고 행여 합공이라도 하게 되면 골치가 아팠다.

얼마 후 100여 마리에 달하는 친위대와 암컷을 모조리 죽이는 데 성공한 가온은 파워 드레인 스킬까지 써서 마무리를 했다.

녹스는 그때서야 가온 곁으로 돌아왔는데 안 그래도 녹스 때문에 화가 잔뜩 난 후와 보스는 암컷들과 부하들이 모조리 죽어 있는 것을 보고 완전히 돌아 버렸다.

"와라!"

주변은 이미 녹스를 쫓아다니던 후와 보스가 그 거대한 몸으로 부딪히고 주먹과 발로 걷어차는 바람에 나무들이 거의 다 쓰러져 넓은 공터가 만들어진 상태였다.

이런 상태에서는 골드비를 활용할 수가 없었다. 아니, 애초 그런 생각은 하지 않았다.

'내가 얼마나 더 강해졌는지 확인해 보자!'

열흘 동안 수련한 소드 마스터리 중에서는 창술의 진전이 가장 빨랐다.

지력이 높아져서 그런지 시리우스 창술과 폴루스 창술의 오의를 쉽게 이해할 수 있었고 스킬 레벨도 A로 올라간 상태에서 3레벨이 되었다.

'그 전에 다리 한 짝은 못 쓰게 해야지.'

자신을 향해 달려오는 후와 보스를 향해 왼손 중지로 마나탄을 세 번 연이어 쏘았다.

팍! 팍! 팍!

동체 시력을 벗어나는 빠르기로 날아간 마나탄들은 후와 보스의 오른쪽 무릎을 차례로 뚫고 지나갔고 놈은 달려오다가 그대로 엎어졌다.

놈은 금방 다시 일어났다. 하지만 뚫린 세 구멍은 빠르게 재생되지 않았고 당연히 몸을 제대로 움직일 수 없었다.

10미터 길이의 장창으로 변환한 파르가 그런 놈의 급소를 집요하게 노렸다. 아무리 재생력이 강력해도 심장이나 머리에 큰 구멍이 뚫리면 죽을 수밖에 없었다.

놈도 그것을 아는지 가온의 얼굴보다 큰 두꺼운 손으로 파르를 막았다.

그런데 놀랍게도 거대화된 놈의 방호력이 얼마나 높은지 창기에도 쉽게 손바닥을 뚫을 수 없었다.

그러고 보니 다른 부위와 달리 놈의 손바닥에 오러막이 생성되어 있었다. 단순히 몸만 거대해지는 것이 아니라 마나를 사용하는 능력까지 높아지는 모양이다.

'뭐 나야 상관없지만.'

가온은 파르를 휘두르고 찌르는 사이에 간간이 왼손 중지로 마나탄을 날렸는데, 놈은 그것들은 막지 못했다. 너무 빠르기도 했지만 오러막으로도 막을 수가 없었다.

'마나탄의 위력이 생각 이상이네.'

창기를 능가할 정도이니 위력이 어마어마했다.

덕분에 가온은 후와 보스를 상대로 여유 있게 두 창술을 번갈아 펼칠 수 있었다. 몸이 멀쩡해도 밀리지 않을 텐데, 지금은 마나탄으로 인해 놈의 움직임이 제한된 상태였다.

마나탄에 정신이 팔린 후와 보스는 아주 쉬운 상대였다. 5분 정도가 지나자 마나탄에 정신이 팔린 후와 보스는 더 이상 오러를 제대로 활용하지 못하고 심장은 물론 머리통에 몇 개의 구멍이 난 상태로 죽어 버렸다.

거대화 스킬

    몸이 원래대로 돌아온 후와 보스를 상대로 파워 드레인 스킬을 펼치자 순도 높은 에너지가 물밀듯이 쏟아져 들어왔다.

    가온은 던전을 클리어한 후 자신이 비약적으로 강해졌다는 사실을 실감할 수 있었다. 이전에는 유인을 해서 골드비를 풀어 겨우 사냥했던 후와 보스를 이제 순수한 자신의 역량으로 사냥할 수 있게 된 것이다.

    그렇게 죽은 놈을 상대로 파워 드레인 스킬을 펼치고 난 직후 가온은 익숙한 안내음을 들을 수 있었다.

    -후와 보스를 사냥하는 업적을 달성했습니다! 보상으로 스킬과 아이템을 획득합니다.

─레벨이 5 상승합니다!

처음 후와 보스를 사냥했을 때와 달리 이번이 두 번째라서 그런 건지 아니면 그만큼 자신이 성장해서 그런 건지 몰라도 5밖에 안 올랐다.

그런데 스킬 보상을 확인하던 가온의 눈이 커졌다.

거대화

등급 : A
상세
─거대화가 가능한 상대의 진혈 1리터를 흡수하면 거대화 스킬을 쓸 수 있다.
─마나 100으로 1분 동안 유지할 수 있다.
─거대화 시 거대화 비율에 맞게 육체 능력이 강화된다.

이전에 얻었던 거대화 스킬이 또다시 나왔다.

실망한 가온은 이번에는 구슬 형태의 아이템을 살펴보았다.

후와의 진혈

등급 : 유일
상세
─후와의 고유 능력 일부가 담겨 있다.
─복용 시 재생력이 높아지며 육체 능력이 전반적으로 향상된다.
─용량 1리터

나왔다!

거대화 스킬을 쓰려면 반드시 필요한 후와의 진혈을 얻은 것이다.

'그런데 이게 1리터나 된다고?'

손에 쏙 들어갈 크기의 붉은 구슬을 생각하면 믿기지 않는 내용이었지만 가온은 바로 입안에 집어넣었다.

후와의 진혈이라는 구슬은 침이 닿는 순간 바로 녹아서 목으로 넘어갔다.

"으윽!"

가온은 갑자기 온몸이 타는 것 같은 열기에 고통 어린 신음을 토했다. 목구멍부터 시작해서 온몸의 장기는 물론이고 근육과 뼈가 모조리 열기에 타 버리는 것 같은 강렬한 열감이 느껴진 것이다.

하지만 그 고통은 오래가지 않았다. 불과 몇십 초 만에 거짓말처럼 통증이 사라졌으니 말이다.

'뭐지?'

꼭 청뇌 명상법을 몇 번이나 거듭 운공한 것처럼 몸과 정신이 상쾌했다.

가온은 내친김에 빠르게 마나 연공과 마력 서킷까지 돌렸다. 예전이라면 모르지만 지금은 마음만 먹으면 불과 몇 분 만에 두 가지 연공을 끝낼 수 있었다.

'호오! 몸이 날아갈 것 같네.'

그만큼 몸 상태가 새로웠다.

심안으로 확인해 보니 마나로드가 이전보다 몇 배는 확장되었다. 그래서인지 마나를 이전보다 쉽게 운용할 수 있게 되었다.

신기한 마음에 상태창을 확인하니 스텟들이 전반적으로 크게 높아졌다.

지력과 관찰력 그리고 신성력을 제외한 모든 항목이 다 골고루 올랐다.

무엇보다 고무적인 변화는 마나가 1천, 마력이 500 정도 증가했다는 것이다.

'이게 파워 드레인 때문일까 아니면 진혈의 효과일까?'

아니, 두 가지 모두의 영향일 수도 있었다.

그렇게 보스가 포함된 후와 수뇌부를 처리한 가온이 비로소 상황이 어떤지 궁금해할 때 멀리에서 또 다른 후와들이 접근하는 기척이 느껴졌다.

'앙헬, 한번 가 봐!'

곧 돌아온 앙헬은 준보스 100마리가 이쪽으로 달려오고 있다는 소식을 알렸다.

'본거지에 남아 있던 놈들인가?'

그럴 가능성도 있지만 또 다른 무리가 돕기 위해서 소수 정예를 파견했을 수도 있었다.

'좋아!'

가온은 놈들을 대상으로 거대화 스킬을 시험해 보기로 결심했다.

거대화 스킬을 활성화시킨 가온은 자신의 변화를 심안을 통해 살펴보고 있었다.

피부 모공에서 긴 털들이 나오는 것이 가장 먼저 감지한 변화였다. 그리고 어디라고 할 수 없이 수많은 곳에서 세포들이 엄청난 속도로 증식하기 시작했다.

찌익! 찌익!

빠각! 빠각!

근육이 커지다 못해서 파열이 되고 다시 생성되면서 더욱 커졌다. 골세포 역시 맹렬한 속도로 증식하면서 기존의 뼈가 부서지고 새롭게 더 크고 단단한 뼈가 만들어졌다.

그런데 희한하게도 그런 과정을 겪으면서도 고통은 크게 느껴지지 않았다.

그의 머리에는 한 가지 생각밖에 없었다.

'나도 후와처럼 변하는 건가?'

그런 생각을 하고 있는 와중에 온몸의 근육이 터질 듯 확장되고 관절과 인대가 늘어나는 느낌이 들었다.

잠시 후 가온은 자신의 키가 10미터가 넘게 커진 것을 실감할 수 있었다. 아까 눈여겨보아 두었던 10미터 높이에 있었던 특이한 형상의 나뭇가지가 바로 눈앞에 있었다.

거대화에 성공한 것이다.

가온은 마누를 소환했다.

'마누야, 지금 내 모습이 어때? 후와와 비슷하니?'

미리 대처하질 못해서 방어구들이 모두 찢겨 나간 상태로 온몸에 긴 털이 밀생한 모습이 되었다는 것을 인지했기에 그렇게 묻는 것이다.

-비슷, 아니, 털이 많아지고 팔이 길어진 것을 제외하고는 그냥 온이야.

그렇다면 다행이다. 끓어오르다 못해서 폭발할 것 같은 엄청난 힘도 그렇지만, 지금 눈에 보이는 부위마다 잔뜩 펌핑된 근육들을 보면 아마 모 영화의 주인공과 비슷하지 않을까 싶었다.

그때 키가 3미터에 이르는 후와 준보스들이 언뜻 나무 사이로 보였다.

가온은 일단 마나탄 스킬부터 써 보았다.

'되려나 모르겠네.'

오! 된다!

원래 자신이 만든 마나탄은 콩알 크기에 불과했지만 지금 손가락 끝에 맺힌 그것은 원래 크기의 손에 딱 들어갈 정도의 크기였다.

파앙!

날아가는 속도도 달랐다.

퍽!

막 나무 사이로 모습이 드러난 후와 한 마리의 머리통이 그대로 사라졌다.

'이 스킬, 정말 대단하네!'

전신에 마나며 마력 그리고 정령력이 폭발할 것처럼 가득해서 그 어떤 일이라도 해낼 수 있을 것 같은 고양감에 휩싸였다.

가온은 마나탄으로 놈들을 해치우는 것은 너무 쉬운 것 같아서 흑검을 빼 들었다.

"에엥?"

원래 자신에게는 대검이었는데 지금은 너무 가볍고 작았다. 몇 번 휘둘러 봤는데 영 느낌이 살지 않았다.

짧은 궁리 끝에 그의 손에 들린 것은 얼마 전에 수중 던전에서 철심목으로 만든 대형 창이었다. 10미터 길이의 창대가 직경이 대략 50센티미터여서 거대화한 지금은 손에 딱 잡혔다.

그사이에 100여 마리의 후와 준보스들이 그를 포위했다. 멀리에서는 동족의 보스라고 생각했는데 가까이에서 보니 외모는 영락없이 놈들이 증오하는 인간의 그것이었다.

놈들이 흉흉한 눈빛으로 보스 이상으로 거대한 인간을 노려보았다. 그렇지만 몸집에서 큰 차이가 나는 만큼 본격적으로 달려들지 못하고 잠시 망설이는 사이에 가온이 먼저 움직였다.

숙!

이제 막 완성된 거대한 목창이 허공에 선을 그렸다가 다시 주인에게 돌아갔다. 비록 목창이었지만 강도가 강철보다 더 높은 철심목이었고 마나가 가득 주입되었기에 위력이 엄청 났다.

허공에 잠깐 나타났던 선이 사라지자 창에 맞은 후와 한 마리가 뒤로 날아갔다.

창에 담긴 힘에 멀리 날아가는 후와의 머리통은 더 이상 보이지 않았다. 목창에 담긴 힘이 그만큼 가공할 정도였다.

그 모습을 지켜 본 가온의 입 꼬리가 부들부들 떨렸다.

'미친! 이렇게 강력하다니!'

몸이 터질 것처럼 힘이 끓어오른다고 느꼈지만 근력이나 민첩이 이렇게 높아질 줄은 몰랐다. 가볍게 내지른 창의 위력이 이 정도일 줄은 상상도 못 했지만 너무나 만족스러 웠다.

'좋아!'

이렇게 되면 후와 준보스들을 쉬이 죽일 필요가 없었다. 거대화 스킬의 위력을 제대로 파악하는 기회로 삼아야 했다.

가온은 그때부터 두 가지 창술로 후와들을 농락하기 시작 했다. 준보스답게 녀석들 역시 거의 트롤에 준하는 뛰어난 육체 능력과 재생력을 가지고 있었지만 거대화한 가온의 힘과 속도를 따라잡을 수 없었다.

그나마 열 마리 정도는 근육을 잔뜩 부풀려서 키를 5미터까지 키웠는데, 거대화의 하위 버전 스킬로 보였다. 그런 놈들은 상대하는 맛이 있었다.

가온은 거의 무아지경에서 시리우스 창술과 폴루스 창술을 신들린 듯 펼쳐서 100여 마리의 후와 준보스를 학살하듯 죽였다. 그게 가능했던 것은 놈들이 어떤 주술에 걸린 것처럼 전혀 공포심을 느끼지 못하고 불나방처럼 가온을 공격했기 때문이었다.

거의 일방적인 학살이었음에도 숫자가 워낙 많아서 10여분이 흘러서야 상황이 끝나 갔다.

두 발, 혹은 네 발로 서 있는 후와가 한 마리밖에 남지 않았을 때 가온은 본능적으로 거대화 스킬이 해제되려고 한다는 감각을 느낄 수 있었다.

'그럼 마지막 공격이다!'

빠각!

목창으로 펼친 일점 찌르기 스킬로 마지막까지 남은 후와의 머리통이 산산이 부서졌다. 거의 보스에 근접한 능력을 가진 열 마리 중 마지막 놈이었다.

머리를 잃고 허물어지는 놈의 최후를 지켜보던 가온의 몸이 어느 순간 원상태로 급속히 줄어들었다.

"흐억!"

거대화 스킬이 강제로 해제되면서 몸이 원상태로 돌아왔다는 사실을 자각한 순간 가온은 그 자리에서 무너지듯 쓰러졌다. 마치 몸의 근육과 뼈가 모두 사라진 것 같은 감각이 느껴졌다.

하지만 그 감각에 이어 다른 감각이 찾아오자 그의 입이 벌어지며 고통스러운 신음이 희미하게 흘러나왔다.

'으악! 왜 이렇게 아픈 거야?'

온몸의 근육과 뼈가 모조리 파열되고 부러진 것처럼 처음 겪는 끔찍한 통증으로 인해서 손가락 하나 까닥할 수 없을 정도로 심한 탈력감은 조금 나중에야 느낄 수 있었다.

고통의 신음이나 비명조차 뱉을 수 없을 정도로 몸이 움직여지지 않았다.

가온은 그런 자신의 상태를 느끼는 순간 와락 겁이 났다. 마치 가위에 눌린 것처럼 몸에 힘이 들어가지 않은 것이다. 고통보다 힘을 잃었다는 사실이 더 두려웠다.

거기에 쓰러진 상태에서 눈에 들어온 피부를 보니 노인의 그것처럼 변해 있었다. 노화가 심각하게 진행된 것이다.

'이대로 있으면 죽는다!'

죽음을 목전에 두었다는 사실을 자각한 가온은 비로소 정신을 차릴 수 있었다.

'앙헬, 로열젤리!'

황급히 앙헬에게 의념을 보내 부탁을 한 가온은 거대화 스킬을 유지하는 데만 1천이라는 마나가 필요한 데 더해서 흥이 나는 바람에 마나를 한계까지 사용했다는 사실을 깨달을 수 있었다.

'설마 생명력이나 잠재력까지 끌어다 쓰는 건가?'

하긴 진혈 1리터로 거대화 스킬을 쓸 수 있다는 건 말이 안 된다. 거대화에 바탕이 된 에너지나 창술을 펼칠 때 사용한 에너지도 모두 자신의 육체가 오롯이 감당해야만 했다.

실제로 지금 그의 몸 상태는 최악이었다. 근육은 모두 파열되었고 뼈들도 거의 모두 부러지거나 금이 간 상태였다. 심각하게 노화가 진행된 피부 상태로 보건대 그게 확실한 것 같았다.

그래도 앙헬이 급하게 입안에 넣어 준 로열젤리를 얼마나 먹었는지 얼마 지나지 않아서 몸에 힘이 들어오기 시작했다.

"크윽!"

로열젤리의 효능과 재생핵에 담겨 있는 재생력이 발동하면서 몸의 고통이 서서히 줄어들었다. 근세포와 골수가 재생되면서 근육과 뼈가 정상으로 돌아오기 시작한 것이다.

겨우 몸을 움직일 수 있게 된 가온은 서둘러 자신이 죽인 후와 준보스들을 상대로 파워 드레인 스킬을 펼친 후 루틴대로 연공을 하기 시작했다.

그가 연공에 들어가자 앙헬과 세 정령이 밖으로 나와서 그를 호위했다.

　얼마 후 연공을 마치고 일어난 가온은 이전의 모습으로 회복이 되었음을 확인하고 안도했지만 한편으로는 아쉬움에 혀를 찼다.

　후와 준보스 100여 마리로부터 엄청난 양의 에너지를 흡수했기 때문에 정상적이라면 마나와 마력 그리고 정령력이 크게 증가했을 테지만, 지금과 같은 상황에서는 이전 상태로 회복하는 게 고작이었다.

　그래도 예상하지 못한 부작용은 있었지만 실제로 써 본 거대화 스킬의 위력은 대단했다.

　특히 몸집이 거대한 마수나 몬스터를 상대할 때의 효용은 엄청났다. 거대해진 육체만큼이나 전반적인 능력 역시 상향되었다.

　'하지만 겨우 10분 동안 스킬을 사용하고 이 꼴이 될 정도라면 활용도가 너무 낮아!'

　이렇게 되면 거대화 스킬을 자주 사용할 수가 없게 된다. 무리 없이 사용할 수 있는 시간은 기껏해야 1, 2분밖에 안 되었던 것이다.

　'방법이 없을까?'

　가온은 혹시 몰라서 상태창에 등록된 거대화 스킬의 설명을 자세히 확인했다.

　'역시 생각한 대로 내용이 추가됐어!'

동일한 스킬을 중복해서 얻어서 그런지 업그레이드가 되어 있었다.

거대화

등급 : A+
상세
-거대화가 가능한 상대의 진혈 1리터를 흡수하면 거대화 스킬을 쓸 수 있다.
-마나 50을 소모하여 스킬을 1분 동안 유지할 수 있다.
-거대화 시 거대화 비율에 맞게 육체 능력이 강화된다.
-동종의 진혈을 더 복용하면 거대화 효과가 커지며 육체의 내구성이 두 배씩 상승한다.

중첩의 효과로 인해서 스킬에 소요되는 마나의 양이 절반으로 준 것이 가장 먼저 눈에 들어왔지만 가온은 추가된 설명을 보고 크게 고개를 끄덕였다.

'마나도 마나지만 내구성이 약해서 이런 일이 벌어진 거야!'

상태창에는 표시되지 않는 항목이지만 육체의 내구성은 아주 중요하다. 내구성이 두 배로 상승한다는 것은 육체의 한계가 확장된다는 것을 의미했다.

'이번 기회에 육체의 내구성을 높여야겠네.'

토벌해야 하는 후와 무리는 아직도 많이 남았고 후와의 진혈은 보스를 사냥하면 나올 가능성이 높았다.

거대화의 후유증에서 완전히 벗어난 가온이 벌목 구간에 도착했을 때는 이미 토벌이 거의 끝나 가고 있었다.

가온은 자신이 있는 숲 쪽으로 정신없이 도망쳐 오는 후와들을 향해 마나탄을 쏘면서 상황을 더 파악했다.

그 넓은 벌목 구간, 특히 임시 숙영지와 가까운 곳에는 후와의 사체들이 둔덕처럼 쌓여 있었고 1천여 명의 전투대원들은 벌목 구간이 끝나는 곳까지 진출해서 달아나거나 부상을 입은 후와들을 사냥하고 있었다.

자신이 1천여 마리씩 분리를 해 두었고 위험할 수 있는 준보스들을 처리하긴 했지만, 이 정도의 토벌 성과를 거둘지는 몰랐다.

'세이런의 자체 전력이 상당하네.'

보스를 상대할 강자가 없을 뿐 준보스 정도는 상대할 수 있는 검기 입문자 이상은 40여 명이나 되었다. 특히 던전에서 나온 이들은 들어가기 전에 비해 실력이 한두 단계는 상승한 것 같았다.

숲으로 도망을 쳐 오는 놈들은 대부분 준보스나 그에 근접한 개체들이었다. 무리의 중간과 후미에서 집단 광기에 빠진 전사들을 독려하던 놈들로 보였는데, 화살과 볼트를 피해서 도망치고 있었다.

그런 놈들이 보스조차 피하지 못했던 마나탄을 피할 수는 없었다.

가온은 횡으로 빠르게 이동하면서 도망쳐 오는 놈들의 머리통을 향해 마나탄을 날렸고 3킬로미터 구간을 두 번 왕복하자 더 이상 그가 있는 숲을 향해 달려오는 놈들은 없었다.

　가온이 숲 밖으로 나와서 죽은 놈들을 상대로 파워 드레인을 거의 마쳤을 때 토벌이 끝난 것을 알리는 안내음이 들려왔다.

　레벨이 크게 올라가서 그런지 보스를 제외한 후와 무리의 수뇌부를 혼자 참살하다시피 했음에도 불구하고 레벨은 겨우 2밖에 오르지 않았다.

　'보상이 너무 짜네.'

　이전에 받았던 '유인원 학살자' 칭호가 다시 나와서 기존의 칭호와 융합이 되어 전투력이 40% 높아진 것을 빼면 고급 등급까지 적용되는 아이템 강화권 다섯 장이 끝이었다.

　후와 보스를 죽이고 받은 보상과 비교하면 너무 초라했다.

　'그러고 보니 후와 보스와 준보스들을 비교적 쉽게 사냥할 수 있었던 데에는 칭호의 효과도 한몫했겠네.'

　확실히 골드비와 골짜기 지형을 이용해서 사냥을 해야 했던 첫 번째에 비해서 쉽게 사냥할 수 있었다.

　대지의 정령들이 만든 세 번째 둔덕을 넘어가자 싸우다가 지친 모습으로 후와의 사체들이 널려 있는 전장 이곳저곳에 앉거나 누워서 휴식을 취하는 전투대원들을 볼 수 있었다.

"대장님!"

대원들이 가장 먼저 달려왔고 노라를 비롯한 세이런의 수뇌부들이 그 뒤를 따랐다.

"이쪽은 말끔하게 정리했습니다. 몇 마리가 도망을 쳤지만요."

타람이 토벌 상황을 보고했다.

"그놈들은 내가 처리했습니다."

"그럴 줄 알았습니다. 그런데 보스는요?"

"에이! 당연한 대장님이 죽였겠지. 끝내 안 나타났잖아."

로오에니의 말에 가온은 지친 얼굴로 고개를 끄덕였다.

"역시!"

대원들은 후와 보스의 사체를 보지 않아도 놈이 가온의 손에 의해 죽었다는 사실을 믿었다.

"온 대장님!"

뒤늦게 달려온 세이런의 수뇌부는 대원들의 말을 들었는지 환한 얼굴로 그를 맞이했다.

"다들 고생하셨습니다."

어쨌거나 이번 토벌의 총책임자는 가온이다. 그래서 고생한 사람들에게 인사를 했다.

"온 대장님, 정말 감사해요! 첫 토벌치고는 성과가 좋아요!"

노라가 지친 얼굴로 깊이 허리를 숙였다.

예지몽으로
히든랭커

수중 던전을 클리어하고 생존자들까지 구출해서 나온 온 클랜의 능력을 믿기에 한 의뢰지만 정말로 후와 무리를 토벌할 수 있을 줄은 몰랐다.

이건 그간 세이런이 시도한 수많은 토벌 중 성공한 첫 번째 사례가 될 것이다.

무엇보다 노라를 포함한 세이런 수뇌부가 만족한 사실은 희생자가 거의 없다는 사실이다. 부상자들이 제법 많기는 하지만 벌써 지원조가 이곳까지 도착해서 치료를 하고 있는 중이었다.

담담한 얼굴의 가온을 쳐다보는 세이런 측 수뇌부의 시선에는 경의가 가득했다.

이번 토벌에서 온 클랜의 정령사 대원들은 크게 활약했다. 대지를 솟구쳐서 4천여 마리의 후와를 각각 1천여 마리씩 네 무리를 나누었고, 함정은 물론 대지를 요동치는 방법으로 후와를 혼란에 빠뜨렸다.

하지만 이 토벌 성공의 열쇠는 바로 가온이었다. 그가 후와 보스를 포함한 수뇌부를 맡아 주었기에 나머지 놈들을 성공적으로 사냥할 수 있었다.

하지만 일부 시선에는 경외감과 더불어 한 가닥 의구심이 곁들여 있었다.

'그런데 온 대장의 실력이 정말 검기 실력자일까?'

생존자 중 누구도 알지도 못했던 수중 던전의 보스들을 혼자 사냥한 가온이 검기 실력자일 리는 없었다. 생존자들 중에는 검기 실력자가 몇 명 있었다.

세이런 측에서 늪 지형에 특화된 장비를 제공했고 하늘을 자유롭게 날 수 있는 비행 아이템을 보유하기는 했지만, 그것들로만 던전의 보스들을 모두 사냥할 정도는 절대로 아니었다.

결론은 가온이 검기 실력자가 아니라 완숙자 혹은 그 이상이라는 것이다.

'최소한 1급 기사다!'

후와 보스만 해도 그렇다. 8미터 이상의 거대한 체구에 몇 아름이나 되는 거목들도 주먹이나 몸통 박치기로 부술 수 있고, 심지어 길고 날카로운 손톱과 발톱으로 검기까지 쳐 낼 수 있어 2급 기사가 수십 명이 달려들어도 놈을 상대할 수 없었다.

그런 놈을 혼자서 죽였다면 2급 기사, 즉 검기 실력자는 절대로 아니었다. 왕국에도 몇 명 없는 소드마스터가 아니고서는 이런 결과가 나올 수 없었다.

하지만 가온이 2급 기사인 나크 훈의 제자라는 점을 고려하면 그런 판단은 유보해야만 했다. 게다가 이제 20대 중후반의 나이가 아닌가.

탄 대륙의 역사에서 그 나이에 소드마스터가 된 사례는 불과 세 번밖에 없었다. 그 세 명 모두 죽을 때까지 절대 강자로 이름을 떨쳤고.

'어쩌면 내가 살아 있는 전설을 보고 있는 건지도⋯⋯.'

노라는 그렇게 자신의 생각을 마무리할 수밖에 없었다.

토벌대는 그곳에서 꼬박 하루 반나절을 푹 쉬었다.

생각보다 부상자가 많았다. 가볍게는 활과 석궁을 쏘느라고 손가락과 손아귀가 나간 것부터 시작해서 직접 후와를 상대하다가 날카로운 손톱이나 발톱에 살이나 근육이 뜯겨 나간 경우까지 다양했다.

세이런 측에서 보유하고 있는 포션들을 몽땅 지원해 주었기에 망정이지, 안 그랬으면 마법사들이 공격 마법 대신 치료 마법만 줄곧 썼어야만 하는 상황이다.

그런데 이렇게 많은 부상자를 치료하는 데 정령사들이 큰 활약을 했다. 물의 정령이 만들어 낸 치료수가 포션의 효과를 배가시키고 치료 시간을 단축하는 데 큰 도움을 준 것이다.

그렇게 순조롭게 부상자들의 치료가 이루어지는 시간 동안 건강한 이들은 카농 나뭇가지로 화살과 창을 만드느라 정신이 없었다. 이번에 치렀던 전투에서 화살과 목창이 얼마나 큰 효과를 보였는지 몸으로 경험했다.

다행히 재료는 널려 있었다. 무엇보다 후와들이 무기로 쓰는 열매를 맺는 카농 나무는 곧고 단단해서 화살과 창을 만들기에 아주 적합했다.

　가온은 화살과 창에 더해서 커다랗고 두꺼운 방패를 만들도록 했다.

　"좋은 생각입니다!"

　벌목 구간에서 후와가 할 수 있는 공격은 도약을 해서 길고 날카로운 발톱이나 송곳니로 할퀴거나 물어뜯는 것이기 때문에 벌목꾼들의 경우 방패가 큰 역할을 할 수 있었다.

　가온의 지시에 사람들은 단단하면서도 가벼운 카농 나무를 이용해서 방패를 추가해서 만들기 시작했다.

　가온을 포함한 온 클랜원도 그 작업에 합류했다. 예외는 없었다. 방패야 누가 만들어도 비슷하지만 화살과 창의 경우 검기 실력자들이 더 정교하고 무게중심이 잘 맞는 물건을 만들 수 있었다.

　당연히 수없이 많은 후와의 사체는 도축할 여유가 없었다. 그저 마정석만 추출한 후 정령사들이 만든 거대한 구덩이 안에 던져 넣는 것으로 마무리할 수밖에 없었다.

　다들 놈들의 사체는 썩어서 새롭게 자랄 나무들의 좋은 양분이 될 거라고들 생각했다.

　하지만 그건 사실과 달랐다. 앙헬이 아주 신이 나서 후와 사체들을 대상으로 정혈을 뽑아내 흡수했으니 말이다.

　가온은 벌목 구간에서 죽은 사체들은 따로 챙길 생각이 없었다. 다른 사람들의 눈을 의식하지 않을 수가 없었다.

아무튼 사람들은 세이런의 지원을 통해 잘 먹고 잘 쉬면서 전력을 회복하는 데 집중했다.

가온은 사람들이 휴식을 하는 동안 따로 움직이면서 주위의 맹수들이며 마수들을 샅샅이 찾아서 청소를 했다. 그 과정에서 먹을 수 있는 것들을 챙기는 것이야 당연했고 말이다.

다음 후와 무리는 이미 인간의 공격에 대비를 하고 있었다. 지원 요청을 받고 준보스들을 파견했지만 돌아오지 않았고 공격받은 무리에서 얼마 안 되는 암컷들과 새끼들이 도망쳐 온 것이다.

하지만 놈들의 대비는 소용이 없었다. 토벌대도 준비를 갖추고 있었다.

두 번째 무리의 영역과 가까운 지역부터 벌목 작업과 목책을 두른 숙영지 건설을 진행하는 동시에 이번에는 가온 대신에 전투대원들이 같은 숫자의 사냥꾼들과 함께 숲으로 진입해서 활과 석궁을 이용해서 나무 위에 있는 후와들을 사냥하기 시작한 것이다.

전투대원들은 사냥꾼들과 함께 2인 1조를 이루었는데, 사냥꾼의 경우 두 명의 몸을 가릴 정도로 크고 단단한 나무 방패를 들고 있었고 전투대원은 활이나 석궁을 들고 있었다.

후와들이 먼저 발견해서 열매를 던지면 한 명이 방패로 막는 사이에 다른 한 명은 화살이나 볼트를 쏘는 방식으로 공격을 했다.

비록 후와들이 나무 사이를 빠르게 오갈 수 있다고는 하지만 날아가는 화살이나 볼트보다 빠른 것 아니었고, 그래 봐야 3~4미터 간격을 두고 전진하는 다른 조의 공격 대상이 될 뿐이었다.

물론 가온도 가만히 보고만 있지 않았다. 투명 날개를 장착한 그는 나무 위쪽으로 날아오르더니 돌아다니면서 후와 준보스들만 마나탄으로 저격하기 시작했다.

완력으로 카농 열매를 던지는 방식으로 인간을 상대해 온 후와들은 인간의 방패에 크게 당황했고, 자신들이 던질 수 있는 거리보다 멀리 떨어진 곳에서 화살과 볼트를 쏘는 것에 더 당황했다.

물론 이전에도 그런 인간들이 없는 것은 아니었지만 지금처럼 조직적인 대응은 경험하지 못했기에 경험이 많은 준보스들도 당황하기는 마찬가지였다.

후와들이 혼란에 빠진 상황이라 준보스들이 이끌어야 했지만, 놈들은 하나둘 가온의 마나탄에 의해서 죽어 가고 있어 갈수록 혼란은 더욱 커져 갔다.

크아아아아!

보스의 로어가 울려 퍼지고 보스의 암컷이 부르는 기이한 운율의 노래에 당황했던 후와들의 눈빛이 변하기 시작했다.

후와는 따로 주술사가 있는 것이 아니라 보스의 암컷이 그 역할을 맡고 있었는데, 능력이 뛰어난 것인지 광포화는 순식간에 진행되었고 후와들은 신체 능력과 투기가 급격히 상승했다.

후와 토벌(2)

그때 가온이 마나를 담아서 크게 소리를 질렀다.

"후퇴! 벌목 구간 끝으로 달려가!"

후와의 수뇌부가 오크의 버서커와 비슷한 주술을 사용한다는 사실을 이미 파악하고 있던 가온은 지금과 같은 방식으로 공격을 하는 건 위험하다고 생각해서 내린 결론이다.

사람들은 일제히 왔던 길로 내달렸고 순식간에 숲을 빠져나와 벌목이 시작된 곳으로 달려갔다.

그곳에는 1차 벌목 구간과 달리 통나무들을 쌓아서 만든 목책이 있었는데 높이는 사람 가슴에 달했다.

온 클랜원들을 마지막으로 모든 사람이 목책 안으로 들어갔을 때 시뻘건 눈에서 흉흉한 살기를 뿜어내는 후와들이 숲을 빠져나왔다.

후와들은 거침없이 목책을 향해 내달렸다. 그 숫자가 이번에도 족히 사오천은 되어 보였다.

"해일이 밀려오는 것 같네."

누군가의 혼잣말에 근처에 있던 이들이 고개를 끄덕였는데, 얼굴에는 두려운 표정이 전혀 없었다.

"해일이든 뭐든 곧 우리 손에 부서질 텐데 뭐."

"맞아!"

그때 사슴뿔로 만든 고동 소리가 울려 퍼졌다.

"궁수들! 대기!"

일정한 간격으로 배치된 지휘관들이 고함을 질렀다.

헌터든 용병이든 벌목꾼이든 활 솜씨가 뛰어나다고 자부하는 1,500여 명이 활시위에 화살을 끼웠다.

얼마 후 후와의 선두가 목책과 이백 보 거리까지 접근했다.

"당겨!"

궁수들은 일제히 시위를 당겼다. 활이 제각각이라서 장력도 모두 달랐지만 시위를 당기는 팔에는 잔뜩 힘이 들어가 있었다.

"쏴!"

슈욱! 슉! 슈욱! 슈욱!

포물선을 그리며 날아간 화살들은 여지없이 후와의 몸을

꿰뚫었다. 후와들이 몰려서 달려오고 있었기 때문이다.

끼이릿!

기성과 함께 고통스러운 비명을 지르며 쓰러지는 후와들과 고양감에 취해서 무작정 무리를 뒤따르다 쓰러진 동료들에 걸려서 넘어지는 후와들로 인해서 선두 열이 도미노처럼 무너졌다.

하지만 곧 뒤를 따르던 놈들은 쓰러진 동족을 밟고 선두로 뛰쳐나가서 새로운 선두를 형성했다.

그사이에 다시 일어나 적을 향해 돌진하라고 소리를 높이던 후와 준보스들은 하늘에서 벼락처럼 떨어진 마나탄에 머리통에 구멍이 뚫린 채 죽어 갔다.

그렇게 후와 무리가 혼란에 빠진 상황에서 정령사 대원들이 또다시 땅을 솟구쳐서 높이가 5미터 높이에 길이가 300미터에 달하는 긴 둔덕을 만들어서 무리를 나누었다.

이번에는 화공까지 준비했다.

벌목 구간의 바닥에는 벌목 과정에서 떨어져 나온 나뭇잎들이 가득 깔려 있었는데, 카오스와 물의 정령들이 습기를 제거해서 바싹 말려 버린 상태였다.

이 상태에서 마법사들이 파이어 볼이나 파이어 볼트를 날리자 맞은 후와들은 바닥을 구르며 발광을 했고, 자연스럽게 불길이 벌목 구건 전역으로 퍼져서 후와의 혼란은 극대화되었다.

안 그래도 지휘관 역할을 할 준보스들을 가온이 마나탄으로 죽이는 상황인데 사방에서 불길이 퍼지자 후와들은 광기에서 벗어나서 공포에 질려 마구 날뛰었다.

그렇게 인간 측이 이틀 전보다 더 짜임새 있게 공격을 하게 된 것을 제외하고는 전황은 이전과 거의 유사하게 진행되었다.

사람들이 이틀 전보다 다소 쉽게 후와들을 상대하는 것을 확인한 가온은 안심하고 여전히 숲에 머물러 있는 보스 일행을 찾아갔다.

벌목 구간 전체가 불길에 휩싸이고 시커먼 연기가 자욱해지자 보스를 포함한 후와 수뇌부도 극심한 패닉 상태에 빠졌다.

원래라면 준보스들이라도 공격에 합류해야 하는데 불과 연기로 인해서 그럴 엄두도 내지 못하고 있었다.

먼저 녹스의 독으로 전투력을 크게 약화시킨 후 은신한 상태에서 은밀하게 날아다니면서 마나탄으로 보스 이외의 후와들부터 처리했다.

보스에 비견되는 강력한 개체들도 셋이나 되었지만 마비독에 중독된 놈들은 마나탄의 밥이었다. 몸이 멀쩡해도 피할 수 없을 정도로 빠르고 강력한 것이 바로 마나탄이었다.

결국 보스가 거대화 스킬을 썼을 때가 되어서야 모습을 드러낸 가온은 거대화 스킬을 쓴 상태에서 파르를 거대한 창으로 변환시켜서 놈을 상대했다.

이틀 전과 달리 가온은 이번에는 마법을 써 가면서 놈을 상대했다. 자신을 대상으로 버프와 스트렝스 마법을 건 후 후와 보스에게는 그리스와 디그, 속박, 슬로 마법을 적절하게 사용했다.

거기에 앙헬까지 나서서 보스의 정신을 혼란하게 만들자 한층 더 상대하기가 수월했다.

그렇게 놈이 전력을 다할 수 없는 상황에서 마법과 결합된 창술은 엄청난 위력을 발휘했다. 거대한 몸을 제대로 움직일 수 없는 숲이라는 환경으로 인해서 놈은 거의 속수무책으로 가온의 공격을 허용했다.

결국 채 3분도 지나지 않아서 후와 보스는 온몸에 수십 개에 달하는 구멍이 뚫린 처참한 상태로 숨을 거두었다.

스킬을 사용한 시간이 얼마 되지 않아서 그런지 스킬을 해제했지만 이전처럼 극심한 탈력감이나 몸의 변화는 다행히 없었다.

죽은 놈들을 대상으로 파워 드레인 스킬을 펼친 가온은 아직도 전투가 끝나지 않았을 벌목 구간 대신 놈들의 본거지를 찾아보기로 했다.

'마누, 카오스, 부탁해.'

-제가 먼저 찾을게요.

마누는 다른 두 정령과 달리 이번 후와 토벌전에는 달리 할 일이 없어서 심심했는지 의욕적으로 먼저 출발했다.

-푸웃! 이런 건 내 전공인데…….

의외로 카오스가 경쟁심이 느껴지는 의념을 남기고 순간 이동하듯 사라졌다.

얼마 후 마누와 카오스가 거의 동시에 의념을 보내왔다.

-찾았어요!

-여기에 있었네.

두 정령이 있는 곳은 교감을 통해서 알 수 있기에 서둘러 날아갔다.

후와 무리의 본거지는 의외로 건물이 아니라 나무였다. 그 것도 모둔의 본체와 비견될 정도로 엄청나게 큰 카뇽 나무로, 후와들이 올라가면 족히 수백 마리는 넉넉히 수용할 수 있을 것 같았다.

하지만 그 나무를 포함해서 후와들이 둥지로 사용했을 나무들은 모두 텅 비어 있었다.

'그사이에 도망을 쳤다고?'

적어도 암컷들과 새끼들은 남아 있을 줄 알았는데 생각보다 눈치가 빠른 모양이다.

그나저나 가온이 기대한 것은 암컷이나 새끼가 아니었다. 이 숲의 지배자로 군림했던 후와들이니 뭔가 값진 전리품이 있지 않을까 생각한 것이다.

그런데 뭔가 있을 만한 장소 자체가 없었다. 건물이 있는 것도 아니고.

'내가 뭘 기대한 거지?'

가온은 쓴웃음을 지었다. 후와가 오우거나 샤벨타이거도 놈들의 영역에 침범하길 꺼릴 정도의 전투력을 가진 지성체였기에 혹시 본거지를 찾으면 보물이라도 있지 않을까 기대했었다.

놈들은 동일하게 집단생활을 하는 고블린이나 오크와 달리 마정석이나 보석과 같은 귀중품을 한데 모아서 보관하는 습성은 없는 것 같았다.

실망한 가온이 발길을 돌리려고 했을 때 그에게 날아온 마누와 카오스의 손에는 카농 열매의 속 씨가 잔뜩 들려 있었다.

─여기에 우리를 성장시킬 수 있는 강력한 힘이 들어 있어요!

─많은 양은 아니지만 마누의 말이 맞아.

'어디에서 찾은 거야?'

─나무의 가장 위쪽에 썩어서 만들어진 구멍이 있는데 그곳에 있었어요.

─나는 나무뿌리 사이의 틈에서 찾았어.

그리고 보니 후와들 역시 콰르처럼 이 열매의 속 씨를 먹고 진화 혹은 성장을 한 모양이다. 그러니 보스가 지내던 거처 그것도 은밀한 곳에 감추어져 있었을 것이다.

'이게 전부야?'

─아니에요. 다 가지고 올까요?

─아니다.

'다 가져다줘.'

별생각 없이 그렇게 부탁한 가온은 그 결과에 깜짝 놀랐다. 두 정령이 쉴 새 없이 왕복하면서 가져온 카농 열매의 속 씨는 작은 산만큼이나 많았다.

'횡재했네.'

자신과 같은 사람들에게는 마정석보다 더 귀중한 카농 열매의 속 씨가 이렇게나 많다니.

그런데 전리품은 그게 전부가 아니었다. 어떤 이들에게는 보물보다 더 귀중한 전리품이 있었다.

그건 바로 자연 발효가 된 과일주, 즉 카농 열매로 담근 술이었다.

카농 열매의 속 씨가 잔뜩 쌓여 있던 나무와 비슷한 크기의 나무뿌리 속에 비스듬하게 뚫린 지하 동굴이 하나 있었는데, 그곳에 가온이 카농주라고 부르기로 한 술이 있었다.

카농주는 동굴을 구성하는 암석의 옆을 길게 파고 들어간 후 속을 파낸 공간에 잘 익은 카농 열매를 잔뜩 집어넣고 자연 발효를 시킨 술이었다.

가온은 잘 익은 주향에 자신도 모르게 코를 벌름거렸다.

'먹어도 될까?'

독 능력을 가지고 있는 녹스에게 물었지만 대답은 카오스에게서 나왔다.

ㅡ인간이 마시는 술은 잘 모르겠지만 이것을 마시면 마나가 증진될 거야.

마나가 짙게 함유된 카농 열매와 씨로 담근 술이니 그런 효과가 있다고 해도 이상하지 않았다.

한 모금 마셔 보니 생각보다 더 맛이 좋았다. 도수도 그리 높지 않고 카농 향이 아주 강해서 술이 약한 이들도 무척 좋아할 것 같았다.

가온은 아공간에 있는 빈 통을 모두 꺼내 그 술들을 챙겼다.

아무래도 후와 토벌 의뢰를 받아들이길 잘한 것 같았다.

열사흘에 걸친 토벌의 결과는 엄청났다. 세이런을 기준으로 상류 쪽으로는 걸어서 사흘 거리, 하류 쪽으로는 이틀 거리에 있는 모든 후와 무리를 토벌한 것이다.

원래 규모가 크지 않았던 하류 쪽의 후와 무리는 세이런 성의 전력으로도 충분히 토벌할 정도로 크게 줄어들었고 상류 쪽도 한동안은 영역을 확장하지 못할 정도였다.

온 클랜과 토벌대는 다행하게도 거의 피해가 없었다. 사망

자가 몇 명 나오기는 했지만, 토벌한 후와 무리의 규모나 숫자를 생각하면 없는 것이나 다름없었다.

세이런 측에서는 포션을 아끼지 않고 풀었기에 중경상자들도 재활을 하면 얼마든지 다시 활동을 할 수 있어서 사기는 엄청나게 높을 수밖에 없었다.

아쉽게도 토벌을 하면서 정령들을 활용해서 정밀하게 정찰을 해 봤지만 던전은 찾지 못했다.

가온은 놈들의 개체수가 짧은 시간 동안 비약적으로 늘어난 이유가 던전이 아닐 수도 있다고 생각했다.

'카농 열매의 속 씨 때문일 수도 있어.'

아무튼 후와들이 한동안은 영역을 확장하지 못할 거라고 생각했다.

벌목꾼들이 토벌한 지역의 카농 나무를 한 그루도 남기지 않고 모조리 벌목해 버렸기 때문이다.

그들은 건축 자재로 팔 생각으로 벌목을 했지만 가온은 카농 나무의 열매가 후와의 폭발적인 증식의 가장 큰 원인이라고 생각했다.

세이런 측 사람들에게 그런 내용을 알려 주었고 그들 역시 일리가 있다고 생각하는 것 같으니 앞으로 알아서 잘 처리할 것이다.

그런데 가온만 그렇게 생각한 것은 아니었다.

생명의 아공간에 심은 본체가 이제 막 싹을 틔운 상태라서

아직 정령체로도 현신하지 못하고 있는 모둔도 그럴 가능성
이 높다고 알려 주었다.

─분명히 내 아이들은 아닌데, 비슷해요.

카농 나무와 던전의 섬에서 자라던 철심목은 자세히 보면
목질이나 잎, 열매의 크기와 형태까지 차이가 났지만, 외관
이나 열매와 씨에 순도 높은 마나를 함유하고 있는 점은 비
슷했다.

'그럼 설마 변종일까?'

던전을 통해서 탄 대륙에 존재하지 않았던 종류의 마나가
유입되면서 동물 중에서도 마수화가 된 변종이 다수 나왔으
니, 식물이라고 해서 그러지 않으리라는 법은 없었다.

─변이가 된 게 맞는 것 같아요.

'그럼 다 없애도 되는 거지?'

─당연하지요.

혹시나 해서 모둔의 의사까지 확인한 가온은, 세이런의 자
치위원들을 물론 감사 인사를 하러 오는 사람들에게 카농 나
무 때문에 변종인 후와가 탄생했을 가능성이 아주 높으며 카
농 나무를 베어 버리면 후와의 서식지가 사라져 더 이상 나
타나지 않을 거라는 추정을 말해 주었다.

이미 세이런에서는 가온을 마수와 몬스터가 창궐한 세상
을 구할 영웅으로 추앙하고 있었기에 그의 말은 굉장한 무게
를 가지고 있었다.

통신이 가능한 이들은 가온이 세운 업적은 물론 카농 나무와 후와 간의 관계와 가온이 제시한 해결책까지 상세하게 멀리 퍼뜨렸다.

안 그래도 오크라강과 인접한 영지나 도시 들의 학자와 마법사 들은 후와 무리가 유독 카농 나무숲에서만 발견이 된다는 점을 주시하고 있었는데, 가온의 의견이 전해지자 후와를 박멸하려면 카농 나무까지 없애야 한다는 사실이 널리 퍼졌다.

그런 과정을 통해서 가온과 온 클랜의 유명세는 더욱 빠르게 확산이 되고 있었다.

원래 창궐한 마수와 몬스터를 토벌해야 할 왕국의 고위급 실력자들이 거의 모습을 드러내지 않는 상황에서 오크라강을 따라 무섭게 세력을 확장하고 있는 후와 무리를 상대로 성공적인 토벌을 했으니 다들 환호할 수밖에 없었다.

안 그래도 나크 훈 기사의 애제자이며 혼자 트롤을 생포했으며 가도를 틀어막고 있었던 레드 스네이크 무리를 박멸해서 유명해진 가온인데 후와 토벌로 인해서 유명세가 더욱 높아졌다.

가온이나 온 클랜의 존재감만 크게 부각된 것은 아니다. 이제까지 후와 무리에 소극적으로 대응하던 오크라강 인근의 영지와 도시 들이 적극적으로 움직이기 시작했다.

통신을 통해서 토벌 내용이 상세하게 알려지면서 가온만

큼은 아니더라도 거대화한 보스를 상대할 수 있는 전력을 갖춘 대형 영지를 중심으로 비슷한 방식으로 토벌을 계획하기 시작했다.

루의 사자

세이런에서 의뢰한 후와 토벌을 완수한 온 클랜원들은 사흘의 휴식 시간을 가질 수 있었다.

휴식 시간이었지만 세이런에 마땅한 즐길 거리도 없었고 토벌 과정에서 개인적으로 깨달은 것들이 있었는지 대원들은 시키지 않아도 수련을 하고 있었다.

후와를 말끔하게 토벌한 효과는 벌써 나타나고 있었다.

토벌이 진행된 구역의 경우 벌써 개방이 되어 수많은 사람들이 헌터들의 호위를 받으며 강을 건너 밀림으로 향했다. 그만큼 세이런의 식량 사정이 절박했다.

헌터들은 일부는 호위를 하고 나머지는 사냥을 해서 육고기를 확보했으며, 사냥꾼이나 약초꾼 출신들은 밀림을 헤집으며 야생 과일부터 시작해서 카사바나 얌과 같은 구황작물은 물론 약초들까지 채취해 왔다.

덕분에 그간에는 무겁고 무기력한 분위기에 휩싸여 있었던 세이런은 활기에 가득 찼다.

밀림에서 채집해 온 과일과 카사바, 얌부터 다양한 약초까지 파는 가판이 등장했고, 사냥한 고기를 파는 가게들과 도축한 가죽으로 만든 수공품들까지 시장에 나오면서 사람들이 주머니를 열기 시작했다.

그동안에는 돈이 있어도 살 수 있는 것이 거의 없었다. 물류의 유통도 막힌 터라서 상인들은 판매할 상품이 별로 없었다.

특히 생필품이 많이 부족해서 성 밖에서 피난을 온 사람들이 살 수 있는 물건들도 거의 없었다.

하지만 먹거리부터 시작해서 가죽으로 만든 신발과 조끼 등 의류와 다양한 약초 들까지 판매를 하자 빠르게 경제가 활성화되기 시작했다.

세이런의 자치위원회는 이런 변화를 뿌듯한 마음으로 반겼지만 가온의 시선은 다른 곳으로 향하고 있었다.

가온은 그릴 자매에게 아빠의 불행한 소식을 전하면서 그 주위에 사는 사람들의 형편을 어느 정도 파악했는데, 아픈 이들이 굉장히 많았다.

그동안 제대로 먹지 못하고 공포 속에서 살아온 주민들은 피부병부터 시작해서 굉장히 다양한 병에 시달리고 있었다. 중병에 걸린 이들도 있었지만, 대부분은 오랫동안 제대로 먹지 못해서 악화된 병이나 다름없었다.

그런 병은 세이런이 보유하고 있는 하급 포션으로 치료할 수가 없었다. 외상이 아니라 내상에 해당했기 때문이다.

외상이 아닌 내상까지 치료할 수 있는 포션의 등급은 중상급인데, 돈도 돈이지만 비축량이 거의 없었다. 수중 던전을 들어간 공략대와 이번 토벌을 위해 모두 지원한 것이다.

'신전 지부나 마탑 지부가 최소한의 인원만 남기고 철수를 하는 바람에 병자가 너무 많은 것 같아.'

탄 대륙은 포션이 발달한 문명이라서 외과적 수술이나 약초를 이용해서 가벼운 병을 치료하는 치료사들의 숫자가 그리 많지 않았다.

조금 중한 병의 경우 사제들이나 치료 전문 마법사들이 치료를 하기 때문에 의술 자체도 그리 발달하지 못한 사회였는데, 마수와 몬스터 창궐 사태로 인해서 세이런에 머무는 사제나 마법사의 숫자가 크게 줄어 버렸다.

그런 상황임에도 자치위원회에서는 병자들에게 신경을 쓸 수가 없었다. 구역별로 사흘에 한 번 무상 급식을 하는 것만으로도 힘들었다.

물론 이제는 다시 목재나 약초 그리고 마수와 몬스터 부산물을 팔 수 있어서 시간이 지나면 상황이 많이 좋아질 테지만, 당장은 영양 상태의 개선 이외에는 딱히 이전과 달라진 것이 없었다.

가온은 헤븐힐 일행과 마론을 따로 불렀다.

"이곳에는 병자들이 굉장히 많습니다. 그리고 그 대부분은 제대로 먹지 못하고 불결한 환경에 방치되어 생긴 병을 앓고 있고요. 떠나기 전까지 그들을 위해서 치료 봉사를 하고 싶은데 어떻게 생각합니까?"

"해야지요!"

"저도 할게요."

"제가 익힌 치료 마법은 힐밖에 없지만 도움이 된다면 저도 하겠습니다."

원래 의사의 길을 걷고 있었던 헤븐힐이 가장 먼저 나섰고 매디와 바로 남매도 그 뒤를 이었다.

"안 그래도 거리를 다닐 때 눈에 밟히는 사람들이 많아서 마음이 아팠습니다. 당연히 참여해야지요. 그런데 저희의 능력으로는 그리 많은 사람들을 치료할 수 없을 텐데요."

치료 마법에도 마력이 필요하다.

"마론, 힐을 몇 번 정도 펼칠 수 있습니까?"

"마력을 쥐어짜면 스무 번 정도는 펼칠 수 있을 겁니다."

3서클 마법사인 마론이 그 정도이니 헤븐힐과 매디 남매의 경우에는 그 절반 정도에 불과할 것이다.

"마력을 한계까지 쓰고 다시 채우기를 반복하면 마력 서킷

예지몽으로
히든랭커

을 돌리는 것보다 더 빠르게 마력이 늘어나는 것은 모두들 알고 있지요?"

네 사람이 고개를 끄덕였다.

보통은 혹시 모르는 상황에 대비해서 마력을 남겨 두는 것이 일반적이지만, 마력을 한계까지 소진하고 서킷을 돌려 다시 채우는 과정을 반복하면 마력이 더 빠르게 증진된다는 사실을 모르는 마법사는 없다.

"그래서 말인데 네 사람에게 마력 회복에 특효가 있는 비약 20개씩을 드리겠습니다."

비약이라는 말에 네 사람의 눈빛이 강렬해졌다. 가온의 마법 스승인 볼코트가 6서클 마도사이며 그가 만들었다는 비약을 이미 복용해 봤기에 충분히 신뢰하고 있었다.

"치료를 반복하면서 복용하면 마력의 회복은 물론 마력량도 빠르게 늘어날 겁니다."

"당연히 저희가 할 일인데 비약까지 주신다니 최선을 다하겠습니다!"

그렇게 말하는 마론은 물론 세 사람도 크게 기뻐했다. 며칠 고생은 하겠지만, 마나 아니, 마력량을 증진시킬 절호의 기회라고 판단한 것이다.

"와아아!"

"최고다!"

자치위원들은 가온의 제안을 받고 일제히 환호했다.

안 그래도 기아 상태가 지속되고 있어서 주민들의 몸 상태가 갈수록 안 좋아지고 있었지만 치료를 할 수 있는 능력자나 약초 등이 부족해서 골치를 썩고 있는 실정이었다.

심지어 사제나 치료 마법이 가능한 마법사들도 혹시 모르는 사태에 대비해서 일반인의 치료에 투입하지 않고 있는 실정이다.

"정말 큰 결단을 내려 주셨습니다! 감사합니다!"

"온 대장님은 우리 세이런 주민들에게는 루의 사자나 다름없습니다!"

자치위원들은 그래 봐야 넷밖에 안 되는 사제와 마법사로는 치료할 수 있는 인원이 많지 않겠지만, 이건 세이런이 재건되고 있다는 상징적인 사건이 될 거라고 믿었다.

"온 대장은 정말 존경할 만한 분입니다. 저희 세이런에도 사제나 마법사가 있지만 이렇게 행동에 옮기는 이는 없었습니다. 다른 마법사들이나 사제들이 참여한다면 효과가 더욱 클 텐데, 좀 어려울 것 같습니다."

"그렇습니까?"

가온은 말톤의 말을 이해하기 힘들었지만 크게 신경을 쓰지는 않았다. 저마다의 사정이 있을 테고 강요할 일은 절대 아니었다.

"대신 치료사들을 지원해 드리겠습니다. 최근 들어서 약초가 많이 들어와서 한창 약을 만드는 중이지만 기꺼이 참여할 겁니다."

가온의 제안을 받아들인 자치위원회는 즉각 주민들을 대상으로 그 사실을 알렸고, 위원회 건물 앞 광장은 삽시간에 몰려드는 인파로 가득 차 버렸다. 그만큼 병을 앓고 있는 이들이 많은 것이다.

치료가 길게 이어지지 않을 거란 사실을 파악한 병자들과 가족들은 일찍부터 줄을 섰고 그 뒤로 뒤늦게 도착한 이들이 꼬리에 꼬리를 물고 줄을 섰기 때문에 광장은 그야말로 수십 겹의 줄로 가득 차 버렸다.

그 시각 닫힌 건물 안에는 손님을 맞을 준비가 한창이었다.

"제게 분류를 할게요."

샐리가 소매를 걷어붙이고 나섰다.

샐리가 세이런에서 지원한 치료사와 함께 환자를 분류하는 일을 맡았다.

그 일은 치료의 효율을 위해서라도 반드시 필요했다. 감기나 해충으로 인한 가벼운 열병의 경우에는 신성 마법이나 치료 마법을 사용할 필요가 없었다.

분류를 마친 병자들은 먼저 매디의 축복을 받았다. 축복은 병을 직접적으로 치료하는 것은 아니지만 몸 상태를 끌어올려 주어 치료 효과를 촉진할 수 있었다.

또한 축복은 광역 신성 마법에 속해서 다수를 대상으로 펼칠 수 있었다. 그래서 매디는 신성 치료를 할 수 있음에도 불구하고 축복을 내리는 데에만 전념했다.

　아주 가벼운 병증의 경우 그녀에게 축복으로 받은 것만으로도 크게 개선이 되었다.

　그렇게 축복을 받은 병자들 중 감기처럼 가벼운 병증을 앓고 있는 이들은 치료사 앞으로 향했다.

　세이런의 치료사 네 명은 가벼운 병증을 앓고 있는 이들을 맡기로 했다.

　그동안에는 약초를 구할 수가 없어서 손을 놓고 있었지만, 최근 들어서 약초꾼들이 채집해 온 약초들이 공급되어 어제까지 다양한 치료약을 만들고 있었다.

　물론 가장 흔하면서도 빨리 치료할 수 있는 병증을 잡을 수 있는 약들이라서 당장 치료 효과를 기대할 수 있었다.

　다른 병자들은 마론, 헤븐힐, 바로의 앞에 줄을 섰다.

　세 사람이 연속으로 치료할 수 있는 인원은 기껏해야 20명 정도지만 그들은 마나를 쥐어짜서 치료 마법을 펼쳤다.

　그렇게 한계까지 마력을 소모한 세 사람과 축복을 내린 매디는 뒤로 물러나서 가온이 준 비약을 먹고 연공에 들어갔다.

　네 사람이 다시 기력을 찾은 건 대략 5분 후.

보통 3서클 마법사 기준으로 포션을 복용하고 마력 서킷을 운공해서 한계까지 소모한 마력을 충전하는 데 걸리는 시간이 대략 15분 이상이라는 사실을 고려하면 골드비의 로열 젤리와 꿀이 추가된 비약의 효과는 굉장했다.

그렇게 연공을 마친 네 사람의 얼굴은 환했다. 마력양이 본인이 체감할 수 있을 정도로 증진되었다.

그렇게 정오 무렵부터 시작된 치료는 치료를 전담한 네 명은 물론 치료사들까지 완전히 뻗어 버린 오후 늦게야 끝났다.

그래도 그 여덟 명이 치료한 환자는 거의 1천여 명에 달했다.

물론 치료를 원하는 세이런 주민들을 생각하면 적은 숫자지만 그나마 쉽게 치료할 수 있는 경증 환자들은 대충 치료한 셈이다.

그렇게 치료를 받은 사람들은 단번에 건강을 되찾았다. 마치 포션을 먹은 외상 환자의 상처가 작은 흉터만 남은 채 치료가 된 것처럼 말이다.

치료한 사람들이나 치료를 받은 사람 그리고 지켜본 사람들은 사제의 축복과 치료 마법 그리고 환자들의 병증이 약했기 때문이라고 생각했지만, 사실 거기에는 비밀이 있었다.

세르나와 샤나가 소환한 물의 정령이 만든 치유수는 즉각적인 치료 효과는 낮지만, 면역력을 강화시켜 주는 효과가 있었다. 그래서 치료가 끝난 후 치유수를 마신 사람들의 상태가 빠르게 좋아진 것이다.

가온은 독에 당했거나 중증 환자의 치료를 맡았다.

밀림 속에서 살던 사람들은 독물에게 물리는 경우가 많았지만, 즉각적인 치료를 받은 경우가 별로 없어 방치를 하는 바람에 환후가 나빠진 경우가 대부분이었다.

그래서 병을 키운 경우 치료 능력까지 개화한 녹스가 직접 환자의 몸 안으로 들어가서 원인이 된 독이나 인체에 오래 머무르면서 다른 해로운 물질로 변화된 독을 제거하고 포션으로 손상된 부위를 치료했다.

또한 장기에 이상이 있는 환자들의 경우 모두 다 치료할 수 있는 건 아니지만, 일부는 카오스가 환자의 체내로 들어가서 심각한 병증이 나타나거나 발전할 수 있는 부위를 확인하면 마누가 전격으로 해당 부위를 지지는 방식으로 제거했다.

췌장을 포함해서 일부를 제외한 장기는 일부가 소멸되더라도 섭생만 잘하면 대부분 재생이 되기 때문에 포션과 치유수로 그 시간을 당길 수 있었다.

가온이 직접 치료할 수 없는 중증 환자들도 많았다. 그들은 안타깝지만, 치유수와 골드비 꿀을 베이스로 하는 비약 치료밖에 할 수 없었다.

그래도 두 가지를 복용했기 때문에 몸 상태도 좋아지고 병

예지몽으로
히든랭커

증도 약화되어 견디기가 한결 나아졌다.

그 과정에서 미담도 많이 발생했다. 먼저 줄을 선 이들 중에서 상태가 비교적 좋은 이들이 병증이 심한 이들을 위해서 양보를 하기도 했다.

가온은 여기에 한 가지를 더 추가했다.

"자, 죽이 식으니까 빨리들 받아 가요!"

치료에 직접 참여하지 못하는 다른 대원들이 거대한 화덕과 솥을 준비해서 고기죽을 끓여서 치료를 받은 환자들에게 나눠 주기 시작한 것이다.

이 죽은 치료를 받은 환자들이 기력을 되찾을 수 있도록 도와주기 위해서 마련한 것으로 재료는 후와 사냥을 하는 동안 가온이 틈틈이 잡은 동물들의 고기에 콰르와 플고렌스 고기까지 들어갔다.

당연히 치료의 효과는 극대화되었다.

다음 날에는 더 많은 환자들이 치료를 받을 수 있었다. 세이런에서 활동하는 마법사 열두 명과 사제 두 명이 가세했다.

그들은 한계까지 신성력과 마력을 쥐어짜서 사람들을 치료하는 온 클랜원들을 직접 보거나 애기를 듣고 크게 감명을 받았고, 동시에 자신들이 적극적으로 나서지 못한 사실에 자책했다고 했다.

그렇게 자원한 마법사들과 사제들은 생각지도 못했던 기연을 얻었다.

"그, 그러니까 마력이나 신성력을 바닥까지 소진한 후 포션이 아니라 이 비약을 복용하고 연공을 하면 회복이 되는 수준이 아니라 늘어난다는 겁니까?"

가온이 직접 10개씩 나눠 준 비약과 대원들의 설명을 들은 수중 던전에서 귀환한 마법사 중 가장 나이가 많고 경지 또한 4서클인 다르멘이 놀라 마론에게 물었다.

"맞습니다. 아주 귀중한 비약입니다. 우리 클랜이 번 돈 대부분이 그 비약의 조제에 들어갔습니다."

가온은 그렇게 얘기하지 않았지만 대원들은 모두 그렇게 이해했다. 그렇게 대단한 효과를 가진 비약이라면 당연히 조제에 엄청난 자금이 필요했을 것이고, 가온이 그 자금을 댔기에 이만한 수량을 받았을 거라고 확신한 것이다.

"고생은 했지만 비약 덕분에 어제 하루만 해도 늘어난 마력량이 엄청납니다."

마법사들과 사제들은 말도 안 된다고 생각했지만 그건 사실이었다. 본인이 느낄 수 있을 정도로 마력과 신성력이 증가했다.

당연히 그 사실은 자원한 마법사들과 사제들에게 엄청난

동기부여가 되었다. 사람들도 치료하고 마력이나 신성력도 증가시킬 수 있으니 그들에게는 기연이었다.

그렇게 동기부여가 되니 더욱 열심히 환자들을 치료했고 덕분에 오늘도 어제만큼이나 길던 줄도 빠르게 짧아지고 있었다.

오전 치료는 어제와 마찬가지로 3시간 만에 종료가 되었다. 아무리 비약으로 소모된 마력과 신성력을 채울 수 있다고 해도 심력 소모는 어쩔 수가 없었기에, 점심 식사를 겸해서 3시간 정도는 쉬어 주어야만 했다.

치료를 맡은 사람들은 1시간 반 동안 달콤한 낮잠을 즐겼다. 물론 거의 눕자마자 기절하듯 쓰러져서 자게 된 낮잠이지만 말이다.

수중 던전에서 1년 가까이 지내면서 소식이 생활화되었던 다르멘은 몸 상태나 마력은 충분했지만 극심한 피로감을 느끼며 식사를 건너뛰고 자던 낮잠을 더 잘 생각이었다.

그런데 그를 찾아온 손님이 있었다. 블루 마탑 지부에 근무하는 마법사 해로링이었다.

"여긴 웬일이야?"

"지부를 비울 수 없어서 동참하지는 못하더라도 응원은 해야 할 것 같아서 왔지. 그런데 생각보다 얼굴이 괜찮네."

"그렇지? 하하하. 온 클랜의 치료 봉사에 동참하려던 것뿐인데 기연을 얻어서 그렇다네."

"기연이라니?"

"지원하길 정말 잘했어. 잘하면 마력이 부족해서 그동안 깨뜨리지 못한 5서클의 벽을 넘어설 수 있을 것 같네."

"대체 그게 무슨 소리냐고?"

해로링은 블루 마탑의 마법사로 동기들은 물론 후배들까지 5서클이 되는 동안 4서클에 정체되어 결국 세이런 지부로 좌천되어 왔다.

그가 마탑의 교육과 지원을 받았음에도 이 나이까지 5서클의 벽을 깨뜨리지 못한 이유는 바로 마력량 때문이다. 처음에 마나링을 만들 때부터 다른 이들보다 작았던 것이 원인인지 아무리 노력을 해도 마력이 쉽게 늘어나지 않았던 것이다.

각고의 노력으로 4서클은 되었지만 벌써 15년이 넘게 그 자리에 머무르고 있는 헤로링은 비슷한 처지로 마탑을 나와 용병으로 떠돌다가 세이런에 정착한 다르멘과 그래서 친해졌다.

그런데 다르멘이 5서클이 될지도 모를 기연을 얻었다고 하니 흥분하지 않을 수 없었다.

"어디 가서 얘길 하면 안 되네. 사실……."

다르멘은 같은 고민을 가지고 있는 친우에게 온 클랜에서 지원하는 비약 이야기를 슬쩍 흘렸다.

"그, 그게 정말인가?"

"확실하네. 마나링이 흩어지기 직전까지 마력을 소진한 후 비약을 마시고 서킷을 돌리는 걸 3시간 동안 반복했는데, 절반 굵기에 불과했던 네 번째 링이 다른 링들과 비슷한 정도까지 커진 상태이네. 게다가 온 클랜원들에게 들어 보니 이 비약을 만들기 위해서 온 대장이 천연 영약 등 진귀한 재료는 물론 수십만 골드 이상의 거금을 자신의 스승에게 바쳤다고 하네."

그런 비약이 있다는 건 믿기가 힘들지만 다르멘이 거짓말을 할 리가 없었다. 게다가 그는 지금 직접 몸으로 그 효과를 확인했다지 않은가.

"나도 당장 지원을 해야겠네."

"서둘러야만 할 거야. 온 대장에게 직접 들었는데 보유하고 있는 비약은 현재 인원을 기준으로 하루 정도 나눠 줄 수량밖에 없다고 들었네."

친구의 말을 들은 헤로링은 바로 온 대장을 찾아가서 치료 봉사에 참여하고 싶다는 의사를 밝혔다.

"……고마운 말씀이기는 한데 그런 분들에게 지급해야 할 회복제의 수량이 부족해서……."

난감해하는 가온의 태도에 헤로링은 비약의 존재와 효과를 더욱 확신할 수 있었다.

"처음부터 지원하려고 했지만 지부를 비워 놓을 수가 없어서 잠시 망설였습니다. 하지만 치료를 받고 건강해져서 밝은 얼굴로 돌아 나오는 환자들을 보니 지부를 닫고서라도 이 역사적인 행사에 지원해야겠다고 결심했습니다. 부디 절 받아 주십시오."

어딜 가더라도 대우를 받으면 받았지 부탁할 신분이 아니었지만, 헤로링은 정말 필사적으로 가온에게 부탁했다.

"휴우. 좋습니다. 기존의 자원자들에게 돌아가는 회복제 숫자가 좀 줄겠지만, 헤로링 마법사님의 그 대단한 의지를 꺾을 수는 없지요. 그럼 부탁드립니다."

헤로링은 그 말을 듣고서야 겨우 안심할 수 있었다.

그런데 그런 사람은 연이어 나타났다. 워낙 큰 행사라서 마법사나 사제치고 이 행사에 관심을 안 가진 이는 없었기에 휴식 시간을 이용해서 지인들을 찾은 것이다.

그리고 그 자리에서 지인들이 얻은 기연의 내용을 듣고는 몸이 달아 버렸다. 어떻게 생각하면 당연히 해야 할 일이지만 저마다의 사정으로 참가를 못 했는데, 이런 엄청난 보상이 기다리고 있다니 달려들 수밖에 없었다.

그렇게 오후에만 사제 세 명과 마법사 스물두 명이 추가되자 치료를 받는 환자의 수가 급증했다. 그 많던 환자들이 다음 날 오후에는 한 명도 없을 정도로 모두 치료를 받은 것이다.

고질병이나 심각한 병까지는 고칠 수 없었지만 경증 환자들은 바로 건강해졌고, 그 외에도 대부분 병증이 크게 완화되거나 고통이 감소하는 등 치료의 효과를 톡톡히 봤다.

온 클랜은 떠나기 전날 저녁까지 치료에 전념했다. 이왕 시작했으니 마무리를 잘하고 싶었다.

다행히 급한 환자는 거의 치료를 받았다. 나머지는 치료에 시간이 많이 걸리는 경우와 치료 마법으로도 어쩔 수 없는 중증이었다.

가온을 포함한 온 클랜원들은 치료를 마치고 저녁 식사를 하기 위해서 여관으로 가려고 치료실을 나섰다.

그런데 뜻밖에도 시청 건물 밖에는 수많은 사람들이 그들을 기다리고 있었다.

"정말 고생이 많으셨습니다!"

노라를 비롯한 자치위원들이 가장 먼저 온 클랜원들에게 감사 인사를 했다.

자치위원들과 일일이 인사를 나누고 자리를 떠나려고 했는데, 시청은 물론 광장까지 사람들이 두 줄로 서서 가운데를 비워 놓고 있었다.

그런데 수중 던전에 본 이들이 꽤 많았다.

"던전에서 구해 주신 것도 감사하고 약을 구하지 못해서 제대로 치료도 받지 못했던 아내를 치료해 주셔서 감사합니다. 대장님과 온 클랜을 영원히 기억하겠습니다."

"목숨을 구해 주신 은혜를 입고도 워낙 가진 것이 없어서 제대로 인사도 못 했습니다. 앞으로의 여정에 루의 은총이 내리시길 간절히 기원하겠습니다!"

그들만이 아니었다. 치료를 받은 환자와 그 가족들도 온 클랜이 나오기를 기다렸다가 감사한 마음을 전하고 있었다.

"대장님 덕분에 열병을 앓고 있던 우리 아이가 건강해졌습니다. 언제고 꼭 이 은혜에 보답하겠습니다."

"감사합니다! 대장님은 아니라고 말씀하시지만 틀림없이 루가 보내신 사자가 틀림없습니다!"

가온과 온 클랜원들은 시청에서 여관까지 가는 길 내내 양쪽으로 늘어선 사람들로부터 감사의 인사를 받았다.

세이런에 사는 이치고 자신이나 가족이 치료를 받지 않은 경우가 없었다. 후와와 콰르부터 시작해서 마수와 몬스터들 때문에 고립된 지가 꽤 오래되었기에 생활이 열악할 수밖에 없어 아픈 이들이 그만큼 많았던 것이다.

비록 세이런의 마법사나 사제 그리고 치료사도 합류를 했지만, 온 클랜이 나서지 않았다면 이런 대규모 치료는 이루어지지 않았을 것이다.

일반 주민들은 대대적인 치료에 얽힌 자세한 사정은 모르지만, 적어도 하나는 알고 있었다. 온 클랜이 시작했고 마무리까지 최선을 다했다는 사실을 말이다.

그래서 자치위원회에서 이런 행사를 한다고 했을 때 기꺼이 나왔다.

일부 형편이 그래도 괜찮은 사람들은 선물을 준비하려고 했지만, 자치위원회에서 그러면 세이런 주민들을 위해서 기꺼이 나선 온 클랜의 마음을 오히려 해치는 것이라고 해서 다들 빈손이었기에 감사의 말에는 더욱 진심이 담겼다.

세이런 사람들은 진심으로 가온을 루 여신이 보내 준 사자라고 생각했다. 그렇지 않고서는 이렇게 아무런 대가도 없이 마나와 포션을 아끼지 않고 없이 사는 사람들을 치료해 줄리가 없다고 믿은 것이다.

지금은 짐작도 하지 못했지만 오크라강을 따라서 온 클랜의 위명과 함께 가온이 루의 사자라는 소문은 빠르게 퍼지는 상황이 시작되었다.

처음에는 별생각 없이 치료 봉사를 기획했던 가온은 중간부터 울컥해서 눈시울이 붉어졌다. 비록 수많은 사람들과 악수를 하느라 손이 아플 지경이었지만, 사람들의 마음이 너무 다가와서 더욱 뿌듯했다.

다른 대원들도 그와 마찬가지였다. 여관 별채에 들어오는 순간 참았던 눈물을 터트리는 이들도 있었고 몇 명은 소매로 눈물을 훔치기도 했다.

특히 용병과 모험가 생활을 오래한 타람과 로에니 남매, 퍼슨과 패터 부자, 마론과 샐리 부부는 대가 없이 누군가를 돕는 것이 이렇게 뿌듯하고 보람찬 일인지 거의 처음 느꼈기에 더 감동이 컸다.

"힘은 들었지만 우리 좀 멋있는 것 같아!"

"맞아! 받은 건 없지만 가슴이 터질 것 같아."

샤나와 라쟈의 대화에 눈시울이 붉어진 세르나와 달쿤이 차례로 입을 열었다.

"받은 게 없기는. 살면서 내 자신이 이렇게 뿌듯하고 자랑스러운 적이 없었는데."

"대장님이 왜 우리를 도와주었는지 이제야 좀 이해할 수 있을 것 같아. 앞으로도 능력이 닿는 한 힘없는 사람들을 도와야겠어."

그렇게 대원들이 힘을 들었지만 뿌듯한 마음으로 잠시 휴식을 위해 각자의 방으로 들어갔을 때 뜻밖의 사실에 놀라는 이들도 있었다.

"힐 마법과 광역 버프 스킬이 B등급이 되었어! 소모되는 마력이 절반으로 줄었고 효과는 배가 되었다고!"

"오예! 힐 마법도 D등급이 되었어요!"

"오! 루여, 감사합니다! 축복 마법과 홀리 큐어 마법도 C등급이 되었어요!"

단기간에 엄청난 인원을 대상으로 치료를 한 덕분에 헤븐 힐과 바로 그리고 매디의 마법과 스킬이 레벨업이 아니라 아예 등급이 올라 버렸다.

마법이나 스킬이 C등급이라고 해도 처음 사용할 때는 F급의 위력밖에 발휘할 수 없다는 점을 생각하면, 마법과 스킬이 B 혹은 C등급이 된 것이 얼마나 대단한 일인지 짐작할 수 있었다.

그런 셋의 반응에 콜 일행은 부러운 얼굴이 되었지만, 동료의 치료 능력이 더 강력해졌다는 사실에 충분히 만족했다.

그런데 남모르게 희열을 즐기는 사람도 있었다. 바로 가온이었다.

─아무런 대가 없이 굶주린 자들에게 음식을, 아픈 자들에게 치료를 해 주어 루의 이름을 높이는 데 큰 공을 세운 당신에게 감동한 루가 100만 명예 포인트와 신성력 3천 포인트를 선물합니다!

절대 바라고 한 행동이 아니었고 대가는 사람들의 진심을 통해 충분히 받았다고 생각했는데, 이런 추가 보상을 받을 줄이야.

사실 치료는 자신과 온 클랜이 했는데 치료받은 사람 대부분은 그들과 함께 루의 은혜로움을 찬양했으니, 이런 보상은 충분히 받을 자격이 있었다.

명예 포인트도 그렇지만 영약으로도 올리기 힘든 신성력을 3천이나 얻었다는 것이 무엇보다 마음에 들었다.

'앞으로 치료나 상태 이상에 특화된 신성 마법을 익힐 수

있게 되었네.'

　올마스터를 추구하는 그에게는 무엇보다 반가운 일이
었다.

　그래서 그런지 방금 전까지는 무척 허기가 졌었는데 지금
은 안 먹어도 배가 불렀다.

출발

거대한 철갑선이 유유히 오크라강을 따라 내려갔다.

강은 하류로 내려가면서 수없이 많은 지류와 합해져서 빠르게 커지고 있었다. 강폭은 벌써 150미터 이상 넓어졌고 수심도 건기에 거대한 철갑선이 운항할 수 있을 정도로 깊어졌다.

세이런이 가진 조선 역량을 총동원해서 건조한 '세이런호'는 콰르와 같은 수생 마수의 공격에 대비해서 선체를 대형화시켰을 뿐 아니라 하루에 두 번 선체에서 전격을 방출할 수 있는 마법진을 내장했다.

세이런이 보유한 마법사 전력이 낮았고 재력 역시 낮아서 전격 마법의 출력은 콰르를 쫓는 정도에 불과했지만, 그래도 콰르와 같은 대형 마수의 공격에 무척 유용한 철갑선이었다.

그래서 선장을 포함한 선원들은 다른 배를 탔을 때와 달리 무척 만족하며 전격 마법이 갑판이나 선내로 흐르지 않도록 물기 관리에 공을 들였다.

새로 건조된 세이런 1호에는 선원들을 제외하고도 100명이 넘는 인원이 탑승하고 있었다. 수도로 향하는 온 클랜과 상인 길드원들을 제외하고도 노라와 말톤을 포함한 세이런의 실력자들이 탑승한 것이다.

상인들을 빼고도 많은 이가 탑승한 이유는 당연히 일정 구간마다 도사리고 있는 콰르 때문이다. 갈 때야 온 클랜이 콰르를 막아 줄 테지만 올 때는 그들의 힘만으로 잔뜩 화물을 실은 배를 지켜야만 했다.

원래라면 콰르의 습격을 피하기 위해서 빠르게 내달려야 하지만 세이런 1호는 안정적인 속도로 운항하고 있었다. 세이런의 은인인 온 클랜의 요청이 있었기 때문이다.

온 클랜의 실력을 잘 알고 있는 노라와 말톤도 굳이 콰르를 상대할 필요는 없다고 생각했지만, 굳이 만류하지는 않았다. 온 클랜이 콰르를 많이 사냥하면 할수록 자신들의 귀로가 안전해지기 때문이었다.

세이런을 떠난 지 반나절, 세이런 1호는 드디어 다른 콰르의 영약에 들어섰다.

그리고 '내가 이 구역의 지배자다!'라고 외치는 듯 거대한 콰르 한 마리가 누런 강물 위로 거대한 동체를 드러내며 출현했다.

선장과 선원들 그리고 승선한 이들이 불안한 얼굴로 놈의 움직임을 주시할 때 온 클랜은 이미 갑판에 포진을 마친 상태였다.

기이한 것은 가장 큰 전력인 가온이 갑판 대신 하늘을 날고 있다는 사실이다.

"정령사들, 파도가 온다!"

가온이 커맨더 역할을 맡긴 마론의 외침에 세르나와 샤나가 물의 정령을 소환해서 놈의 거대한 동체가 만들어 낸 높은 파도를 즉각 진정시켰다.

콰르의 공격 패턴은 거의 정형화되어 있었다. 먼저 모습을 드러낸 후 거대한 동체를 빠르게 접었다 펴는 방식으로 높은 파도를 발생시켜 배를 전복시키거나 승선한 이들의 정신을 쏙 빼 놓는다.

그런데 놈의 첫 공격이 실패한 것이다. 물의 정령들은 그 정도 파도는 어렵지 않게 무위로 돌릴 수 있었다.

"정령사들, 이번에는 독연이다!"

첫 공격이 무위로 돌아가자 콰르는 거대한 아가리를 벌리고 독액을 배를 향해 뱉었는데 독액은 바로 기화되면서 넓게 퍼져 독연(毒煙)으로 변했다.

콰르의 독에는 강력한 마비독과 산성독이 포함되어 있어

일단 독연을 들이마시면 코의 점막부터 녹아 버릴 뿐 아니라 즉시 온몸이 빳빳하게 굳어 버리고 만다.

하지만 이 독연 역시 세르나와 샤나가 불러낸 바람의 정령들이 사방으로 흩어 버렸다. 물론 녹스가 흩어지는 독연을 모두 흡수했지만 말이다.

결국 콰르가 선택할 수밖에 없는 공격은 거대한 동체로 수면 위로 도약해서 직접 배를 덮치는 것이다.

작은 배는 거대한 동체가 걸쳐지는 순간 부서졌고 그 배라도 큰 손상을 입을 수밖에 없었다. 물론 작지만 찔리면 엄청나게 아픈 무기를 휘두르는 인간들이 감히 공격할 수 없도록 만드는 효과도 있었다.

콰르는 도약력을 얻기 위해서 물속으로 들어가서 꼬리를 강바닥에 단단히 꽂아 넣었다. 그리고 몸을 십여 겹으로 접었다.

그렇게 준비 자세를 갖춘 콰르가 막 도약하려고 할 때였다.

갑자기 강바닥의 흙이 꼬리를 단단히 붙잡았다. 달쿤과 라쟈가 미리 소환해 둔 대지의 정령들이 한 일이었다.

콰르는 접었던 몸을 펴는 힘으로 바닥에 박힌 꼬리는 빼낼 수 있었지만, 생각했던 도약력을 얻지 못해서 배의 갑판 위로 떨어지지 못하고 배와 가까운 곳으로 머리 부분만 간신히 내밀 수 있었다.

그때를 기다렸던 인간들의 테라브와 화살 들이 놈의 거대한 머리통을 향해 날아왔다.

헤븐힐의 버프와 매디의 축복으로 인해서 자신의 역량 이상으로 강렬한 빛을 발산하게 된 대원들이 던진 테라브와 촉에 독을 바른 화살들은 콰르의 동체 외부를 보호하는 생체 보호막은 물론 질기고 방호력이 높은 가죽을 뚫고 깊숙이 박혔다.

놈은 생경한 고통을 참지 못하고 마구 발광을 했다. 작고 가느다란 가시에 불과했지만, 하필이면 신경이 몰려 있는 코와 입 부분은 물론 두 눈 깊숙이 박힌 것이다.

하지만 발광마저 마음대로 할 수가 없었다. 마법사들이 건 속박 마법 때문이었다.

놈의 몸이 잠깐씩 굳는 순간을 노려 2차, 3차 공격이 잇달았고 곧 놈의 머리통에는 창과 화살이 빼곡하게 박혀 버렸다.

콰르는 이렇게 강렬한 고통을 안겨 준 인간들을 어떻게든 씹어 먹으려고 몸부림을 쳤지만, 인간은커녕 배조차 어쩌지 못했다. 물의 정령들이 배 앞에 물의 막을 세워 놈의 발버둥으로 인해 발생하는 파도를 막아 버린 것이다.

콰르는 독을 다루는 존재이니만큼 지금 머리부터 시작해서 온몸을 치달리는 강한 독의 흐름을 인지할 수 있었지만, 안타깝게도 놈에게는 해독 능력은 없었다.

그렇게 몸이 굳어 갈 때 타람과 로에니의 마지막 공격이 가해졌다. 유형화된 오러에 둘러싸인 창 두 자루가 놈의 단단한 두개골을 부수고 뇌까지 파고든 것이다.

그게 끝이 아니었다. 마법사들이 찢은 스크롤로 인해 발동한 시퍼런 전격이 강철 재질의 창과 화살을 타고 놈의 머리 안으로 순식간에 전해졌다.

츠즈즈즈.

강철보다 더 단단한 두개골과 달리 그 안은 너무나 연약한 조직밖에 없었다.

순식간에 뇌가 전격에 타 버렸고 혈관과 신경망을 타고 전부위로 빠르게 흘렀다.

그 결과 얼마 후 콰르는 더 이상 움직일 수 없게 되었다.

하늘에서 지켜보는 가온이나 혹시 몰라서 무기를 쥐고 지켜보던 세이런 측 인사들의 도움 없이도 훌륭하게 콰르를 사냥해 낸 것이다.

"정말 대단하네."

세이런 1호의 선장실에서 온 클랜원들이 콰르를 사냥하는 모습을 지켜보던 세이런 측 수뇌부들은 한동안 입을 다물지 못했다.

자신들은 아무리 많은 숫자를 동원했어도 사냥할 수 없었던 콰르를 온 클랜이 너무나 쉽게 사냥하고 있었다.

마법사들이 슬로, 속박, 전격 마법 그리고 정령 마법으로 콰르가 함부로 날뛰지 못하게 구속하는 동안 마나를 사용할 수 있는 이들이 독은 물론 마나가 주입된 화살과 창을 거대한 동체에 꽂아 넣은 후 검기 실력자들이 끝장을 내는 식인데, 그 조합이나 연계가 기가 막힌다.

게다가 그들은 거대한 동체를 가진 콰르의 난동에 배가 요동을 치는 가운데서도 기가 막히게 균형을 잡고 마법을 정확하게 발현할 정도로 선상 전투 경험이 많은 것 같았다.

사실 그건 수중 던전에서 뗏목을 타고 사냥을 반복하는 가운데 얻은 능력이지만 처음 본 사람들은 놀라는 수준을 넘어서 경악할 수밖에 없었다.

"개개인의 실력도 실력이지만 연계 공격이 아주 기가 막히네요."

이번 수도행의 책임을 맡은 상인 길드의 길드장 마타드는 노라와 달리 온 클랜의 사냥 모습을 처음 보는 터라 경악하고 있었다.

"대단하지요. 처음 봤을 때는 기절하는 줄 알았어요. 개개인의 실력들도 뛰어나지만 얼마나 오래 훈련을 했기에 저렇게 뛰어난 연계 공격을 펼칠 수 있는지 믿어지지가 않더라고요."

그 무서운 콰르가 잘 짜인 연계 공격에 물속으로 도망치지도 못하고 10여 분이 지나지 않아서 온몸이 너덜너덜해지고 머리가 잘리는 모습은 처음 본 사람은 현실감을 느끼지 못할 정도였다.

심지어 온 클랜의 클랜장은 콰르 사냥에 참여하지도 않았다. 그저 사냥이 끝날 때까지 상황을 예의 주시하다가 위기 상황이다 싶으면 투창으로 도와주는 것이 고작이었다.

대신 그는 강변을 따라 늘어선 카농 나무에 후와들이 보이면 여지없이 비행 아이템을 이용해서 날아가는데, 돌아오고 나면 최소한 몇 시간 동안은 더 이상 후와들이 보이지 않았다.

사람들은 가온이 혼자서 후와를 사냥한 거라고는 생각하지 않았지만, 최소한 놈들이 겁에 질려 도망가게 만든다고 생각했다.

지금도 콰르 사냥이 성공적으로 끝나자 강의 상공을 천천히 비행하고 있던 가온의 모습이 어느새 사라졌다.

"그런데 온 대장님이 소드마스터라는 말이 있던데 사실입니까?"

마타드는 자치위원이기는 했지만 온 클랜이 후와를 토벌하는 모습을 참관한 적이 없어 노라에게 물었다.

"나이로 보아서 그럴 리는 없을 테지만 제 눈으로 본 결과, 온 대장이 검기 완숙자임은 확인했어요."

"저 나이에 검기 완숙자라니 정말 천재가 따로 없네요. 하긴 소드마스터일 리는 없겠지요. 온 대장님의 스승인 나크 훈 기사님도 검기 완숙자이시니."

"온 대장님이 검기 완숙자든 소드 마스터이든 우리 세이
런의 입장에서는 루 여신만큼이나 큰 은혜를 베푸신 분
이지요."

노라의 말에 마타드는 물론이고 말없이 옆에 서 있는 말톤
과 선장이 고개를 끄덕였다.

만약 온 클랜이 수중던전을 박살 내고 생존자들을 데리고
귀환하지 않았다면, 세이런은 몇 달 안에 무너졌을 것이 분
명했다.

그것보다 더 큰 활약을 하기도 했다. 짧은 기간이기는
하지만 무려 3만 마리가 넘는 후와 사냥을 성공적으로 이끌
었다.

"그런데 가끔 온 대장님이 강 속으로 잠수하던데 대체 뭘
하는 걸까요?"

"글쎄요. 플고렌스를 사냥하는 게 아닐까요?"

"저도 그렇게 생각하기는 하는데……."

문제는 홀연히 다시 배로 돌아온 가온이 온 클랜원들은 물
론 선원들까지 포식을 할 정도로 거대한 물고기를 잡아 온다
는 것이다. 그래서 좀 헷갈렸다.

사실 플고렌스는 뱃사람들에게 크게 위험하지 않았다. 놈
이 위험한 것은 사람들이 강가에서 씻거나 낚시를 할 때 감
전을 시킨 후 덥석 삼켜 버리기 때문에 대부분 여자와 아이

가 많이 희생을 당했다.

어쨌거나 플고렌스도 오크라강에 기대 사는 사람들에게는 콰르만큼이나 위험하고 증오스러운 마수였다.

"아무튼 온 대장님과 온 클랜 덕분에 오크라강에 기대 사는 우리와 같은 사람들은 더 안전해지고 있으니 그야말로 루께서 보낸 사자나 다름없지요."

"그건 맞아요."

선장실에서 온 클랜원들이 능숙하게 콰르를 사냥하는 것을 구경하는 두 사람의 눈에는 짙은 경의의 감정으로 가득했다.

그 시각. 가온은 후와들을 사냥하고 있었다.

빠르게 숙련도가 높아지고 있는 마나탄을 사용해서 후와들을 저격하고 놈들이 습격 사실을 알아채고 한곳에 모여들면 거대화 스킬을 사용해서 쓸어버리는 방식으로 사냥하고 있었다.

마나탄과 거대화 스킬의 레벨이 올라가서 그런지 아니면 파워 드레인 스킬과 연공을 통해 폭증한 스텟 덕분인지는 알 수 없지만, 이제 후와는 가온에게 시간이 많이 걸릴 뿐 그리 어려운 사냥감은 아니었다.

자신은 혼자이되 혼자가 아니었다. 한 번 진화를 한 세 정령의 능력이 그만큼 대단했다.

덕분에 성체가 3천 마리 규모인 후와 무리는 이제 반나절 정도면 말끔하게 사냥할 수 있었다.

후와 사체를 챙기는 건 앙헬이 전담했는데 자신의 아공간이 지저분해진다면서 얼마나 투덜거리는지 모른다. 그래도 사체 대부분은 당일 밤에 갓상점에 팔았기에 금방 비워졌지만 말이다.

후와 사냥과 세이런 주민들의 치료 덕분에 확보한 명예 포인트만 벌써 170만이 넘는다. 기존의 포인트와 합하면 200만이 코앞이다.

대신 보스를 사냥해도 획득하는 경험치가 별로 없어 레벨은 이제 겨우 302밖에 되지 않았다. 그래도 레벨업 시에 랜덤으로 획득하는 방식으로 변한 덕분에 여유 포인트는 벌써 200이 넘었다.

조만간 대대적으로 스텟 업그레이드를 해야 할 것 같은데 파워 드레인 스킬의 레벨이 올라서 그런지 스텟들도 급격히 높아지고 있었다.

세 정령의 조력이 있더라고 혼자서 후와를 사냥하는 건 무척 무료한 일이지만, 그래도 보스를 사냥하면 두 번에 한 번 꼴로 진혈이 나오기 때문에 거대화 스킬의 효율을 높이기 위해서 어쩔 수 없이 하고 있었다.

그래도 후와 사냥은 가온에게 많은 전리품을 안겨 주었다. 천연 영약인 카농 속 씨는 물론이고 맛도 향도 뛰어나며 영약의 효과가 있는 카눙주까지 얻을 수 있었기 때문이다.

여전히 풀리지 않는 수수께끼도 있었다. 무리를 거의 다 사냥했음에도 불구하고 희한한 것이 통 어린 새끼를 볼 수가 없었던 것이다.

그래서 가온은 지금도 놈들이 어떤 던전에서 나오는 것이 아닌가 하는 의심을 거두지 않고 시간이 날 때마다 던전을 찾아보고 있는데 지금까지는 실패했다.

어쨌든 명예 포인트가 200만을 육박하는 상황이라서 매일 밤 갓상점에 접속해서 구매할 것이 없는지 살펴보고 있지만 마땅한 것이 없었다. 어지간한 아이템은 성에 차지 않았고 스킬 역시 대체 가능한 것들을 보유하고 있었던 것이다.

그러던 중 눈길을 끄는 아이템이 새로 올라왔다.

'스킬 등급 진화권이라……'

다른 플레이어들과 달리 시간이 걸려도 수련과 실전을 통해서 스킬 레벨을 올리는 것이 맞다고 생각하는 가온이지만 그래도 스킬의 등급을 높일 수 있는 진화권은 욕심이 날 수밖에 없었다.

문제는 그 진화권의 가격이 상상을 초월한다는 점이다. A등급의 스킬을 S등급으로 올려 주는 진화권의 가격이 무려 100만 포인트에 달했던 것이다.

'그래도 쓸 때는 써야 해!'

가온은 고심 끝에 진화권을 구입해서 마나탄에 사용했다.

현재 그가 사용하는 스킬 중 가장 효용이 높은 것이다.

그러자 갑자기 상체와 두 팔이 마비가 되면서 엄청난 통증이 엄습했다.

'뭐야?'

격렬한 통증이었지만 참지 못할 정도는 아니었고 통증이 지속된 시간이 무척 짧았기에 무슨 조치를 취하기도 전에 상황은 종료가 되었다.

두 팔을 움직여 보던 가온은 생각지 못한 변화를 감지할 수 있었다.

'마나오션에서 두 팔로 연결되는 마나로드가 확장되었어!'

혹시나 싶어서 마나탄 스킬의 내용을 확인해 보니 과연 큰 변화가 있었다. 일단 마나탄에 필요한 마나로드가 10배로 확장되었고 마나 운용력이 10배로 증가했다.

또한 지금까지는 마나 100을 압축시켜 발사했다면 이젠 1천을 압축시킨 마나탄을 발사할 수 있게 되었고 폭발 효과가 추가되었으며, 속성 마나를 제대로 사용할 수 있게 되었다.

실제로 시험을 해 본 결과 마나탄의 위력은 이전에 비해 최소 서너 배는 더 강해졌다. 크기도 훨씬 커져서 후와 보스와 같은 놈도 한 방에 끝장을 낼 수 있을 정도였다.

그렇게 진화된 마나탄의 위력에 감탄한 가온은 다른 진화권의 구입을 진지하게 고민했다.

'너무 비싸!'

B등급 스킬을 A등급으로 올릴 수 있는 진화권의 가격은 10만 포인트였지만, 현재로서는 다른 스킬들까지 굳이 진화시킬 이유가 없었다.

'차라리 더 모아서 거대화 스킬을 S등급으로 진화시키자!'

그렇게 결론을 내린 가온은 보유한 스킬을 갈고닦으며 사냥에 더 집중하기로 했다.

⸎

가온이 후와 사냥은 혼자 하고 콰르 사냥을 대원들에게 맡긴 이유가 있었다.

세이런을 출발하기 전날, 콜 일행이 면담을 요청했었다.

"피로는 좀 풀었습니까?"

"그리 대단한 일을 한 것도 아니라서 크게 피로하지도 않습니다."

대답을 한 콜이나 드골 그리고 무조는 환자들을 위한 식사를 준비하는 데 최선을 다했다. 전날에는 배식까지 했지만 오늘은 자원자가 많아서 그나마 피로가 덜했다.

"그런데 무슨 일입니까?"

후와 사냥으로 레벨 업을 통해서 실력까지 비약적으로 상승한 이들이 따로 면담을 요청할 일은 특별히 없었다.

예지몽으로
히든랭커

"대장님이 가려는 곳이 수도 인근에 있는 던전이 맞습니까?"

가온은 고개를 끄덕였다.

예지몽에서 그 던전에 대한 소문을 들었다. 3층인지 4층인지 모르겠지만 굉장히 큰 초대형 던전이고 다양한 수준의 마수와 몬스터가 서식해서 플레이어 수만 명이 동시에 입장을 한다는 얘기였다.

"저희가 따로 알아봤는데 현재 그 던전은 아무나 들어갈 수가 없다고 하더군요."

"그렇습니까?"

그럴 리가 없었다. 그가 꾼 예지몽의 끝부분, 즉 늦가을 정도에 그 던전에 대한 소문을 들었는데, 분명히 플레이어들에게 개방되었고 엄청난 인기를 끌고 있다고 들었던 것이다.

"네. 들어가려면 자격을 증명해야 한다고 했습니다."

"자격이라……."

"수도와 가까워서 그런지 왕국에서 직접 관리하는 던전인데, 굉장히 위험해서 기사 작위를 받은 이들이 아니면 들여보내지 않는다고 했습니다."

그럼 던전이 어느 정도 공략이 된 후 플레이어들에게 개방을 하는 걸지도 모르겠다.

위험한 마수나 몬스터가 지천인 일부 층만 들어가지 않으면 레벨을 올리기에 적당하다는 소문을 들었다.

그 얘기를 듣자 한 가지 생각이 떠올랐다.

'그럼 지금은 왕국 차원에서 그 던전을 공략하는 중인 걸까?'

만약 그게 사실이라면 왕실에서 왕국에서 가장 강력한 전투력을 지닌 왕실 기사단을 마수와 몬스터 토벌에 동원하지 않고 있는 상황을 이해할 수 있었다.

그리고 그 던전은 틀림없이 아주 위험할 것이다.

'스승님도 그 던전에 투입되었을 가능성이 아주 높아.'

왕실에서 뛰어난 기사들을 모두 그 던전 공략에 동원할 정도이니 브레이크를 앞두고 있는 건지도 몰랐다.

"이런 사정이라면 나크 훈 기사님과 관계가 있는 대장님을 제외하고는 던전에 들어갈 수 없을지도 몰라요."

무조가 아쉬움 가득한 얼굴로 끼어들었다.

아니다. 정말 그런 던전이라면 나크 훈이 직접 나서서 인정을 해 주지 않는 이상 가온조차 입장할 수 없을 가능성이 높았다.

"자격을 증명하면 된다고 했는데 어떤 방식인지 혹시 알고 있습니까?"

"왕실에 신청을 해서 수도 인근에 있는 알카스 소산맥에 들어가서 일정 구역을 토벌하거나 혹은 던전을 공략하면 그 던전에 들어갈 자격을 부여한다는 얘기를 들었습니다."

아무래도 실력이 떨어지는 이들이 던전이라는 이름에 홀

려서 함부로 들어갔다가 덧없이 희생당할까 봐 왕국에서 그런 정책을 펴는 모양이다.

"알카스 소산맥에 서식하는 어떤 몬스터를 토벌하면 되는 겁니까?"

"그거야 저희도 자세히는 알 수 없지만 시간이 꽤 오래 걸릴 것은 틀림없습니다."

일정 구역에 서식하는 마수와 몬스터를 토벌하는 일이라면 당연히 시간이 많이 걸릴 수밖에 없었다. 게다가 범위가 넓은 만큼 많은 사람이 필요했다.

"던전은요?"

드넓은 산맥을 돌아다니면서 수많은 마수와 몬스터를 사냥하는 것보다는 제한된 공간이자 경험치 여섯 배가 적용되는 던전이 자신에게는 더 편했다.

"저희가 입수한 정보로는 수도 인근에 대여섯 달 전에 오우거가 보스인 던전이 발견되었다고 합니다. 아무래도 그곳을······."

"오우거 던전이기는 하지만 보스가 오우거이고 나머지는 오크라고 들었어요."

오우거라는 말에 내심 긴장했던 가온은 안심했다. 오우거가 한 마리뿐이라면 해볼 만하다는 생각이 든 것이다.

오우거는 사이클롭스와 같이 희귀한 몬스터를 제외하고는 육상 몬스터 중 최상위에 속해 있었다.

추정 레벨은 대략 400.

호신강기처럼 생체 방어막을 피부 위에 두르고 있는 오우거를 사냥하기 위해서는 최소한 검기를 능숙하게 펼치는 실력자가 서른 명 이상은 있어야만 했다.

거기에 보통은 단독 혹은 가족 단위로 서식하기 때문에 어지간한 전력으로는 던전을 클리어할 수 없다.

하지만 대부분이 오크이고 보스가 오우거 한 마리뿐이라면 얘기가 다르다. 인원수만 충분하면 오크 정도는 충분히 사냥할 수 있었다. 물론 오우거야 보스이니 가장 마지막에 따로 사냥을 하면 된다.

하지만 문제가 있었다.

'어지간한 실력자들은 이미 초대형 던전에 들어가서 공략을 하고 있을 거야.'

왕실 기사들까지 공략을 하고 있다면 수도 근처에서 활약하는 실력이 있는 용병단들도 합류했을 가능성이 높았다. 즉 실력자들을 고용하고 싶어도 그럴 수가 없다는 얘기다.

그렇다면 방법은 하나밖에 없었다. 자체적인 전투력을 높이는 것 말이다.

'될까?'

온 클랜의 자체 무력으로 그 던전을 클리어한다는 것은 현재로서는 결코 쉬운 일이 아니다.

하지만 다행하게도 온 클랜에는 사냥을 하면 할수록 비약적으로 강해지는 이들이 있다.

바로 플레이어 대원들.

탄 대륙 출신의 대원들도 그동안 자신이 확보한 천연 영약으로 성장할 수 있는 토대는 마련해 줄 수 있었다.

그럼 남은 것은 실전이다. 실전을 통해서 레벨을 올리고, 기량을 높여야만 아직 플레이어들에게 개방되지 않은 초대형 던전에 입장할 수 있었다.

물론 콜 일행이 입수했다는 정보가 사실과 다를 가능성도 있지만 대원들의 실력이 높아져야 할 수 있는 것이 많아진다는 것만은 확실했다.

콜 일행이 따로 찾아와서 그런 정보를 털어놓은 것은 빠르게 성장하고 싶으니 도와 달라는 말을 하고 싶어서였다.

가온은 당연히 그 부탁을 수락했다. 자신에게도 이들의 성장이 필요했으니 말이다.

그렇게 콜 일행과의 면담을 통해서 온 클랜의 전력을 높여야 하는 필요성을 인식한 가온은 콰르 사냥은 대원들에게 맡겼다.

콰르 한 마리의 영역은 물살에 떠내려가는 철갑선의 운항 거리를 기준으로 반나절 거리에 해당했다. 그래서 대원들은 하루에 콰르 두 마리씩은 사냥할 수 있었다.

그렇다고 가온이 후와 사냥만 하는 건 아니었다.

'플고렌스 사냥이 아주 짭짤해.'

가온은 직접 물속으로 들어가서 철심목 창과 뇌전신공으로 놈을 사냥하는데, 그 과정에서 뇌전기를 흡수했다.

플고렌스도 콰르와 마찬가지로 지금의 가온과는 레벨 차이가 커서 20마리 정도는 사냥해야 레벨이 오를 정도였지만 그럼에도 사냥을 하는 이유가 있었다.

비록 자신은 타 차원인이지만 지금은 이곳 사람처럼 살고 있으니 이 세계를 위해서, 그릴 자매처럼 가장을 잃고 힘든 삶을 살아야만 하는 이들을 위해서 플고렌스의 씨를 말리겠다고 다짐했다.

사실 콰르와 달리 플고렌스는 배를 직접 공격하지는 않는다. 주로 강바닥에서 벗어나지 않았다.

하지만 플고렌스는 다른 의미로 위험했다. 강에서 씻거나 빨래를 하는 이들을 공격해서 잡아먹는 것이다. 그래서 여자들과 아이들의 피해가 컸다.

그뿐이 아니다. 그 거대한 몸집을 유지하기 위해서 닥치는 대로 물고기와 수생생물을 잡아먹는다. 전격 능력을 활용한 놈의 공격을 피하거나 상대할 수생생물은 없었다.

강의 지배자라고 할 수 있는 악어조차도 플고렌스에게는 손쉬운 먹이에 불과했다. 순간적으로 수만 볼트에 해당하는 전격을 맞으면 빈사 상태가 되어 버리기 때문이다.

그 큰 악어를 한 번에 삼켜도 며칠이면 다 소화를 시키는 플고렌스는 콰르와 더불어 그야말로 강이라는 생태계의 파괴자인 것이다.

'거기에 고기는 콰르처럼 마나를 함유하고 있어서 먹고 연공만 하면 마나가 늘어나니까 더욱 좋지.'

플고렌스 역시 콰르처럼 상급 마정석을 가지고 있었다. 돈은 충분하지만 그래도 다다익선이다.

출항한 지 이틀째 오후, 선수에서 왕도 쪽을 바라보며 바람을 맞던 가온은 문득 인기척을 느끼고 뒤를 돌아보았다.

노라였다. 그리고 그녀와 세 걸음 뒤로 말톤과 상인 길드장인 보우만이 서 있었다.

그들만이 아니다. 지금 선내에는 선원들을 제외하고도 100여 명에 달하는 세이런의 실력자들이 타고 있었다. 그만큼 콰르가 출몰하는 오크라강을 운항하는 건 위험한 일이다.

"제가 사색하시는데 방해를 했나요?"

"아닙니다."

이번 수도행의 중요성을 감안해서 세이런 측에서는 세 명의 자치위원이 동행했다.

"그런데 항해 속도가 너무 느린 것 같은데……."

조심스럽게 말을 꺼내는 보우만의 태도로 보아서 이들이 무슨 일로 자신을 찾아왔는지 알 것 같았다.

가온은 수도로 향하는 배를 타면서 자치위원회에 한 가지

요구를 했다. 해가 진 이후에는 운항하지 않고 안전한 곳에서 정박해야 한다는 내용이었다.

자치위원회는 일정한 구역마다 장악하고 있는 콰르가 있기 때문에 조심해서 운항을 하자는 뜻으로 받아들이고 가온의 요구를 수락했다.

그런데 예상과 달리 온 클랜은 어렵지 않게 콰르를 사냥하고 있었다. 사냥하는 시간도 불과 20분 내외로 길지 않았다.

이런 상황이니 배에 탑승한 세이런의 수뇌부는 시간이 너무 아쉬울 수밖에 없었다.

세이런이 보유한 역량을 모두 동원해서 건조한 마력선인 세이런호라면 쉬지 않고 운항하면 불과 일주일이면 왕도에 도착할 수 있었다.

그에 반해 밤 시간에 운항을 하지 않게 되면 두 배까지는 아니더라도 왕도까지는 최소한 12일 정도 걸릴 것이다.

식량을 포함한 생필품부터 시작해서 광물 등 다양한 물품이 부족한 세이런의 사정을 감안하면 노라와 같은 자치위원들이 속이 탈 수밖에 없는 상황이다.

그들은 하루라도 빨리 수도에 도착해서 필요한 물건들을 구해 돌아가고 싶었다.

"불가피한 일입니다."

하루 이동 거리를 제한하려는 것은 플레이어 대원들 때문이다. 나중에 시간이 더 지나면 로그인을 할 때 이전에 로그아웃을 했던 장소가 아니라 특정 인물이나 물건 주변의 장소에서 시작할 수 있게 시스템이 바뀌지만 지금은 아니다.

물론 세이런 사람들에게 그런 사실까지 알려 줄 필요는 없었다.

"음."

단호한 가온의 말에 노라는 물론 뒤에 서 있던 두 사람도 심각한 얼굴을 할 뿐 더 이상 말을 꺼내지 못했다.

"대신 중개료를 챙길 수 있도록 해 드리지요."

"중개료요?"

세 사람은 뜬금없는 가온의 말에 의아한 얼굴을 했다.

"오크라강을 끼고 있는 다른 도시들이나 영지들도 콰르나 플고렌스 혹은 후와 때문에 골치를 썩이고 있을 것 아닙니까?"

대원들의 실전 경험이나 명예 포인트를 위해서라도 어차피 할 사냥인데 돈까지 벌 수 있으면 금상첨화가 아닌가.

"그, 그럼 저희가 대신 의뢰를 받으라는 겁니까?"

말톤이 물었다.

"그렇습니다. 거기에 동행한 세이런의 헌터들을 지원할 경우 의뢰비의 2할을 드리겠습니다. 우리 온 클랜과 공동으로 의뢰를 수행하는 거지요."

세 사람과 동행한 헌터들은 약 100여 명으로 대부분 검광 실력자들이고 다섯 명은 검기 입문자나 실력자였다.

'콰르라면 몰라도 후와를 사냥하려면 숫자가 많아야 해.'

그동안 후와 무리를 사냥하면서 받은 보상으로 거대화 스킬의 레벨이 3으로 상승했고 후와 진혈도 다섯 병이나 획득한 덕분에 스킬의 위력이 강해졌지만 가온은 더 많은 진혈을 원했다.

이틀 동안 혼자 사냥을 해 보니 시간이 너무 많이 걸려서 사냥 효율이 많이 떨어졌다.

가온은 수도까지 가는 동안 되도록 많은 후와 무리를 토벌하기를 원했다.

'거대한 마수나 몬스터를 사냥할 때 거대화 스킬만큼 강력한 스킬은 없어.'

거기에 대원들의 기량을 향상시키기 위해서라도 왕도로 가는 동안 지속해서 사냥을 해야 했다. 하루 두 마리 정도를 잡는 콰르로는 성에 차질 않았다.

검광 혹은 검기 실력자가 아니면 상대할 수 없는 후와 준보스들이 좋은 수련 파트너가 될 수 있었다.

"20%라면 얼마나 될까요?"

"우리 세이런에게 한 의뢰를 기준으로 하면 6천 골드!"

"앞으로의 여정을 생각하면 정박 예정인 도시나 영지가 일곱 곳이니 전부 의뢰를 받으면 4만 골드가 넘잖아! 아니지. 의뢰비는 더 받을 수 있어!"

가온의 제의를 생각하던 세 사람의 눈이 튀어나올 것처럼 커졌다.

4만 골드면 마수와 몬스터 창궐 사태 이전을 기준으로 세이런의 3개월 수입이다. 가온에게 한 마지막 의뢰를 위해 세이런이 보유한 현금을 모두 끌어모아서 마련한 돈이 겨우 3만 골드였다.

4만 골드면 3개월 동안 수많은 약초꾼들이 목숨을 걸고 밀림에서 캐낸 약초와 위험을 무릅쓰고 벌목을 한 목재를 뗏목으로 만들어서 주문한 영지까지 날라야만 벌 수 있는 돈이다.

자신들이야 돈이 없어서 3만 골드에 의뢰를 했지만 다른 영지는 다르다. 더 받아 낼 수 있었던 것이다.

이런 상황을 생각한 것은 아니지만 온 클랜이 세이런에 머물면서 세운 업적은 이미 오크라강을 따라 건설된 도시와 영지 사이에 널리 퍼졌다. 각 길드의 지부들이 총본부에 보고를 하는 과정에서 소문이 퍼졌다.

만약 온 클랜이 자신들의 도시나 영지에 도착한 것을 알면 안 그래도 콰르와 후와로 인해서 생존의 위험에 처해 있는 그들로서는 의뢰를 하지 않을 수 없었다.

"1만 골드 정도는 수고한 사람들에게 나눠 준다고 해도 3만 골드가 남는데, 그 돈이면 식량이 얼마야!"

"식량뿐 아니라 우리 세이런이 필요로 하는 대부분의 물건을 구할 수 있어!"

    자신들이 벌어들인 돈과 그 돈으로 구할 수 있는 물품들을 떠올린 세 사람의 눈이 뒤집히지 않을 수 없었다.

    "정말 의뢰 부분을 저희에게 맡기실 건가요?"

    가온은 노라의 질문에 고개를 끄덕였다. 로에니라면 잘할 수 있을 테지만, 그녀도 한창 수련에 힘을 쓸 때라서 돈을 좀 적게 벌더라도 귀찮은 일은 시키지 않을 생각이다.

    "알겠어요! 저희가 책임지고 제대로 된 의뢰를 받을게요."

    소문은 과장되기 마련이지만 온 클랜에 대한 정보는 달랐다. 상인들이나 평민들 사이에 퍼지는 소문과 달리 공신력이 높은 길드를 통해 퍼지고 있는 정보이니 말이다.

    '의뢰를 받는 건 문제가 없어! 너 나 할 것 없이 의뢰를 하려고 할 테니까.'

    자유도시인 세이런과 달리 영주가 다스리는 도시나 성의 경우 이런 상황이라면 자금력에는 별문제가 없었다. 온 클랜처럼 고위급 마수나 몬스터를 사냥할 수 있는 용병 혹은 헌터 집단이 없어서 탈이다.

    가온의 제안에 방금 전까지만 해도 시간이 걸릴까 봐 노심초사했던 세 사람의 얼굴에는 미소가 활짝 피어 있었다.

도란 자작령

그날 오후 늦은 시간.

해거름에 세이런호가 입항한 항구는 도린 자작령에 속했다.

성이 세이런처럼 강과 붙어 있는 것은 아니고 선착장에서 걸어서 10분 정도는 내륙으로 들어가야 나오지만 도란 자작령도 강을 통한 교역이 중요한 곳이었다.

"정말 안 가실 생각이세요?"

노라는 성안으로 들어가지 않고 배에서 머무르겠다는 가온이 이해가 가질 않았다.

"지금은 저도 그렇고 우리 클랜원들도 사람을 만나는 것보다 수련에 힘써야 할 때입니다."

핑계가 아니다. 자신도 그렇지만 대원들도 그간 경험했던 실전을 토대로 고대 유적지에서 얻은 스킬 레벨을 올리기에 적기였다.

물론 성안으로 들어간다면 안락한 잠자리와 맛있는 식사 등 유흥을 즐길 수 있겠지만, 지금 온 클랜원들은 그런 것보다는 수련에 매진하는 것이 중요하다는 사실을 잘 알고 있었다.

"온 클랜이 강한 이유를 알 것 같네요. 알겠어요. 의뢰 건은 저희가 알아서 받아 올게요."

온 클랜이 배에서 밤을 보내기로 했기 때문에 선원들은 무척 좋아했다. 내일 아침에 다시 출항해야 하기 때문에 도란에서 숙박을 할 수 없지만 더 많은 선원들에게 외출이라는 선물을 할 수 있었다.

그렇게 사람들이 떠나자 대원들은 더 이상 흔들리지 않는 갑판에서 저마다 수련을 시작했다.

보름여에 걸친 후와 사냥과 출항해서 여기까지 오는 동안 총 세 마리의 콰르를 사냥하면서 대원들의 기량은 상당히 높아졌다.

가온은 대원들이 수련에 전념하는 모습을 뿌듯한 얼굴로 잠시 지켜보았다.

'짧은 시간에 다들 실력이 엄청 높아졌네.'

대원들은 배를 탄 상태에서도 끊임없이 수련을 해 왔다.

예지몽으로
히든랭커

적응이 되면 잘 느끼지 못하지만 배는 끊임없이 흔들리는데, 그 위에서 수련을 하는 것은 생각보다 어렵다.

오우거와 같은 육상 몬스터들도 사냥할 수 있는 1급 기사나 고위급 마법사가 콰르나 플고렌스와 같은 수생 마수를 사냥하기를 꺼리는 이유였다.

흔들리는 배 위에서 무기를 제대로 휘두르거나 마법을 펼칠 수 있는 비법은 간단했다. 육체가 적응하는 단계를 넘어서 자연스럽게 밸런스를 잡도록 많은 시간을 투자해서 수련하는 방법밖에 없었다.

가온의 말을 통해 그 사실을 알게 된 대원들은 배가 운항하고 있을 때는 물론 지금처럼 정박한 상태에서도 끊임없이 수련을 해 왔다. 그게 실력을 높이는 정도이니 말이다.

그렇게 치열하게 수련을 하고 나면 눈에 보이는 결과를 얻을 수 있으니 어찌 수련을 게을리할 수 있겠는가.

하지만 눈에 띄는 실력 향상에 가장 큰 역할을 하는 건 따로 있었다.

그건 바로 언젠가부터 먹기 시작한 콰르와 플고렌스 고기 그리고 후와 속 씨였다. 내성이 거의 없는 이 세 자연 영약은 오랜 수련으로 인한 마나 고갈을 회복시켜 줄 뿐 아니라 본인도 느낄 수 있을 정도의 마나 증진을 이끌었다.

한 가지만 먹어도 마나가 늘어나는데 세 가지나 되니 하루가 다르게 마나가 높아질 수밖에 없었다.

물론 그 바탕에는 하루에도 수십 번 이상 마나를 바닥까지 소진할 정도로 강도 높은 수련이나 사냥이 있었지만 말이다.

　마나 그리고 마나의 변형인 마력은 원래 바닥이 날 때까지 소진한 후 다시 채우는 과정에서 소량 증가한다. 거기에 천연 영약이 추가되자 짧은 시간에도 불구하고 대원들의 마나와 마력이 빠르게 증가하는 것이다.

　그날 밤, 대원 중에서는 유일하게 출타를 했던 마론 부부가 돌아왔다.

　"많이 샀어?"

　퍼슨이 마론 부부를 반기며 물었다.

　"아니. 이쪽도 세이런 정도는 아니지만 식량 가격이 무척 높더군. 먹을 건 주전부리 약간이 전부야. 그래도 과일 가공품이나 사냥 용품 등은 여유가 있어서 그것들로 아공간 주머니 두 개를 겨우 채워 왔어."

　마론 부부가 도란 자작성을 들어간 것은 가온의 지시 때문이었다. 딱히 현재 필요한 물건은 없지만 항상 준비를 해 두는 가온이라서 빈 아공간 주머니들을 내주며 물건 구입을 부탁했던 것이다.

　곡물이나 건조육과 같은 식량은 이곳 역시 사정이 좋지 않아서 별로 구입할 수 없었지만, 도란 자작령 특산인 과실주와 과일 그리고 독은 충분히 구입했다.

"수고했습니다. 퍼슨, 이건 적당히 꺼내서 나누어 먹도록 하지요."

가온은 수련으로 인해 배가 출출할 대원들을 위해서 건과 등 주전부리가 들어 있는 아공간 주머니를 내주었다.

"야식이다!"

안 그래도 잔뜩 땀을 흘리고 난 후라 출출했던 대원들은 바로 퍼슨 주위로 몰려들었다.

그 모습을 흐뭇하게 쳐다보던 가온이 마론을 보며 물었다.

"도란 자작성은 어떻습니까?"

"이곳 역시 마수와 몬스터로 인해서 상황이 별로 좋지는 않지만 그래도 세이런보다는 좀 나은 것 같습니다. 성 자체가 큰 데다 외성 안팎의 농경지가 꽤 넓으니까요. 목장도 있고요. 그래도 이곳 특산인 과일 가공식품을 빼고는 다 가격이 많이 오른 상태입니다."

건과와 과실주로 이름난 도란 자작령은 오랫동안 부를 축적해 왔고, 육로가 위험하긴 하지만 열려 있어 사람과 물류의 유통이 그나마 유지되고 있기에 세이런보다는 이번 위기를 잘 버티고 있었다.

"그런데 우리 온 클랜의 행보가 이곳에 널리 퍼져 있더군요."

"맞아요. 다들 우리 온 클랜 얘기만 하고 있더라고요. 특히 대장님을 루의 사자라고 부르더라고요. 잠깐 들른 모험가 길드에서도 우리가 이곳에 도착한 얘기가 화제였어요."

그렇게 말하는 마론 부부의 얼굴에는 자부심과 뿌듯함이 고스란히 떠올라 있었다.

"그리고 내일 도란 자작이 정식으로 우리 온 클랜을 상대로 의뢰를 할 것 같습니다. 세이런의 자치위원들이 도란 자작의 초대를 받아서 영주부에 들어가더군요."

"의뢰라면 당연히 콰르와 후와를 사냥하는 것이겠지요?"

"그렇습니다. 도란 자작령을 흐르는 오크라강의 지배자가 좀 강한 개체인 것 같습니다. '도란의 폭군'이라는 악명까지 붙어 있더군요. 기사들을 포함해서 꽤 많은 피해자가 발생한 모양입니다. 보통 콰르보다 훨씬 더 거대한 동체에 뿔이 세 개나 되는데 특이하게 뿔을 통해 전격을 방출한다고 합니다."

원래 치명적인 독이 대표적인 능력인 콰르가 전격 능력까지 갖추었다면 진화한 변종일 가능성이 아주 높았다.

"도란 자작가의 기사단장이 놈을 잡다가 죽었는데 그때 눈 하나를 부수었고 세 개의 뿔 중 하나는 3분의 1 정도 부러뜨렸다고 해요. 몸통과 꼬리 사이에도 커다란 상처가 생겼고요. 도란에서는 그 콰르를 '도란의 폭군'이라고 부르는데, 그동안 사냥에 나섰던 자작가의 기사 열두 명을 포함해서 수백 명이 놈에게 잡아먹혔다고 했어요."

그 정도라면 이를 갈고 있을 것이니 당연히 의뢰를 해 올 것이다.

"다들 우리 온 클랜의 사냥 성과를 잘 알고 있더라고요. 아마 길드끼리 통신을 할 때 전해진 모양이에요."

"샐리의 말대로 우리의 이름이 아주 널리 알려진 것 같습니다. 아는 길드원 몇 명이 어떻게 해야 온 클랜에 들어갈 수 있는지 물어보기도 하더군요."

소문이 여기까지 자세하게 퍼진 것 같은데 주전부리를 먹으면서도 가온과 마론 부부의 대화를 듣고 있던 대원들의 얼굴에 자랑스러운 표정이 떠올랐다.

"자, 대충 먹고 이제 쉽시다."

오늘 하루도 콰르를 두 마리나 사냥했고 고된 수련을 한 대원들은 출출했던 배를 채우자 다들 선실로 내려갔다. 이렇게 지쳤을 때는 잠이 보약이라는 사실을 잘 알고 있었다.

그렇게 대원들이 쉬러 갔지만 가온은 따로 볼일이 있었다.

'후와 사냥까지 하다 보면 플고렌스를 사냥할 시간이 없을 거야.'

콰르와 후와는 의뢰 대상인 만큼 내일 사냥해도 되지만 플고렌스는 달랐다. 놈이 강가로 접근하는 사람들을 공격하는 건 사실이지만 콰르나 후와보다는 피해가 적은 편이라서 의뢰 대상에 포함이 안 될 가능성이 높았다.

하지만 플고렌스는 천연 영약이자 가온에게는 뇌전기를

늘릴 수 있도록 해 주는 존재이니 시간이 날 때 따로 사냥을
해 두려는 것이다.

가온은 소리 없이 강물 속으로 뛰어들었다.

특별한 방어구를 입은 건 아니지만 온몸이 물에 잠기는 순
간 따로 발동하지 않아도 인어의 후예 칭호가 발동되어 물속
에서도 아주 편하게 움직일 수 있었다.

하지만 플고렌스를 찾기도 전에 준보스에 해당하는 거대
한 콰르를 발견했다. 던전을 기준으로 해도 보스 다음 계급
은 될 것 같은 대형 종이었다.

'혹시 저놈이 도란의 폭군인가?'

그럴 가능성이 높았다. 눈 하나가 감겨 있었고 특히 세 개
의 뿔 사이에 옅게 방전하는 뇌전이 아주 인상적이었다.

놈은 밤중임에도 불구하고 도란 선착장 주위를 유유하게
헤엄쳐 다니고 있었다.

'설마 선착장에 정박되어 있는 배를 노리는 건가?'

그거야 알 수 없지만 이대로 두고 볼 수는 없었다.

가온은 강철 창 한 자루를 꺼낸 후 단번에 놈을 끝장내기
위해서 마누를 소환했다.

'마누, 창에 깃들어 줄래.'

-알았어요.

의외로 정령들은 사물에 깃드는 것을 별로 좋아하지 않
았지만, 성격이 좋은 마누는 별다른 불만 없이 바로 강철 창

예지몽으로
히든랭커

에 깃들었다.

가온은 은신한 상태로 놈에게 접근했다. 물은 혼탁했지만 심안 스킬을 발동한 그에게는 훤히 다 보였다.

콰르와 거리가 30미터로 좁아졌을 때 놈의 거대한 머리가 정확하게 가온이 있는 곳으로 움직였다.

'눈도 하나 없는 놈이 엄청나게 민감하네.'

가온이 미동도 하지 않고 있자 놈이 다시 움직이기 시작했다.

아무래도 더 가까이 접근하긴 힘들 것 같았다. 사실 30미터 거리면 충분하긴 했다.

가온은 놈이 완전히 경계를 풀었다고 느낀 순간, 마누가 동화된 창을 던지는 동시에 왼손 중지를 통해 마나탄을 발사했다.

팅!

미세한 소음과 함께 전격이 흐르는 창이 옆으로 튕겨 나갔다. 창이 놀랄 만큼 빠르게 날아갔지만 콰르는 머리를 움직여서 정확하게 뿔로 받아 낸 것이다.

세 뿔 중 가운데 뿔의 강도는 엄청났다. 놈의 감각이 예민한 것을 고려해서 창기까지는 아니더라도 창광을 발현했으며 마누가 깃들어 전격이 흐르고 있는 창을 튕겨 낼 정도이니 말이다.

하지만 그렇다고 마누가 깃든 창이 제 역할을 전혀 못 한 것은 아니다. 뿔과 창이 맞닥뜨린 순간 엄청난 전류가 놈의 몸으로 흘렀고, 그 결과 놈은 잠시 경직 상태에 빠진 것이다.

그런 놈을 향해 쇄도하는 게 있었다. 물의 저항으로 인해 속도는 좀 느려졌지만 동체시력을 초월하는 빠르기로 놈에게 날아간 것은 바로 창의 바로 뒤를 따르는 마나탄이었다.

S급으로 진화된 마나탄은 특별했다. 이전과 다른 효과를 가지고 있었다.

그건 바로 폭발 효과였다. 이전까지는 관통력만 있었다면 S급이 된 마나탄은 목표를 파고들어 의지를 발동하면 즉각 폭발하는 효과를 가지게 되었다.

하지만 그대로 놔두면 다시 뿔에 부딪히고 말 것이다. 마나탄이 가진 위력과 폭발력을 생각하면 뿔 정도는 그대로 부숴 버리겠지만 그건 가온이 의도한 것이 아니다.

도란 자작령에서 파견할 참관인들이 옆에 있다면 모르겠지만, 그런 상황이 아닌 만큼 웬만하면 세 뿔 중 하나가 3분의 1 정도 부러진 것이 특징인 이 콰르의 사체를 온전하게 남겨야만 했다.

그래야 참관하지 못했어도 사냥했다고 인정할 것이 아닌가.

'움직여! 조금만 옆으로!'

염력 스킬을 습득한 건 아니지만 그의 간절한 의지에 마나탄에 농축된 마나가 반응했다. 정확히 뿔로 향하던 마나탄의 경로가 손가락 두 마디 정도 옆으로 수정된 것이다.

푹!

마나탄은 파육음과 함께 중간 뿔과 오른쪽 뿔 사이를 정확하게 파고들었다.

가온은 마나탄이 놈의 단단한 두개골을 부술 수 있을지 의심했지만 마나탄은 다행히 두개골을 관통해서 바로 뇌와 신경이 있는 부위에서 폭발했다.

놈의 머리통이 몸통과 상관없이 빠르게 움직였다. 두개골 안에서 마나탄이 폭발한 충격에 머리통이 움직인 것이다.

콰르가 아무리 강력한 마수라고 해도 뇌가 엉망이 되면 살아남지 못한다.

곧 콰르의 붉은 눈이 암전되었다. 뭘 삼켰는지는 모르지만 무거운 몸과 수중이라는 환경으로 인해서 제대로 대응하지도 못했고, 가장 강력한 무기인 독연이나 전격 능력을 발휘하지 못하고 죽어 나간 것이다.

'역시 S급 마나탄의 위력이 대단하네!'

거금을 투자해서 구입한 스킬 강화권으로 마나탄의 레벨을 한계까지 올린 것과 마누가 동화되어 창광과 함께 시퍼런 뇌전이 흐르는 창의 궤적을 따라 발사한 것이 주효했다.

그리고 예전이라면 몰라도 지금은 스킬 레벨업에 따른 마나 1,000의 소모는 충분히 감당할 수 있었다.

가온은 빠르게 아래로 내려가서 바닥에 떨어진 창을 수거

한 후 콰르의 머리통에 손을 대고 파워 드레인 스킬을 펼쳤다.

스킬을 얻은 후 사냥을 할 때면 빠지지 않고 펼쳤더니 파워 드레인 스킬도 레벨이 올라가서 그런지 이젠 흡수되는 에너지의 양이 더 많은 것 같았다.

'이놈이 맞겠지?'

죽은 콰르를 살펴보니 텅 빈 한쪽 눈과 부러진 뿔을 제외하더라도 마론과 샐리가 얘기한 대로 몸통과 꼬리에 번개처럼 생긴 상처가 아직까지 선명하게 남아 있었다.

'맞네.'

그제야 콰르 사체를 아공간에 챙긴 가온은 발바닥의 용천혈에 마나를 모아 압축을 한 후 터트리는 방식으로 순식간에 수면 위로 올라왔다.

도란 자작의 의뢰

뜻하지 않게 콰르를 사냥했지만 이대로 사냥을 끝낼 수는 없었다.

일단 수면 밖으로 나와 바로 투명날개를 사용해서 강 상공으로 날아오른 가온은 앙헬에게 뭔가를 부탁하고 천천히 오크라강을 따라 날았다.

－주인님, 찾았어요!

'콰르?'

－아니요. 플고렌스인데 세 마리나 있어요.

콰르야 넓은 영역에 단독 생활을 하기 때문에 당연히 한 마리가 끝이지만 플고렌스는 달랐다.

'금방 갈게.'

앙헬은 자신의 영혼에 귀속된 존재이기 때문에 그녀가 있는 위치는 본능적으로 알 수 있었다.

앙헬이 있는 곳으로 빠르게 날아간 가온은 아까와 마찬가지로 투명날개를 해제한 후 빠르게 입수했다.

그런데 플고렌스를 사냥하는 건 가온의 몫이 아니었다. 플고렌스를 사냥할 때 혹시나 싶어 항상 소환하는 마누가 뜻밖의 부탁을 해 왔다.

─제가 혼자 해 볼게요!

바로 마누였다.

날개 한 쌍이 더 생긴 후부터 직접적인 물리력을 발휘할 수 있게 된 마누는 순식간에 강바닥으로 내려갔다.

수심이 가장 깊은 강심 아래쪽이라서 그런지 진흙층이 유난히 두꺼운 바닥에는 플고렌스 세 마리가 충분한 거리를 두고 진흙 속에 몸 대부분을 묻은 채 자고 있었다.

마누는 그중 한 마리에 빠르게 접근했다.

'재미있네!'

천천히 유영을 하면서 그 모습을 지켜보던 가온이 미소를 지었다. 강력한 수생 마수인 플고렌스가 잠을 잔다는 사실도 신기하지만 자연 정령인 마누가 사냥을 하겠다고 나선 것도 좀 희한했다.

그런데 마누는 혼자 사냥하려는 것이 아니었다. 어느새 카오스가 나와 있었다.

강바닥의 진흙에 몸의 절반 이상을 묻고 잠을 자고 있었던 플고렌스는 진흙이 갑자기 딱딱하게 굳으면서 몸을 구속하자 깜짝 놀라 깨어났다.

하지만 딱딱하게 굳은 진흙은 부서지기는커녕 더욱 몸을 단단히 조였고, 생각지도 못한 상황에 당황한 플고렌스는 전격을 방출하기 시작했는지 드러난 몸이 시퍼렇게 방전되었다.

하지만 전격은 외부로 방출되지 않았다. 마누가 즉시 흡수하기 시작한 것이다.

대략 3분 정도가 지나자 플고렌스는 더 이상 방전하지 못했다. 몸의 발전기가 생산할 수 있는 전기가 바닥난 것이다.

그런데 그 순간 안 보였던 카오스가 모습을 드러내더니 이내 몸이 경직된 플고렌스의 몸 안으로 들어갔다가 바로 나왔는데, 가온을 향해 손을 흔들었다.

'죽은 거야?'

ㅡ그래도 되는데 이왕이면 온이 마무리를 할 수 있도록 숨통은 붙여 놨어.

이젠 콰르나 플고렌스 한두 마리로는 레벨 업을 할 수 없을 정도로 성장했지만, 그래도 공으로 경험치를 얻을 수 있는 기회를 차 버릴 가온이 아니다.

바로 마누와 카오스가 떠난 플고렌스에게 내려간 가온은 파워 드레인 스킬로 에너지를 흡수한 후 마나탄으로 뇌를 곤죽으로 만들어서 처리를 했다.

그 모든 과정은 거의 소음이나 파동을 일으키지 않고 진행되었다. 그래서 아직 자고 있는 다른 두 마리 역시 같은 운명을 피하지 못했다.

가온은 내심 자신의 뇌전신공을 위해 플고렌스를 이용할 생각을 했지만, 마누가 플고렌스 세 마리로부터 전격을 흡수하고 좋아하는 것을 보니 그런 생각을 드러낼 수 없었다.

그래도 정령들이 성장하니 확실히 큰 도움이 된다. 어찌 생각하면 콰르보다 훨씬 더 사냥하기 어려운 플고렌스를 이렇게 쉽게 사냥할 수 있었다.

'호오!'

준보스에 해당하는 콰르에 이어서 플고렌스 세 마리까지 사냥하자 레벨이 올랐다. 준보스인 콰르 한 마리로는 1레벨을 올리는 데 필요한 경험치가 약간 부족했던 모양이다.

그렇게 새벽부터 오크라강을 오르내리며 사냥한 플고렌스는 무려 13마리나 되었다. 세이런 쪽에 비해서 그 숫자가 월등하게 많았다.

그 이유는 녹스와 카오스가 설명을 해 주었다.

─이쪽은 강폭이 유난히 넓은 곳이 많아서 유속이 느려. 상류 쪽에서 떠내려 온 영양물들도 많고 진흙을 포함한 부유물들이 강바닥에 두껍게 쌓여 있어서 플고렌스들이 몸을 숨기기에 아주 적합한 환경이야.

—무엇보다 강을 따라 떠내려 온 카농 열매들이 쌓여 있어서 많이 서식하고 있었고 왕성하게 번식을 했던 것 같아.

들어 보니 그럴듯했다.

어쨌거나 플고렌스들로 인해서 오른 레벨은 1밖에 안 되지만 놈들의 사체는 대원들의 실력 상승에 큰 도움이 될 것 같아서 기분이 좋았다.

가온이 밤새 사냥을 마치고 대원들과 새벽 수련을 같이하려고 서둘러 배로 귀환했을 때 그를 기다리는 손님들이 있었다.

"온 대장님, 도란 자작께서 직접 오셨습니다!"

막 갑판에 착지하자 달려온 말톤이 그렇게 외쳤다.

'이 새벽에?'

이제 막 해가 뜨고 있는데 손님이라니.

눈을 돌려보니 '나 영주다!' 하는 얼굴이 하나 있었다.

장년까지는 아니고 40대 초중반으로 보이는 도란 자작은 마른 체구에 튀어나온 광대와 날카로운 눈빛이 인상적인 외모였다.

기사 출신인지 전신 아머를 착용한 그는 열두 명의 기사와 마법사 사이에 서 있었는데, 발산하는 마나 파동으로 봐서 적어도 검광 입문에 해당하는 실력을 가지고 있었다.

그러고 보니 선착장 쪽에도 200여 명이 모여 있었는데, 복장이나 나이가 다양했지만 다들 꽤 강한 기세를 느낄 수 있었다.

"자작 각하를 뵙습니다! 온 클랜의 클랜장 온 훈입니다."

가온은 한쪽 무릎을 꿇고 오른 손등을 가슴 앞으로 살짝 내미는 간략한 기사의 예법을 갖추어 인사를 했다.

"도란 영지의 주인인 에펠 도란이네. 일어나게. 소문이 자자한 온 훈 경을 직접 만나 보고 싶어서 이렇게 이른 시간에 달려왔네. 혹시 방해가 되는 건 아니겠지?"

자작이 차가워 보이는 첫인상과는 다르게 미소를 지으며 말했다.

"그럴 리가요. 뵙게 되어 영광입니다."

사실 자작령의 주인이 직접 이렇게 이른 시간에 직접 이곳까지 나온 것은 굉장히 파격적인 일이다.

"나 역시 기사들의 스승으로 존경받는 나크 훈 경의 제자이자 트롤 슬레이어에 레드 스네이크와 콰르 그리고 후와까지 토벌한 영웅으로 이름을 떨치는 온 경을 만나게 되어 기쁘네."

그가 하는 말을 들으니 새삼 나크 훈 스승의 존재감이 대단하다는 생각이 들었다. 자신에 대한 소문이야 과장되었다고 생각할 것이 분명하니 말이다.

"과장된 소문에 귀를 더럽힌 건 아닌지 모르겠습니다."

"과장되긴. 세이런도 그대가 구했다는 말을 내가 직접 들었네. 정말 대단하네."

그렇게 말하는 얼굴에서 진심이 느껴졌다.

"이미 의뢰를 수락했다고 들었지만 내 간절한 기대와 바람을 보여 주기 위해서 직접 여기까지 왔네. 본 영지의 인재를 학살하고 지금까지 우리의 숨통을 조이고 있는 도란의 폭군과 후와들을 꼭 토벌해 주게."

기사 작위도 받지 않아서 실질적으로는 용병대나 모험가 그룹에 지나지 않는 온 클랜에게 이 정도로 기대하는 것을 보면 그와 도란 영지가 콰르와 후와로 인해서 얼마나 고통을 받고 있는지 여실하게 알 수 있었다.

"최선을 다해서 의뢰를 완수하겠습니다."

"믿겠네. 그나저나 성혼은 했나?"

"수련에 바빠서 아직 못 했습니다."

"그럴 줄 알았네. 마느렌, 다렌, 여기는 내 막내딸과 셋째 아들이네."

결혼 여부를 왜 물어본 것인지는 알 수 없지만 자작이 부르자 기사들 사이로 나오는 10대 후반의 소녀와 소년이 가온을 선망의 눈빛으로 쳐다보았다.

마느렌이라는 소녀는 주먹 크기의 오브가 박힌 지팡이를 들고 있는 것으로 보아 마법사인 것 같았는데 정말 눈이 부시게 아름다웠고, 다렌이라는 소년은 나이에 어울리지 않게 강한 기세를 뿜어내고 있어 예사롭게 보이지 않았다.

가온이 두 사람과 묵례로 인사를 하자 도란 자작이 다시 입을 열었다.

"둘 다 수도의 아카데미에서 수학하고 있네만 방학 때 귀향했다가 돌아가야 하는데 발이 묶였네. 이번 토벌이 끝나면 자네에게 호위를 부탁할까 하네."

그렇게 말하는 자작의 눈에는 대답에 대한 기대감이 엿보였다.

"안전하게 모시겠습니다."

자작이 이 정도까지 성의를 보였다면 어떤 의뢰든 받아들여만 했다. 보수야 차고 넘칠 정도로 지급할 테니 말이다.

"하하하! 역시 자신감이 대단하군. 실력이 있으니 그렇겠지. 우리 마느렌은 왕실 마탑에서도 주목하는 마법사이고, 다렌은 내 자식들 중 검재가 가장 뛰어나서 벌써 검광에 입문했으니, 유사시 도움이 될 것일세. 다만 다렌은 아직 나이가 어려서 성정이 급하니 온 대장이 잘 제어를 해 주게."

가온은 자작의 당부에 마느렌과 다렌을 찬찬히 살펴보았는데 과연 범상치 않았다.

마법사인 마느렌이야 눈을 사로잡을 정도로 아름답다는 점을 제외하고는 잘 모르겠지만, 다렌은 눈에 확 들어왔다. 큰 키에 잘 발달된 하체부터 균형 잡힌 몸 그리고 자연스럽게 발산하고 있는 기도가 검광에 입문했다는 사실을 알려 주었다.

'천재네.'

10대 후반에 검광에 입문했다면 가히 천재라고 할 수 있었다. 자작이 자부심을 가질 만한 인재인 것이다.

"그리고 부탁이 하나 더 있네."

"말씀하십시오."

"마느렌과 다렌이 내 자식이기는 하지만 꽤 뛰어난 인재인 건 확실하네."

인정한다. 마느렌은 몰라도 다렌 정도면 굉장한 인재였다.

"하지만 이제까지 수련만 했지 실전 경험이 전혀 없네. 물론 실전에 투입하고 싶은 생각도 없고. 하지만 간접 경험이라도 시켜 주고 싶네. 둘의 참관을 허락해 주게."

굳이 통보를 하는 것이 아니라 부탁을 한다는 것은 둘의 안위를 보장해 달라는 의미다.

"그게……."

쉬운 일이 아니다. 온 클랜은 소수 정예이기 때문에 그들을 안전하게 호위해 가면서 의뢰를 수행할 능력은 되지 않았다.

"대신 내 호위 기사들을 지원하고 그 밖에도 세이런처럼 우리 영지도 검광 입문자 이상으로 100명, 그리고 검광에 근접한 용병과 수련 기사 100명을 지원하겠네."

그렇다면 얘기가 다르다.

'콰르야 이미 해결이 되었고 후와의 경우 이 정도 실력이

면 정신을 놓고 혼자 날뛰지만 않으면 별문제는 없겠지.'

가온은 두 사람에 대한 호위에 대한 부담이 없었기에 자작의 부탁을 받아들이기로 했다.

"알겠습니다. 그런데 식사는 하셨습니까?"

"성에 돌아가서 하려고 하네."

"혹시 플고렌스 고기를 드셔 보셨습니까?"

"플고렌스? 강 속에 사는 거대 전기뱀장어 마수를 말하는 것이 맞나?"

도란 자작이 눈을 크게 뜨며 물었다. 마수라고 알고 있는데, 먹어 봤느냐고 물으니 놀랄 수밖에 없었다.

"그렇습니다. 플고렌스는 마수화된 전기뱀장어지만 맛이 아주 기가 막힙니다."

"맛을 떠나서 콰르보다 더 사냥하기가 어렵다고 하던데?"

콰르는 공격성이 높아서 제 영역에 들어오는 건 뭐든 공격하기 때문에 잘 알려져 있었지만 수심이 깊은 강바닥에서 잘 나오지 않는 플고렌스는 배가 고플 때가 아니면 모습을 보이지 않기 때문에 덜 알려져 있었다.

"플로렌스의 고기는 고급 요리재료인 장어보다 훨씬 더 맛있습니다. 무엇보다 일반인에게는 강장(强壯) 효과를, 마나를 사용하는 이들에게 하급 영약에 해당하는 마나 증진의 효과를 가지고 있습니다."

"……그게 정말인가?"

"그렇습니다. 이미 확인했습니다."

가온의 말에 자작과 두 자녀는 물론 수행한 기사들도 깜짝 놀랐다. 그런 이야기는 처음 들었다.

아니, 콰르에 못지않을 정도로 위험하고 강력한 수생 마수인 플고렌스를 사냥했다는 말도 거의 듣지 못했으니, 먹어 본 사람도 거의 없을 테고 마수이니 감히 먹어 볼 엄두는 더욱 내지 않았다.

"그 얘기를 꺼낸 것은 그대가 이미 사냥을 했다는 말일 터, 우리에게도 나눠 줄 수 있는가?"

"제 배는 아니지만 귀한 손님이 찾아오셨는데 대접이 소홀하면 되겠습니까."

"하하하! 정말 마음에 드는 친구로군."

자작이 수락을 하자 가온은 바로 악스펄 선장을 통해서 사락 조리장을 불렀다.

"온 대장님, 부르셨습니까?"

"혹시 숯이 좀 남았는가?"

"혹시 플고렌스를?"

눈이 퉁방울처럼 변한 사락은 바로 가온의 말을 알아들었다. 그에게 플고렌스를 조리하는 방법에 대해서 물어본 적이 있었다.

"그렇다네."

"숯은 충분합니다."

"그럼 자네가 1차로 구워 주게."

가온은 그 자리에서 아공간 주머니 안에 넣어 두었던 플고 렌스 한 마리를 갑판 위에 꺼냈다. 이미 마정석은 적출한 놈 이었다.

거대한 플고렌스 사체를 본 사람들의 눈이 휘둥그레졌다. 대부분 플고렌스의 동체를 처음 보았는데 엄청나게 커서 놀 란 것이다.

"소금구이와 양념구이로 하면 되겠습니까?"

"그래. 화로도 함께 준비해 주고."

"맡겨 주십시오."

⬩──⬩

갑판에 잘 피운 숯을 채운 화로들이 준비되자 일어는 났지 만 자작 일행 때문에 갑판으로 올라오지 못하고 선실에서 대 기하고 있던 사람들이 올라오기 시작했는데, 자작 일행 때문 에 절반 이상은 선착장으로 내려가야만 했다.

그럼에도 그들의 입꼬리는 귀에 걸려 있었다. 그들의 손에 도 큼지막한 플고렌스 고깃덩이와 화로가 들려 있었기 때문 이다.

"마수와 몬스터 때문에 몇 년 동안 운이 좋지 않았는데, 온 대장님을 만난 이후에는 행운이 연이어 찾아오는 것 같아."

"하하하. 내 생각도 같아. 어제 콰르 고기를 먹고 늘어난 마나만 해도 큰 힘이 될 것 같은데, 오늘도 먹을 수 있다니 정말 기쁘네."

그렇게 대화를 하며 이동하는 사람들은 세수도 제대로 못한 부스스한 얼굴이었지만 다들 짙은 미소를 짓고 있었다.

"어이! 새턴!"

그중 한 명을 선착장 공터에서 대기하고 있었던 누군가가 불렀다.

"브럼, 오랜만일세!"

비록 주 활동무대는 다르지만 가까웠기에 브럼과 새턴은 모험가로 몇 번 함께 활동한 적이 있었다.

"수중 던전에 들어가서 실종되었다는 소리를 듣고 걱정했는데 살아 있었네!"

"하하하. 온 클랜의 온 대장님이 살려 주셨지."

"온 클랜은 스무 명도 안 된다고 들었는데. 정말 그들이 던전을 클리어한 건가?"

"맞네. 온 대장이 직접 수중 던전의 세 괴물 보스를 죽이고 던전을 클리어했지."

이미 온 클랜이 몇 년 전부터 오크라강을 지배하기 시작한 콰르와 플고렌스라는 수생 마수가 나오는 것으로 추정되는 수중 던전을 클리어했다는 소문은 널리 퍼져 있었다.

하지만 채 스무 명도 안 되는 인원에 클랜장의 젊은 나이로 인해서 과장되었거니 하고 생각하는 이들은 꽤 많았다.

"그 온 대장이라는 이가 나크 훈 경의 제자라는 얘기는 듣기는 했는데, 정말 검기 실력자란 말인가?"

"맞네. 내 눈으로 직접 봤지. 그리고 검기 실력자가 아니라 완숙자였네."

"그럼 스승인 나크 훈 님과 비등한 실력이라는 건데, 도무지 믿을 수가 없군."

20대에 검기에 입문하는 천재들이 없는 것은 아니다. 유구한 전통을 지닌 기사 가문 중에서는 종종 그런 천재들이 나오니 말이다.

도란 자작가만 하더라도 이제 막 성인식을 치른 다렌 공자가 검광에 입문하지 않았던가.

하지만 검기 입문자도 아니고 실력자도 아닌 완숙자라니.

20대에 그런 실력을 가진 기사는 아그레시아 왕국은 물론 대륙 전체 역사에서도 불과 10여 명밖에 없다. 그리고 그들은 모두 30대에 소드마스터의 경지에 올라 역사서에 꽤 많은 내용을 남겼다.

"소문이 과장된 것이 아니라 과소한 건 처음 들어 보네."

"하하하. 우리처럼 직접 눈으로 확인하지 않으면 도무지 믿을 수 없는 일이니 어쩌면 당연한 일이지. 아직 기사 서임도 받지 않은 이가 그런 실력이라면 누가 믿겠는가."

"아무튼 그런 실력이라면 우리 도란을 고립시킨 '폭군'과 후와 무리를 토벌할 수 있겠군."

"당연하지. 믿어 보라고."

"그런데 그 고기는 뭔가?"

"플고렌스 고기일세."

"플고렌스? 그 거대 전기뱀장어 마수 고기를 먹으려고?"

마수 고기를 먹는다는 말에 브럼이 깜짝 놀랐다.

"흐흐흐. 마수이긴 하지만 식용이 가능하네. 그리고 맛이 아주 기가 막히네. 입에서 살살 녹아요. 게다가 이 고기는 우리와 같이 마나 사용자들에게는 아주 특별한 효과를 가지고 있지."

"마수이기는 하지만 장어 종류이니 맛이 좋을 수는 있지. 그런데 특별한 효과라니 대체 뭔가?"

대화가 여기까지 진행되었을 때, 사람들의 이목은 브럼과 새턴에게 쏠려 있었다. 다들 관심을 가지고 있었던 화제였기 때문이다.

"놀라지 말게. 손바닥 크기의 플고렌스 고기를 먹고 연공을 하면 하급 영약의 절반에 해당하는 마나 혹은 마력을 늘릴 수 있네."

"……정말인가?"

브럼이라는 모험가는 도저히 믿을 수 없다는 얼굴로 물었다.

하지만 그가 아는 새턴은 대부분의 모험가나 용병과 달리 과장하는 법이 없었다.

"나를 포함해서 우리 세이런에서 온 100여 명이 직접 확인한 일일세. 온 대장이 한 마리를 내주었거든. 그리고 우리 중 몇 명은 덕분에 벽을 깨고 새로운 경지로 올라서기도 했네."

"하아! 자네가 그렇게 말하니 안 믿을 도리는 없는데……."

"사실이야. 오죽하면 도란에서 받은 선금 중 우리 몫을 도로 온 클랜에 반환했을까."

새턴이 그렇게까지 말하자 브럼의 눈빛이 달라졌다.

"그럼 두 덩이를 먹으면?"

"소용없네. 온 대장님의 말에 따르면 플고렌스의 고기는 워낙 기름지기 때문에 많이 먹으면 오히려 설사를 해서 마나 증진 효과도 볼 수 없다고 하네."

"어떻게 먹는 건가?"

"이건 소금구이고 이건 양념구이네. 우리 배의 조리장이 알맞은 크기로 잘랐으니, 좋아하는 대로 구워 먹으면 되네."

새턴이 그렇게 말하며 화로를 내려놓자 다른 세이런 측 사람들도 화로를 내려놓고 숯에 불을 붙이기 시작했다.

고기의 양은 부족하지 않았다. 플고렌스는 콰르만큼은 아니지만 엄청나게 커서 조리장인 사락이 인원수에 맞추어서 고기를 잘랐음에도 남을 정도였다.

고기를 따로 챙길 마음을 품은 이가 없는 것은 아니었지만 그렇게 되면 다른 이가 못 먹는다는 사실을 알려 준 후에는 서로 감시를 했기 때문에 그런 불상사는 생기지 않았다.

"참으로 대단하네! 나이가 들면서 정체되었는지 부단히 연공을 해도 쉽게 늘어나지 않던 마나가 이렇게 많이 늘어나다니. 고맙네!"

플고렌스 구이를 먹고 바로 연공을 해 본 도란 자작은 날아갈 것처럼 가벼운 몸 상태와 보다 밀도가 높아진 마나오션을 확인하고 어찌나 기뻤는지 가온의 손을 붙잡고 감사함을 전했다.

그 정도면 이미 마나 영약을 상급까지 복용했기 때문에 부단한 연공을 빼고는 마나를 증진할 수 있는 수단이 없었다. 그렇기에 비록 하급 영약의 절반 정도에 해당하는 효과를 확인했음에도 이렇게 기뻐하는 것이다.

자작보다 먼저 연공을 마친 기사들과 마법사들도 눈이 휘둥그레져서 가온에게 눈으로 감사 인사를 전했다. 자신의 마나나 마력 변화에 대해서 상세히 확인할 수 있는 경지들이니 당연한 일이다.

"아닙니다. 이건 도란의 영역에서 사냥한 것이니 응당 함께 나눠야지요."

"도란의 영역에서 사냥했다면, 혹시 어젯밤이나 오늘 새벽에 사냥을 한 건가?"

가온이 돌아오기 전에 이미 배에 도착했던 자작이기에 그렇게 물었다.

"그렇습니다. 우리 대원들도 수중 사냥은 곤란해서 혼자 사냥했습니다."

"오오! 대체 어떤 능력이기에 물속에서 플고렌스를 사냥할 수 있단 말인가?"

"그게……."

가온이 곤란한 얼굴로 말을 흐리자 자작은 그제야 자신의 실수를 깨달았다.

"이런, 내가 큰 실수를 했군. 비전일 텐데 말이야. 아무튼 오늘 하루에 콰르와 후와 무리를 토벌할 수 있다고 해서 흰소리를 하는 건 아닌지 의심했는데 그랬던 내가 다 부끄러워지네."

자작은 그러면서 의뢰 계약서와 함께 선금인 2만 골드가 들어 있는 묵직한 주머니를 꺼내 주었다.

"우리도 최선을 다해서 도울 테니 콰르와 후와를 반드시 토벌해 주게."

"후와만 토벌하면 됩니다."

가온의 말에 자작은 물론 그를 수행한 이들이 눈을 크게 떴다.

"그게 무슨 말인가요?"

이제까지 아무런 말도 하지 않았던 자작 영애가 물었는데 생각보다 훨씬 목소리가 듣기 좋았다.

예지몽으로
히든랭커

'얼굴만 아름다운 줄 알았더니 목소리까지…… 다 가졌네.'

자작만 보면 이런 딸이 나올 것 같지 않은데 아무래도 부인이 아름다운 모양이다.

"도란 영역에 서식하는 콰르에게 특징이 있다고 들었습니다."

"맞아요. 우리 자작가의 기사들에게 왼쪽 눈을 잃었고 뿔하나가 부러졌으며 마법사들의 마법이 당해서 옆구리에 벼락 모양의 상처가 있지요. 날개처럼 생긴 옆면의 지느러미 한쪽도 없고요."

영애가 이렇게 자세하게 설명을 하는 것을 보면 그녀 역시 도란의 폭군으로 불린 콰르를 사냥할 때 참관했던 모양이다.

'저 나이에 3서클 마법사면 그럴 수도.'

가온은 그런 생각을 하면서 말없이 대용량 아공간 주머니 하나를 꺼냈다.

"서, 설마?"

가온이 아공간 주머니 입구를 건드려서 아까 사냥한 콰르 사체를 갑판 위에 꺼냈다. 물론 거대한 머리통만 들어 있었다.

"헙!"

"맞아! 눈 한쪽도 없고 뿔 하나도 부러졌어!"

자작가의 기사들과 마법사들이 화들짝 놀랐다. 그들의 눈에는 자신들이 몇 번이나 상대했지만 끝내 죽이지 못하고 대신 동료들을 잡아먹은 미친 콰르의 거대한 머리통이 떡하니 보인 것이다.

"어, 어떻게 된 일인가?"

자작은 너무 놀랐는지 묻는 목소리가 크게 떨렸다.

"운이 좋아서 오늘 새벽에 사냥할 수 있었습니다."

"오! 맙소사!"

플고렌스를 사냥할 정도로 뛰어난 수중 사냥 실력을 가지고 있다는 사실은 충분히 짐작했지만, 설마 혼자서 도란의 폭군으로 불리는 대형 콰르를 사냥했을 줄은 몰랐다.

도란의 폭군은 오크라강에 서식하는 콰르 중 유독 몸집이 크고 공격성이 강해서 그동안 수십 척의 배가 부서지고 뛰어난 실력의 기사와 마법사를 포함해서 수백 명이 놈의 먹이가 되었다.

신탁에 의해서 이계인들의 구역을 만들 때 왕실에서 파견한 2급 기사들에게도 사냥을 부탁했지만 그들도 실패했다. 뭍이 아니기 때문이었다.

그런데 이 젊은 검기 실력자는 대체 무슨 능력을 보유했기에 대형 콰르를, 그것도 혼자 사냥할 수 있단 말인가.

도란 자작은 물론 그를 호위하고 있는 기사들과 마법사들은 모두 가온에게 신비감과 질투 그리고 경외심을 가질 수밖에 없었다.

예지몽으로
히든랭커

'그렇다면 최소한 검기 완숙자 실력이겠군. 허어! 나크 훈경이 뛰어난 기사이기는 하지만 이건 그야말로 푸른색은 쪽에서 나왔지만 쪽빛보다 푸른 경우로군.'

역시 아이들을 데리고 오길 잘했다는 생각이 들었다. 지금 이 나이에도 이 정도 실력이니 몇 년만 지나면 왕국 최연소 소드마스터가 될 수도 있었다.

도란 자작은 자신도 모르게 입을 떡 벌리고 있는 딸을 쳐다보았다.

유난히 고집이 세고 자존감이 높아서 자신은 자신보다 뛰어난 능력을 가진 남자가 아니면 절대로 정략결혼을 하지 않겠다고 천명한 딸이었다.

'후후후. 우리 마느렌의 좋은 짝이 될 수도 있겠어.'

가문에 대해서 알려지지 않은 것을 보면 가문 덕을 보기는 어려울 것 같지만, 왕국 기사의 스승으로 칭해지는 나크 훈의 제자라는 신분과 그동안 쌓은 업적만으로도 사윗감으로 자격은 충분했다.

"후유! 자네, 정말 엄청난 실력자였군."

찬찬히 거대한 콰르 머리통을 살펴본 도란 자작이 말했다.

"과찬이십니다. 운이 좋았습니다. 뭘 집어삼켰는지 몸이 무거워서 제대로 움직이지도 못하더군요."

"온 경, 혹시 몸통도 따로 보관하고 계십니까?"

"그렇습니다."

당연히 챙겼다. 다만 아공간 주머니 하나에는 들어가지 않을 정도로 거대했기에 무려 네 개의 아공간 주머니가 필요했다.

"제가 몸통을 확인해 봐도 되겠습니까?"

묵묵히 자작을 호종하고 있던 장년 기사가 정중한 태도로 청했다.

"기사단 부단장인 바트락 경이네."

잘 다듬은 수염과 날카로운 눈빛이 인상적인 바트락을 자작이 직접 소개했다.

가온은 대답 대신 아공간 주머니들을 모두 꺼내 자른 몸통들을 갑판 위에 꺼냈다.

바트락이 검기를 생성해서 놈의 배 부분을 갈랐다.

그리고 나온 물체에 사람들이 깜짝 놀랐다. 바로 플고렌스였던 것이다. 소화액은 잔뜩 묻었지만 아직 소화가 되지 않은 상태였다.

"하하. 이게 횡재했군요. 둘 다 천연 영약인데."

"설마 콰르도 마력 증진 효과가 있나요?"

다른 이들의 주의가 잘린 몸통들에 쏠려 있는 동안에도 마나탄이 꿰뚫고 들어간 머리의 구멍을 유심히 살펴보고 있던 마느렌이 놀란 얼굴로 물었다.

"그렇습니다. 다만 콰르 고기도 플고렌스처럼 인간에게 해로운 물질을 품고 있어서 충분히 익혀 먹여야만 합니다."

"아!"

거대한 플고렌스와 그보다 더 거대한 콰르 사체를 쳐다보는 사람들의 눈에 욕심의 빛이 떠오르기 시작했다.

"오늘 점심 식사는 콰르로, 저녁 식사는 플고렌스로 하지요. 워낙 큰 놈들이라서 우리가 모두 나눠 먹을 수 있습니다."

"으하하하! 정말 통이 큰 친구로군. 마음에 들어!"

자작은 이런 토벌 의뢰의 경우 전리품에 해당하는 마수 및 몬스터 부산물은 사냥한 측이 가진다는 사실을 잘 알고 있었기에 화통한 가온의 처리에 크게 감탄했다.

"콰르나 플고렌스의 고기는 마나와 마력을 하급 영약만큼 증진시켜 주지만 내성이 없는 것은 아닙니다. 그리고 스승님께 행운은 나눠야 더 커지는 법이라고 배워서 그렇게 행하는 것뿐입니다."

"그렇긴 하지만 모두가 자네처럼 그렇게 행동할 수 있는 것은 아니네. '루의 사자'라는 별명도 그렇거니와 소베토 각하께서 왜 그렇게 자네 칭찬을 했는지 알 것 같네. 아무쪼록 부탁하네."

도란 자작은 쪼들리는 영지 재정에도 6만 골드에 달하는 거금을 들여서 온 클랜에게 의뢰를 하기로 한 자신의 판단에 만족했다.

'우리 측 사람들이 받는 혜택만 해도 그 정도 가치는 넘고

도 남아!'

하급 마나 영약이 평균 30골드라는 점을 감안하면 200여 명이 먹은 플고렌스 고기의 가치는 3천 골드에 해당한다. 그리고 세 번이나 먹는다는 점까지 감안하면 9천 골드는 온 클랜이 아니라 도란 측이 사용한 것이나 다름없다.

돈이 있다고 해서 이렇게 엄청난 양의 영약을 구하는 것이 극히 어렵다는 점까지 고려하면 도란 측 입장에서는 싸게 의뢰하는 것이니 자작의 기분이 좋을 수밖에 없었다.

도란 자작은 애초 토벌까지는 참가하지 않으려고 했던 계획을 바꾸어 후와 토벌까지 참여하기로 마음을 먹었다.

'어떻게 후와 무리를 토벌하는지 봐 두어야겠어!'

후와의 비밀

플고렌스 고기와 사냥한 콰르 덕분에 사기가 크게 올라간 토벌대는 바로 작업을 시작했다.

가장 먼저 해야 할 일은 벌목이다. 이미 세이런 측과의 통신을 통해 그동안 어떻게 후와를 토벌했는지 잘 알고 있는 도란 측 사람들은 기사들까지 군말 없이 벌목 작업에 동참했다.

그렇게 강을 한쪽 면으로 하는 사방 500미터의 구간을 말끔하게 벌목한 토벌대는 가장 먼저 벌목한 나무를 정리해서 통나무로 목책을 쌓았는데, 자작부터 솔선수범했기 때문에 기사들도 나서야만 했다.

도란의 마법사 전력은 5서클 두 명에 4서클 네 명, 그리고

3서클 이하가 스물한 명이었다. 물론 영애인 마느렌을 포함해서 말이다.

그 마법사들은 온 클랜의 마법사들과 함께 가온의 지시에 벌목 구간에 네 줄이나 되는 큰 도랑을 파기 위해서 쉴 새 없이 디그 마법을 펼쳐야만 했다.

도랑은 폭 4미터에 깊이가 3미터에 달했는데 그렇게 만들어진 도랑 아래쪽에는 손재주가 좋은 사람들이 나뭇가지를 깎아서 만든 창이 거꾸로 꽂혔다.

그리고 그렇게 함정이 완성되자 세르나를 비롯한 네 정령사가 대지의 정령을 소환해서 육안으로는 함정의 존재를 확인할 수 없도록 흙으로 덮었다. 일정한 무게를 가진 물체가 디디면 바로 무너져 빠질 수 있도록 말이다.

사람들이 그렇게 작업을 하는 사이에 가온은 세 정령과 앙헬의 도움을 받아 가면서 경계를 서고 있는 후와들을 사냥했다.

이젠 굳이 돌이나 카농 열매를 던질 필요가 없었다. 은신한 상태로 나무 꼭대기를 이동하면서 마나탄을 발사하는 것으로 충분했기 때문이다.

가온은 빠르게 이동하면서 앙헬과 정령들이 찾은 후와들을 마나탄으로 격살했고, 어느덧 벌목 구간에서 1킬로미터나 떨어진 지점까지 들어갔다.

'근거지가 멀지 않았군.'

후와는 지성을 가진 마수이면서도 따로 집을 마련하지 않고 나무에서 지낸다. 주로 오래되고 거대한 카농 나무 위에서 사는데 수컷 한 마리에 암컷 대여섯 마리 그리고 새끼 수십 마리가 한 무리를 이루고 있었다.

끽끽거리는 후와의 울음소리들이 시끄러워진 것을 보면 근거지와 가까워진 것을 확인한 가온은 녹스에게 독의 대량 살포를 부탁하려다가 이제까지 해답을 얻지 못한 의문점을 떠올렸다.

'후와 새끼를 거의 본 적이 없단 말이지.'

참으로 이상한 일이다. 벌써 몇 무리나 몰살을 시켰지만 희한하게도 새끼 후와는 거의 본 적이 없었다.

'아직 벌목조차 알아차리지 못한 것 같으니 한번 살펴보자.'

가온은 투명날개를 장착한 후 은신 스킬을 펼친 상태로 놈들의 본거지를 향해 은밀하게 접근했다. 그리고 마침내 자신의 의문을 해결할 수 있었다.

이제야 인간들이 자신들의 영역을 침범했다는 사실이 알려졌는지 이미 거대화를 한 보스 커플을 중심으로 수천 마리가 모여 있었다.

성체는 대략 5분의 1 정도였고 나머지 절반은 새끼였는데, 갑자기 기이한 집단행동을 하기 시작했다.

'저건 뭔지 모르겠지만, 카농 열매의 속 씨를 먹고 있어!'

우윳빛이 나는 액체와 카농 열매의 속 씨를 먹은 놈들은 하나둘 그 자리에 쓰러졌다.

그리고 10여 분 후, 그야말로 경악할 일이 벌어졌다. 쓰러져 있는 성체들은 일전에 보았던 준보스만큼 커졌고, 새끼들 모두 시간을 가속한 것처럼 키가 3미터에 이르는 성체로 변해 버린 것이다.

'미친!'

그렇다면 후와 한 무리는 본래부터 성체 수천 마리로 구성된 것이 아니라 지금처럼 특별한 상황일 때 특수한 약물을 섭취해서 보스만의 능력인 줄 알았던 거대화 스킬을 무리 전체가 공유하는 것이다.

'나중에 다시 원래대로 돌아오는 건가?'

그야 알 수 없지만 부작용은 틀림없이 있을 것이다. 또한 몸이 한순간에 새끼에서 성체가 된다고 해도 지능과 같은 부분은 변화가 없을 것이다.

'싸움 경험이 많을 것 같았던 놈들이 함정에 너무 쉽게 빠지고 특별한 전투력을 발휘하지 못한 이유가 이거였군.'

몸만 급격히 성장한 새끼이기에 쉽게 사냥할 수 있었던 것이다.

'대체 저 액체가 뭐지?'

정말 궁금했다. 새끼를 10여 분만에 성체로 진화시킬 수 있는 변화를 이끌어 낼 수 있다니.

그때 뜻밖의 의념이 전해졌다.

─그건 카농 나무의 열매즙과 수액이에요. 열매의 즙에는 짙은 마나가, 그리고 수액은 강한 생명력을 품고 있어요.

바로 모둔이었다.

'이젠 괜찮은 거야?'

─응. 많이 좋아졌어요.

말은 그랬지만 모습을 드러내지 못하는 것을 보면 아직 인정화가 되지 않은 모양이다.

'다행이다. 지내기는 어때?'

모둔은 다른 정령들처럼 생명의 아공간에 자리를 잡았다.

─정말 마음에 쏙 드는 좋은 곳이에요. 빛이나 물도 풍부하고 대지도 풍요로워요. 본체도 벌써 많이 성장했어요.

'네가 잘 가꾸어 줘.'

─걱정하지 마세요. 이젠 제 고향이 되었는걸요.

'그나저나 저 우윳빛 액체가 카농 나무의 수액이라고?'

─네. 제 본체도 농도가 높은 마나를 품고 있는 저런 수액이 나와요.

카농 나무가 철심목이 던전 밖으로 나와 변이를 일으킨 거라는 사실은 일전에 모둔이 확인해 준 바가 있었다.

'그럼 모둔의 본체에서 수액을 받아서 복용하면 마나가 증진되는 거야?'

─네. 당연히요. 그런데 저 나무의 수액은 제 것과 아주 많

이 달라요.

'뭐가 다른데?'

─자세히 살펴보니 이 나무의 열매와 수액은 마나와 생명력만 가지고 있는 게 아니라 파괴적인 에너지까지 품고 있어요.

'파괴적인 에너지?'

─네. 생물체가 많이 먹으면 공격성 등 본능이 급격히 강해지고 욕망에 휘둘려서 이성적인 사고를 저해하는 작용을 할 것 같아요. 콰르와 플고렌스, 그리고 블러드히루도도 그랬어요. 원래 지능이 낮지만 처음에는 평화롭게 공존했거든요.

'네 섬에 자라고 있던 철심목이 네 본체에서 유래된 거 아니야?'

─맞기는 한데 던전 안에 있는 타 차원의 에너지로 인해서 변이가 발생했어요. 그래서 제 본체와 달리 그것들의 열매와 속 씨 그리고 수액에는, 많이 먹으면 성격까지 변하는 파괴적인 에너지가 들어 있어요. 그리고 철심목에서 더 변이가 된 카농 나무의 열매와 속 씨에는 그 파괴적인 에너지가 더 많이 들어 있고요.

그 말을 듣자 카농 열매로 빚은 카농주나 속 씨를 먹는 것이 꺼려졌다.

─그래도 속 씨의 경우 익혀 먹으면 부작용이 거의 없어

요. 많은 양을 먹지 않으면 큰 영향도 없고요.

하긴 카농 나무의 잎과 열매 그리고 속 씨를 매일 먹는 후와나 떨어진 열매를 숱하게 먹은 콰르, 플고렌스와는 당연히 다를 것이다.

'그건 다행이네.'

―그런데 그게 전부가 아니에요. 이 나무는 뿌리와 잎에서 다른 식물의 생장을 억제하는 강산성의 화학물질을 배출하고 있어요.

그건 타감작용이었다. 타감이란 본래 한 식물체가 생성한 화학물질이 다른 식물에 직간접적으로 미치는 효과를 가리키는데, 보통은 부정적인 쪽으로 작용한다.

이대로 오크라강을 따라 카농 나무가 널리 퍼지면 다른 식물은 아예 사라질 것 같았다. 워낙 번식력이 강하기 때문이다.

'그런 식물은 이곳에도 존재해.'

―다른 식물만 피해를 입는 것이 아니에요. 워낙 뿌리를 깊고 넓게 뻗어서 영양분과 수분을 흡수하기 때문에 대지도 얼마 지나지 않아서 황폐화될 거예요. 던전에서도 그랬거든요.

생각해 보니 카농 숲에서는 다른 나무는 물론 바닥에서 잡풀조차 보지 못한 것 같았다. 그냥 가지와 나뭇잎이 무성해서 생장에 필요한 빛을 받지 못해서 그런 줄 알았더니 아니었다.

세이런 주민들도 성 주위의 카농 나무 군락지를 지나서 멀리 가야만 얌이나 카사바와 같은 구황 작물을 캘 수 있다고 했다.

모둔의 말을 들어 보니 카농 나무는 생태 파괴자적인 위치에 있는 것 같았다.

'그런데 후와들은 토벌한다지만 카농 나무가 문제네.'

후와들을 모두 토벌한다고 해도 카농 나무의 열매나 수액을 먹는 놈들은 후와처럼 변이를 일으킬 것이 아닌가. 카농 나무부터 제거해야만 생태계가 정상으로 돌아올 것이다.

이런 내용을 널리 전하면 시간이 걸리더라도 해결을 할 수 있을 것 같은데, 사람들이 믿어 줄지도 알 수 없거니와 카농 나무의 번식력이 워낙 강해서 얼마나 많은 시간이 소요될지 알 수 없었다.

─그건 제가 어느 정도 해결할 수 있어요.

'네가?'

─네. 온 님이 카농 나무가 가진 에너지를 흡수하면 제가 순화시킬 수 있어요. 아마 제가 힘을 되찾는 데도 큰 도움이 될 거예요.

'내가 에너지를 흡수하는 스킬이 있다는 것을 알고 있었어?'

─네. 하지만 그것만으로는 나무의 에너지를 모두 흡수해

서 죽이기는 힘들어요, 시간도 너무 많이 걸리고. 다른 방법을 써야 해요.

'그럼 어떻게 하려고?'

―온 님이 연공을 할 때 주위의 에너지 중에서 몸에 적합한 에너지를 흡수하는 건 알고 계시죠?

가온이 고개를 끄덕였다. 연공을 하면 세상에 존재하는 모든 에너지를 흡수할 수 있는 것이 아니라 인체에 쌓기에 적합하고 연공법에 맞는 성질을 가진 일부 에너지만 흡수하는 것이다.

그나마 가온의 경우 다섯 가지 속성을 가진 오행기를 흡수하기 때문에 보통 사람들보다 훨씬 많은 속성의 마나를 축적할 수 있는 것이다.

―저는 다수의 상대가 가진 모든 에너지를 흡수할 수 있어요. 그리고 접촉을 해야 하는 것도 아니고요. 집중한 상태로 연공만 하면 돼요. 나머지는 제가 다 할 수 있어요.

'정말 그게 가능하다고?'

―응. 그래야만 살 수 있었으니까요. 다만 조건이 있어요. 대상이 식물처럼 고정된 상태라야 해요.

모둔에게 들은 얘기대로라면 가능한 얘기였다. 그녀는 아무것도 없는 차원의 파편에서 생존하기 위해서 그 어떤 형태의 에너지라도 흡수해야만 했으니 말이다.

'좋아! 해 보자!'

비록 자신이 살아왔고 살아갈 지구는 아니지만 새로운 인생을 펼칠 수 있게 해 준 탄 대륙이기에 이 아름다운 대륙이 마수와 몬스터에 이어서 카농 나무와 같은 이질적인 존재로 인해 파괴되는 건 볼 수 없었다.

일단 자신이 가는 곳만이라도 카농 나무를 없애기로 마음먹었다. 나머지는 그의 이야기를 진지하게 받아들인 사람들이 처리할 것이다.

레벨을 올리고 더 강해지기 위해서 던전을 공략하는 것이 그의 목표지만 지금은 잠시 돌아가야만 했다.

그러는 사이에 카농 나무의 수액과 속 씨를 이용해서 급격하게 성장한 새끼들을 합쳐 3천여 마리나 되는 후와들이 인간들이 있는 방향을 향해서 움직이기 시작했다.

거대화 스킬로 몸집을 키운 보스 커플을 포함한 100여 마리의 진정한 준보스들은 후미에 위치했다.

혹시 모를 사태에 대비하는 한편 전투 경험이 없이 성체가 된 놈들을 특수한 능력을 통해서 광포화시킴으로써 공격을 독려하기 위해서인 것 같았다.

가온은 놈들에 앞서 움직였다.

그의 목표는 이제 막 성체로 거대화한 새끼들을 이끌 준보스들이었다. 그래 봐야 진정한 준보스가 아니라 성체가 거대화한 것에 불과하지만 말이다.

후와들은 벌목한 구역으로 몰려갔다. 그리고 얼마 후 독전을 알리는 보스의 로어가 울려 퍼지자 눈이 붉게 변하고 근육이 부풀더니 일제히 벌목된 공간으로 달려 나가기 시작했다.

하지만 가온은 그쪽에는 관심을 두지 않았다.

'알아서 잘하겠지.'

숫자는 적지만 마나를 사용하는 이들이라서 괜찮을 것 같았다.

도란 자작가의 200여 명도 실전 경험이 많은 이들이고 그들을 이끌어 온 클랜과 세이런 측도 수차례 성공적으로 후와를 사냥한 바 있었다.

이제 가온이 할 일은 후와 보스를 포함한 수뇌부를 처리하는 것이다.

'그 전에 숫자를 좀 줄여 두자.'

여전히 은신한 상태로 투명 날개를 사용해서 벌목된 구간과 가까운 카농 나무 꼭대기 부근을 날아다니는 가온의 손가락에서는 연신 마나탄이 발출되어 벌목 구간을 향해 달려 나가는 후와들 중 준보스들만 격살하고 있었다.

거기에 가온의 지시를 받은 녹스가 숲 경계에 몰려 있는 후와들을 상대로 독을 살포하고 카오스가 바람을 불어 널리 퍼트렸다.

이번에는 독의 양이나 범위를 적당히 조절해서 놈들의 육체 능력을 떨어뜨리는 데 주안점을 두었기 때문에 독이 살포되고 있다는 사실은 후와 수뇌부에까지 전해지지 않았다.

얼마 후 적당히 숫자를 줄였다고 생각한 가온은 보스를 포함한 수뇌부가 몰려 있는 후미 쪽으로 돌아갔다. 그리고 적당한 곳에서 거대화 스킬을 사용했다.

'이제 거대화를 해도 이상하지 않네.'

높은 곳에서 아래를 내려다보는 느낌은 평상시와는 달랐지만 이젠 좀 적응이 된 모양이다.

가온은 주먹을 휘둘러 주위의 카농 나무들을 부러뜨렸고, 그 소음에 보스를 포함한 후와 수뇌부가 몰려들었다.

이 무리의 보스는 겁이 많은 건지 조심성이 많은 건지 몰라도 준보스만 무려 100여 마리나 이끌고 있었다.

놈들은 거대화한 보스보다 더 거대한 인간을 보고 경악했다. 진혈을 몇 번이나 더 복용한 가온의 키가 무려 11미터가 넘었다.

"어서 와!"

놈들을 반기는 가온의 손에는 모둔의 본체였던 거대한 통나무가 들려 있었다.

'녹스!'

ㅡ알았어.

즉각 녹스가 주위에 콰르에게서 추출한 독을 살포하기 시작했다. 눈에 보이지도 않을 정도로 옅은 독연의 형태로 살

예지몽으로
히든랭커

포되고 있는 그 독은 무엇보다 마비 효과가 강했다.

겁이 많은 후와 보스가 준보스들로 하여금 가온을 공격하게 했다.

퍽! 퍽! 퍽!

규화목 몽둥이는 손맛이 아주 좋았다.

가온은 거대화에 맞추어 높아진 스텟을 바탕으로 엄청난 무게가 나가는 규화목 몽둥이를 휘두르기 시작했는데, 달려들다가 맞은 준보스들이 사방으로 날아가기 시작했다.

그 모습을 지켜보던 후와 보스의 눈에 두려움의 감정이 빠르게 차오르기 시작했다.

재생력이 높은 트롤조차 손으로 단숨에 찢어 죽인 이력이 있는 놈이지만, 인간을 닮은 저 거대한 생명체의 신위는 놀라웠다. 가볍게 치는 것 같은데도 부하들의 머리통이 떨어져 나가거나 근육은 물론 뼈가 통째로 부러지고 있었다.

오랜 세월 적들과 싸우며 자신이 이끄는 후와 무리를 큰 규모로 키운 이 노련한 후와 보스는 강한 죽음의 기운을 느꼈다.

몸이 오싹해졌다. 이대로 저 생명체를 상대하다가는 결국 죽고 말 거라고 그동안 갈고닦은 본능이 알려 주고 있었다.

결국 놈은 도망을 치기로 결심했는데 이상하게 몸이 제대로 움직여지지 않았다. 겁을 먹기도 했지만 이미 녹스가 뿌린 독에 당했기 때문이다.

결국 후와 보스는 전투에서 겁을 먹으면 어떻게 되는지 죽음을 대가로 알게 되었다.

⟨⟨⟨✦⟩⟩⟩

한편 벌목 구역에서는 세이런과 도란 연합군이 온 클랜원들의 지시를 받아서 후와들을 훌륭하게 상대하고 있었다.

"아주 노련하군. 그동안 후와 무리를 수차례 토벌했다는 게 과장된 소문이 아니었어."

몸이 근질거렸지만 수하들의 만류로 목책 안 높은 곳에 올라 벌목 구간에서 벌어지는 전황을 살펴보며 도란 자작은 딸인 마느렌과 함께 전투에 감탄하고 있었다.

"대단해요. 함정과 화살 공격만으로 거의 500마리는 사살한 것 같아요."

아직 목책 가까이 접근도 하지 못했음에도 벌목 구간에는 수많은 후와 사체들이 널려 있었다. 모두 함정에 빠져 목창에 몸이 꿰뚫렸거나 화살에 벌집이 된 놈들이었다.

하지만 그건 시작에 불과했다. 놈들이 세 번째 참호를 넘어와 목책과 50미터 거리까지 접근하자 사람들 뒤에 수북이 쌓여 있던 목창들이 날아가기 시작했다.

전원 마나를 사용할 수 있는 실력자들이었고 큰 체구를 가진 후와들이 몰려서 저돌적으로 달려오는 상황이라 투창은 큰 위력을 발휘했다. 화살과 달리 급소에 맞지 않아도 전투력을 크게 깎을 수 있었다.

결국 후와 선봉대가 마지막 네 번째 참호를 넘자 대기 신호가 떨어졌다.

후와들이 목책과 10여 미터까지 접근하고 정령사들이 일제히 땅을 요동치게 만들자 놈들이 몸의 균형을 잡지 못해 당황하고 있을 때 대기하고 있던 마법사들에게 마론의 지시가 떨어졌다.

"파이어볼!"

수십 개의 파이어볼이 놈들을 향해 날아가서 흔들리는 땅 때문에 비틀거리던 놈들을 직격했다.

"윈드!"

때마침 20여 명의 마법사들이 일제히 윈드 마법을 발동하자 파이어볼의 불길은 더욱 커져서 마치 파이어필드를 펼친 것처럼 후와들을 덮쳤다.

도란 자작가에는 단독으로 파이어필드 마법을 펼칠 수 있는 마법사도 있었지만 마론의 지시에 순순히 따랐고 그 결과 협력 마법의 엄청난 위력을 구경할 수 있었다.

오직 공격 본능밖에 없는 것처럼 저돌적으로 달려왔던 후와들이 몸에 붙어서 꺼지지 않는 마법의 불에 끔찍한 비명을 지르며 죽어 갔고, 이제 막 참호를 건너고 있었던 후와들은 자신들 쪽을 향해 밀려오는 거대한 불길에 놀라고 공포에 질려 도망치기 시작했다.

"허허! 단순한 파이어볼과 윈드를 결합시켜서 이런 결과를 만들어 내다니."

"이런 효과를 만들어 내기 위해서 그 작업을 한 거였네요."

믿기 힘든지 고개를 저으며 탄성을 지르는 자작의 말에 마느렌 역시 눈을 빛냈다.

목책과 참호 사이에는 온 클랜의 정령사들이 물의 정령으로 하여금 수분을 날려 보낸 마른 나뭇가지와 잎이 두껍게 깔려 있는 상태였고, 파이어볼은 일반 불과 달리 쉽게 꺼지지 않기 때문에 이런 결과가 나온 것이다.

"투창!"

그때 전사대의 지휘권을 가진 타람의 명령이 떨어졌다.

250여 명은 또다시 창을 던지기 시작했다. 보이지 않는 불길 속을 뚫고 날아가는 목창들은 정신없이 도망치는 후와들의 몸을 여지없이 꿰뚫었다. 보이지 않으니 피할 도리가 없었다.

얼마 후 화염이 사라지자 드러난 전경을 후와 입장에서 보면 아주 끔찍했다. 검게 타고 그을린 후와 사체들이 목책과 참호 사이에 그득했다.

도망을 치다가 빠져 죽은 후와 사체들로 인해서 참호가 메워질 정도였으니 어느 정도인지 짐작할 수 있었다.

이미 목책과 가까운 참호까지 접근했던 놈들도 거센 불길과 동료들이 속절없이 죽어 가는 것에 놀라 뒤로 도망치고 있었다.

"10인대별로 자유 사냥을 시작한다!"

타람의 명령이 떨어지자 기다리고 있던 이들이 일제히 목책을 뛰어넘어갔다.

미리 짜 둔 10인대는 마음이 잘 맞거나 평소에 함께 활동하던 사이로 최소한 검기에 입문한 이가 이끌도록 했다.

"괜찮을까요?"

그 모습을 지켜보던 마느렌이 걱정 어린 얼굴로 물었다.

원래 전투에서도 그렇고 사냥을 할 때도 도망치는 상대를 추격할 때 많은 전과를 올릴 수 있지만, 매복이나 추격에만 정신이 팔려 주위와 떨어져 혼자 깊숙이 들어가는 부분에 조심을 해야 했다.

"괜찮아. 지금까지 보인 후와들의 행동을 보면 온 대장이 말한 것처럼 중간 지휘관에 해당하는 놈들이 별로 없거든."

일반적인 추격 공격과 지금은 달랐다. 그런 주의가 필요하지 않았다. 한눈에 봐도 후와들이 무질서하게 도망을 치고 있었으니 말이다.

"그럼 정말 전사장에 해당하는 놈들을 온 대장이 혼자서 처리한 걸까요?"

마느렌도 후와 토벌을 몇 번 동행한 적이 있었다. 그래서 후와 전사장들이 얼마나 강한지 잘 알고 있었다.

후와 전사장들은 오크의 목을 단숨에 부러뜨릴 정도의 완력에다 한 번에 5미터 이상을 뛸 수 있는 도약력, 그리고 마나가 주입된 검을 손상 없이 쳐 낼 정도로 강력한 손톱과 발톱을 가지고 있었다.

더구나 후와를 사냥할 때 가장 무서운 점은 상대의 공격을 전혀 두려워하지 않는다는 점이다. 버서커 주술에 걸린 오크 전사들처럼 놈들 역시 목숨이 끊어지기 전까지 저돌적으로 상대를 공격했다.

"믿기는 힘들지만 그랬으니 거의 안 보이는 거겠지."

보통 후와 전사장은 일반 후와 열 마리당 하나 정도인데, 지금까지 지켜본 바에 따르면 50마리에 한 마리 정도밖에 없었다.

그렇다는 건 전투에 앞서 홀연히 사라진 가온이 처리했거나 처리하고 있다는 얘기다.

"우리도 슬슬 움직이자."

"네!"

자작이 자랑스러워하는 아들 다렌은 이미 온 클랜과 함께 움직이고 있었다. 나중을 위해서 어떻게 대규모 인원을 지휘하는지 직접 옆에서 볼 수 있도록 조치한 것이다.

인간들은 거침없이 진격했다. 함정으로 사용한 참호는 후와 사체들로 그득해서 굳이 뛸 필요도 없었고 창이나 화살로 달아나는 놈들을 맞히거나 성급한 누구처럼 달려가서 도륙을 하면 된다.

후와들의 사기는 완전히 꺾여 버렸다. 불과 얼마 전만 해도 온몸이 벌집이 되도록 화살을 맞고도 어떻게든 인간들을 공격하려고 했던 광기와 투기는 전혀 느낄 수 없었다.

결국 살아서 숲으로 도망간 후와는 수십 마리에 불과했다. 2천이 넘는 후와들이 벌목 구간에서 죽은 것이다.

그렇게 벌목 구간을 끝나고 숲이 시작되는 곳에 도착한 사람들은 더 이상 추격을 하지 못했다. 로에니의 명령도 명령이지만 숲은 원래 후와의 영역이었다.

그런데 그곳에서 본 숲 안은 생각과 달랐다. 꽤 많은 후와 사체들이 길을 막고 있었다.

그때 세르나가 숲 안을 예의 주시하더니 경악한 얼굴로 소리를 질렀다.

"독이다!"

놀란 사람들은 바로 뒷걸음질을 쳤다. 벌목 구간과 숲 경계에는 안개처럼 엷은 독무가 피어오르고 있었다.

'온 대장이 한 거구나!'

사라진 사람은 가온밖에 없고 그가 보스와 준보스들을 직접 처리하겠다고 했으니 그가 한 일이리라.

"대장님이 숲에 독을 살포했으니 절대로 숲으로는 들어가지 마라! 온 대장님이 귀환할 때까지 전장을 정리한다! 마정석만 적출하도록!"

타람은 참호 안에 빠져서 창에 찔리고 동료들이 누르는 바람에 죽은 놈들은 그대로 놔두도록 했다. 준보스들이 빠졌기 때문에 후와 대부분은 중하급에 해당하는 마정석밖에 없는데 예전이라면 몰라도 지금은 거기에 욕심이 나지 않았다.

"세르나, 바람의 정령으로 놈들의 동태를 살펴 줘!"

마론의 지시에 세르나가 곧바로 중급 바람의 정령을 소환해서 보내고 얼마 후 그녀의 얼굴이 환해졌다.

"살아 있는 후와는 더 이상 없어요!"

"그게 무슨 말인가? 도망친 놈들도 소수 있을 테고 후와 보스를 포함해서 아직 남은 놈들이 좀 더 있을 텐데……."

어느새 그곳까지 도착한 도란 자작이 물었다.

"바람의 정령이 말하길 근방 1천 보 이내에는 살아 있는 후와들이 보이지 않는다고 했어요."

"정말 온 대장이 독을 살포해서 그 많은 후와를 처리를 한 건가?"

누구도 대답하지는 않았지만 상황이 이렇게 되도록 보스나 준보스들이 대거 나타나지 않은 것을 보면 자작이 정답을 언급한 것이라고 생각했다.

도란 자작도 독의 위력은 잘 알고 있었지만 근방 1천 보이내를 살포할 정도의 극독의 양은 도저히 헤아릴 수 없었다.

세이런에서 온 자치위원들과 저녁을 함께하며 온과 온 클랜의 이야기를 들은 자작은, 성에 들어온 온 클랜원들이 가게마다 들러서 독을 포함한 물품을 대량으로 쓸어 갔다는 보고를 받았기에 독의 용처를 짐작할 수 있었다.

'의뢰비가 비싸다고 생각했더니 독을 생각하면 그것도 아니군.'

독은 위험한 목표를 사냥하거나 토벌하는 헌터나 용병에게 필수적인 무기였지만, 가격이 워낙 비싸서 대량으로 사용하는 경우는 거의 없다. 그래서 이런 식으로 토벌을 했다는 말은 들어 보지 못한 것이다.

거기까지 생각한 도란 자작은 의뢰비가 아깝다는 생각은 콰르와 플고렌스 고기를 먹은 직후 버렸지만, 지금은 오히려 자신이 득을 봤다고 생각했다.

정황상 숲에 살포한 독의 상당량은 도란 자작성에서 구입했을 테니, 의뢰비의 절반 정도는 세금의 형태로 돌아올 것이다.

그것만으로도 의뢰비의 절반 이상은 회수한 것이나 다름없다.

가온이 귀환한 것은 토벌대가 마정석 적출 작업이 거의 끝나 갈 무렵이었다. 모둔의 도움을 받아서 후와 무리의 영역에서 자라는 카농 나무의 생명력을 거의 바닥까지 흡수하느라고 시간이 많이 걸렸다.

"오! 어서 오게!"

기다리던 자작이 반색을 하며 가온을 반겼다.

"어떻게 되었나?"

"다행히 보스와 암컷 등이 포함된 수뇌부를 사냥할 수 있었습니다."

"수고했네."

자작은 굳이 증거를 보여 달라고 요구하지는 않았지만 가온은 아공간 주머니 안에서 자른 보스와 암컷 등의 머리를 꺼내 보여 주었다.

"으음. 정말 대단하군. 혹시 독을 사용한 것인가?"

도란은 아무리 생각해도 가온이 검술 실력으로 이렇게 많은 놈들을 사냥할 수는 없다고 생각했다.

그건 추측이 아니라 확신이었다. 거금을 들여서 초청을 했던 왕실 기사단의 검기 완숙자 세 명이 나섰음에도 보스를 처리하지 못해서 결국 토벌을 포기한 적이 있었기 때문이다.

"그렇습니다. 거대화한 놈들에게 독은 치명적이지 않지만 기동력은 확실히 떨어뜨릴 수 있으니까요."

"자네는 좀 다르군."

자작은 기사 아카데미를 졸업하고 작위와 영지를 물려받을 때까지 기사로 살았던 사람이다. 그러니 당연히 독을 사용하는 데 거부감을 가지고 있을 수밖에 없었다.

예지몽으로
히든랭커

"생존을 위해서는 뭐든 활용해야 하는 시대가 아닌가 생각합니다. 상대는 이성과 도덕을 가진 인간이 아니니까요."

"끄응."

도란 자작도 그런 사실을 잘 알고 있다. 다만 오랫동안 세뇌당하듯 받아 온 기사도 교육으로 인해 본능적인 거부감을 가지고 있을 뿐이었다.

"아무튼 고생했네. 자네 덕분에 우리 영지의 우환이 말끔하게 사라졌네. 오늘 저녁은 성으로 초대하도록 하지."

"아닙니다. 사냥이 일찍 끝났으니 점심을 먹은 후 바로 출발할까 합니다."

"그렇게 빨리?"

"네. 스승님과 약조한 기일이 얼마 남지 않았습니다. 자작님의 청이 아니었다면 의뢰도 받아들이지 않았을 겁니다."

이미 노라나 말톤을 통해서 선착장에서 밤을 보낸 후 새벽에 출발하려고 했다는 사실 정도는 전한 바 있기에 자작도 더 이상 권하지는 못했다. 더구나 의뢰를 수락하면서 토벌이 일찍 끝나면 바로 출발할 수도 있다고 말해 두지 않았던가.

결국 자작은 고개를 끄덕이고 말았다.

"알았네. 내 아이들을 잘 부탁하지. 기사 다섯이 수행할걸세. 지휘권은 자네에게 맡길 테니 잘 활용하도록 하게. 기왕이면 다렌이나 마느렌의 전투 경험을 쌓아 주면 더 좋고."

"걱정하지 마십시오. 잘 모시겠습니다."

토벌하는 것을 보지 못했다면 귀족 자제랍시고 유세를 떨수도 있었지만, 자신에게 선망과 동경의 눈빛을 보내고 있는 둘의 태도를 보아하니 그런 일은 없을 것 같았다. 그만큼 온 클랜은 막강한 전투 능력을 보여 주었다.

"그리고 앞으로 후와가 다시 자리를 잡지 않도록 후속 조치를 하셔야 할 겁니다."

"그럴 방도가 있나?"

자작은 물론 수행한 기사들과 마법사들도 한결같이 의아한 얼굴로 가온을 주시했다.

사실 지금 이렇게 한 무리를 토벌했다고 해도 당분간일 뿐다른 후와 무리가 자리를 잡는 것은 당연한 일이다. 그동안 자작령에서 토벌을 한두 번 한 것이 아니니 그 사실을 잘 알고 있었다.

후와를 토벌하는 것이 어려운 이유는 거대화한 무리의 보스가 발휘하는 엄청난 전투력도 있었지만, 숫자를 줄여 놔도 언제 줄었나 싶을 정도로 다시 빠르게 번식하는 것이 가장 컸다.

"그동안 후와를 사냥하면서 유심히 관찰을 해 보니 놈들이 카농이라고 부르는 나무를 각별하게 좋아한다는 사실을 알수 있었습니다."

"그건 나도 들은 바가 있네. 후와는 카농 나무의 열매의 경우 먹기도 하지만 무기로도 쓰지."

예지몽으로
히든랭커

후와가 카농 나무로 이루어진 숲을 좋아한다는 사실은 다들 알고 있었다.

"아직 확실히 밝혀진 내용은 없지만 놈들이 가장 좋아하는 카농 나무를 없애면 후와들도 더 이상 자리를 잡지 못할 거라고 생각합니다. 다른 나무들이 자라는 숲에서는 후와를 볼 수 없다는 점이 그것을 증명하고 있습니다."

자작 일행은 가온의 말을 듣고 잠시 생각을 해 보다가 차례로 고개를 끄덕였다. 그들 또한 관심을 가지고 확인을 해 보지는 않았지만, 피난민들로부터 그런 이야기를 한 번 이상 들어 보긴 했었다.

"그런가? 한번 시도를 해 봐야겠군."

"꼭 후와가 아니더라도 카농 나무가 자라는 곳에는 다른 식물이 아예 자라지 못합니다. 뿌리도 워낙 깊고 넓게 뻗는데다 수분과 영양분을 마구잡이로 빨아들이기 때문에 땅도 금방 황폐화되고요."

"그런 이야기는 몇 번 들어 본 적이 있긴 하네만 다른 마수와 몬스터 때문에 그동안 신경을 안 썼는데, 이번에 한번 대대적으로 시행을 해 봐야겠네."

사실 영지의 마법사들이 그것과 비슷한 얘기를 한 적이 있었다. 카농이 자라는 곳에는 그 어떤 식물도 살 수 없다고 말이다.

"건기에 바람이 불지 않는 날을 골라서 주위를 말끔하게 정리한 후에 불을 지르는 것을 추천 드립니다. 그렇게 서너 번은 해야 카농 나무를 말살할 수 있을 겁니다."

"조언 고맙네. 그렇게 해 보도록 하지."

도란 자작은 가온의 진심 어린 조언을 받아들이기로 했다. 사실 아직 기사 서임도 받지 않은 자가 자작이자 영주에게 이렇게 말하는 것은 선을 넘은 것이지만, 그의 얼굴에는 진정성이 가득했고 전과를 통해서 자신이 1급 기사에 준한다는 사실을 증명했으니 어렵지 않게 받아들였다.

"그런데 오늘 점심 식사의 재료가 정말 자네가 말한 대로 콰르 요리인가?"

"네. 한 번 삶은 후 구이와 찜으로 먹을 겁니다."

그렇게 먹어 본 적이 있었는데 정말 맛이 있었다. 보통의 뱀은 기생충이 많았지만, 콰르의 경우에는 달랐다.

"그리고 저녁 식사용으로 준비한 플고렌스도 넘겨드리겠습니다."

"하하하. 그렇게 해 주면 더 고맙지. 그나저나 콰르 요리라니…… 아마 귀족들 중에서는 내가 처음이 아닐까 싶네. 기분 좋게 먹으려면 미리 계산을 하도록 하지."

도란 자작은 그 자리에서 잔금을 치렀다. 혹시나 해서 아예 처음부터 보수를 모두 챙겨 왔기 때문이다.

"감사합니다."

"그리고 이건 내 아들과 딸의 호위 의뢰에 대한 보수라네.

그리고 혹시 몰라서 인사는 끝내 두었으니 식사 후에 출발해
도 상관은 없네."

선금이 따로 없이 바로 보수를 지급했는데 나중에 세어 보
니 3천 골드였다.

흡정 장갑 때문에 돈이 되는 건 거의 모두 정리를 했는데,
두 번의 의뢰를 수행해서 9만 골드가 넘는 엄청난 돈을 다시
벌어들였다.

이대로만 가면 명예는 몰라도 돈은 부족할 것 같지 않아서
마음이 아주 흡족했다.

아보린 시티

 도란 측은 사냥이 끝난 후 마정석조차 챙기지 않았다. 애초 그렇게 계약을 했지만 토벌에 참여한 도란 측 사람들이 자작의 명령에 따라서 빼돌리지 않고 몽땅 내놓았는데 아무도 불만을 가지지 않았다.

 온 클랜의 역량에 진심으로 감복하기도 했지만 두 번에 걸쳐 하급 영약에 버금가는 특급 요리를 먹고 마나가 늘어났으니 그들로서는 최고의 보상을 받은 것이나 다름없었다.

 도란 자작이 마지막까지 아들딸과 함께하기 위해서 자리를 뜨자 가온은 아까 전해졌던 안내음을 확인했다.

 '확실히 레벨 업 속도가 느려졌어.'

 보스를 포함해서 그 많은 숫자를 혼자 처리했음에도 불구하고 레벨은 겨우 2밖에 안 올랐다. 플고렌스를 사냥하고 남은 경험치도 있었을 텐데 말이다.

그래도 불만은 없었다. 진혈 한 병이 보상으로 나왔고 C등급 이하의 스킬을 등급 업 시킬 수 있는 강화권까지 얻어서 내친김에 궁술을 B등급으로 올렸다.

거기에 카농 열매의 속 씨, 카농주, 마정석 그리고 멀쩡한 1천여 구의 사체까지 챙겼으니 엄청나게 벌어들였다.

그렇게 짧은 시간에 후와 토벌을 마무리한 온 클랜과 세이런 전사들을 태운 배는 바로 수도를 향해 출항했다.

보통 세이런에서 수도까지는 일주일이면 갈 수 있었다.

그렇지만 세이런 1호는 도란을 떠난 지 열흘이 훨씬 넘어서야 수도에 도착할 수 있었다.

'시간은 좀 걸렸지만 얻은 것이 많아.'

온 클랜은 가는 곳마다 환영을 받았다. 잠깐 들르는 곳은 물론이고 하룻밤을 보내기 위해 들른 곳에서도 마찬가지였다. 온 클랜에 대한 소문이 쫙 퍼져 있었다.

그들의 공통된 요구는 해당 지역의 콰르와 후와 무리의 토벌이었다.

원래 출발할 때만 해도 이렇게 많은 의뢰를 받을 생각이 없었다. 던전 때문에 마음이 급했기 때문이다.

하지만 실전을 경험하면서 빠르게 실력이 상승하는 대원

들과 날로 쌓이는 금화도 무시할 수가 없었다. 무엇보다 의뢰를 완수하는 데 오래 걸리는 것도 아니었다.

결국 도란 건을 포함해서 총 여섯 건에 달하는 의뢰를 깔끔하게 완수하면서 28만 골드에 육박하는 현금과 3만 개에 이르는 다양한 등급의 마정석을 손에 넣었다.

자신과 대원들에게 도움이 되는 천연 영약들도 헤아릴 수 없을 정도로 엄청나게 챙겼다.

카농 씨와 카농 주 그리고 콰르와 플고렌스 사체들로 몇 번이나 넓어진 아공간이 절반 이상 찰 정도였다. 사실 플고렌스에 관한 의뢰는 없었지만, 콰르를 사냥하면서 정령들의 도움을 받아서 놈들까지 완전히 사냥해 버린 것이다.

아직 사람들은 모르지만 세이런에서 수도 지척까지 흐르는 오크라강 유역에서는 더 이상 콰르는 물론이고 플고렌스와 후와 들을 찾아볼 수 없었다. 새끼들까지 모조리 사냥해 버렸다.

후와뿐이 아니었다. 보스를 사냥한 후에는 반드시 연공을 했는데, 그때마다 모둔이 카농 나무로부터 에너지를 흡수했다.

가온이야 그 양이 얼마나 되는지는 알 수 없지만 연공이 끝나고 주위를 둘러볼 때마다 깜짝 놀랐다. 카농 나무들이 긴 가뭄이라도 겪은 것처럼 말라비틀어져서 죽기 일보 직전으로 변해 있었다.

시험 삼아서 도끼로 찍어 봤는데 너무나 쉽게 잘렸다. 정말 고사하기 일보 직전으로 변한 것이다.

　이런 상태가 지속된다면 벌목을 하지 않아도 제대로 열매를 맺을 수도 없고 수액조차 받을 수 없을 테니 후와들이 더 이상 서식할 수가 없게 된다.

　상황이 이러니 후와 토벌 의뢰를 거절할 수가 없었다. 작게는 자신과 대원들에게 좋은 일이었고, 크게는 오크라강에 기대 사는 수많은 사람들의 생명을 구하는 일이었다.

　'무엇보다 내성이 별로 없는 천연 영약을 구할 수 있는 기회를 놓칠 수는 없지.'

　쾌르와 플고렌스를 사냥한 것만이 아니다. 세 정령과 앙헬로 하여금 강변은 물론 강바닥에 있는 카농 열매를 모조리 챙기게 했기 때문에 눈에 보이는 돈보다 훨씬 어마어마한 전리품을 챙길 수 있었다.

　얻은 것은 물질적인 것만이 아니었다. 의뢰를 함께 수행하면서 오크라강 유역의 영주들과 기사들 그리고 모험가들이나 헌터들과 깊은 유대감을 맺을 수 있었다.

　그들의 생존을 위협하는 쾌르와 후와 들을 사냥해 준 것에 더해서 쾌르와 플고렌스 고기가 하급 영약에 해당하는 마나 증진의 효과가 있다는 사실을 알려 주며 함께 먹은 효과가 매우 컸다.

　개인적으로 얻은 성과도 컸다. 의뢰를 수행하는 과정에서 레벨은 12가 올랐고 진혈도 네 개를 더 얻어서 이젠 거대화를 1시간 정도는 무리 없이 사용할 수가 있게 되었다.

파워 드레인 스킬 덕분에 스텟의 내용도 많이 바뀌었다. 근력, 민첩, 감각 스텟은 모두 300이 넘었고 체력의 경우 900에 육박하게 된 것이다.

마나와 마력도 크게 늘어나서 검기의 경우 상당히 오래 사용할 수 있었다.

그 밖에도 칭호, 무기 혹은 아이템 강화권과 같은 자잘한 업적 보상이 더 있었지만, 눈이 높아진 가온에게는 큰 의미가 없었다.

그래도 가온에게 가장 큰 의미가 있는 보상은 따로 있었다.

'여섯 번의 의뢰를 통해서 사냥한 후와를 갓상점에 넘긴 덕분에 명예 포인트를 60만 점 가까이 획득한 것이 가장 컸지.'

100만 포인트를 썼지만 그렇게 모은 명예 포인트는 150만을 훌쩍 넘어서 가끔 확인할 때마다 가온을 흐뭇하게 만들었다.

레벨업도 중요하지만 현재 가온에게 더 중요한 것이 바로 명예 포인트다. 그것을 획득하지 못했다면 오는 동안 의뢰 중 절반 이상은 거절했을 것이다.

아무튼 힘들게 토벌을 한 덕분에 A급 스킬 하나를 더 S급으로 진화시킬 수 있게 되었다.

이게 다 콰르와 플고렌스 그리고 변종인 후와가 그냥 두면 탄 대륙의 생물에 크나큰 해악을 끼칠 수 있어서 후한 명예 포인트를 획득한 덕분이다.

그리고 그 과정에서 가온은 명예 포인트를 어떻게 해야 획득할 수 있는지 대충 알 수 있었다. 탄 대륙의 생태계를 뒤흔들어서 세상의 균형을 흔드는 마수나 몬스터를 사냥하면 보통 루 여신이 명예 포인트를 선물하는 것이다.

하지만 이전처럼 바로 스킬 진화권을 구입하지는 않았다. 좀 더 고민을 한 후 결정을 내리기로 한 것이다.

그렇게 수도와 인접한 오크라강의 선착장이 있는 아보린 시티에 도착한 가온 일행은 물론 동행한 세이런 사람들도 기도가 크게 달라졌다. 일주일 전과는 크게 달라졌다.

그럴 수밖에 없는 것이 하루걸러 한 번씩은 수천 마리 규모의 후와를 사냥했고, 무엇보다 하루에 두 끼를 콰르와 플고렌스 고기를 먹었기 때문에 마나 보유량이 크게 늘어난 것이다.

플레이어 대원들은 마나나 마력이 평균적으로 200 이상 늘어났으니 성장 폭이 엄청날 수밖에 없었다.

심지어 호위 대상자였던 마느렌과 다렌도 실력이 급성장했다. 마나양이 크게 늘어난 데다 후와를 상대로 실전을 겪으며 실력이 향상된 것이다.

"우리는 여기서 헤어져야겠군요."

가온은 선착장에서 마느렌 남매와 헤어지기로 했다. 아도란 시티에서 수도까지는 잘 닦인 대로가 뚫려 있어서 마차로 대략 20분 정도면 도착할 수 있었다.

"온 경, 수고가 많았습니다. 주군께서도 크게 고마워하실 겁니다."

두 남매를 수행한 마헨 기사를 필두로 다섯 기사와 수행원들이 정중하게 인사를 했다.

"수고는요. 여러분이 임시 대원으로 열심히 일해 주셔서 오히려 제가 더 감사합니다."

"하하하. 아주 재미있는 경험이었습니다."

마헨의 말에 다른 기사들이 빙그레 웃으며 고개를 끄덕였다. 그들은 수도로 오는 동안 호위 대상이 아니라 온 클랜의 임시 대원으로 활약을 한 것이다.

가온이 홀로 콰르를 사냥했기에 두 남매가 위험할 일은 애초에 없었다. 한 번도 콰르의 습격을 받지 않았다.

하지만 지금 바헨이 가온에게 감사하는 것은 두 남매는 물론 자신들에게 후와를 상대로 실전 경험을 쌓을 수 있는 기회를 준 것 때문이다.

자작은 따로 당부하지 않았지만 가온은 호위 대상인 마느렌과 다렌은 물론 자작가의 기사들에게도 후와 사냥에 참가

하도록 설득했고, 덕분에 실전 경험은 물론 짭짤한 가외 수입도 얻을 수 있었다.

처음에는 돈을 받으려고 하지 않았지만, 함께하는 동안은 온 클랜의 임시 대원이 된 것이니 급료를 지급하는 것이 당연하다고 강하게 주장해 어쩔 수 없이 받게 했다.

실전 경험과 돈만 얻은 것이 아니다. 도란 자작가 사람들이 가장 고마워하는 것은 그들의 전투를 지켜보고 지나가듯 가볍게 해 준 조언이었는데 이전의 경지를 넘을 수 있는 아주 중요한 단초에 해당했다.

"나중에 또다시 만날 수 있기를 바랍니다! 안녕히 가시길."

가온의 인사에 기사들과 수행원들이 인사를 하며 뒤로 물러났다. 그러자 마느렌과 다렌이 다가왔다.

"온 대장님, 대장님과 함께한 시간은 제 인생에서 가장 보람차고 즐거운 시간으로 기억될 것 같아요. 다시 만날 수 있겠죠?"

"저도 온 클랜의 임시 대원으로 활동했던 시간들이 너무 그리울 것 같아요. 혹시 대장님의 스승님처럼 왕실 기사단에 들어가실 건가요? 저도 거기에 들어가려고요."

그동안 정이 든 마느렌과 다렌이 헤어지기 싫은지 울상이었다. 그만큼 두 사람은 가온에게 많이 의지했었다.

"마느렌, 우리는 반드시 다시 만날 수 있을 거야. 다렌, 네가 왕실 기사단에 들어간다면 설령 내가 거기에 입단하지 않는다고 해도 널 만나러 찾아가겠다고 약속할게. 그러니까 열심히 노력해."

가온의 말에 마느렌과 다렌이 서운한 얼굴이기는 했지만 웃으면서 뒤로 물러났다. 수도에 있는 자작가 저택에서 지내는 어머니가 그들을 위해 보낸 마차가 이미 기다리고 있었다.

그렇게 도란 자작가 사람들이 먼저 떠나자 세이런 측 사람들이 다가왔다.

"수고하셨어요, 대장님. 덕분에 다들 부자가 되었어요. 우리 주민들을 위한 생필품도 몇 배는 더 살 수 있을 것 같고요."

노라가 사람들을 대표해서 감사 인사를 하자 다른 이들도 그녀를 따라 고개를 깊이 숙여서 감사한 마음을 전했다.

이번 여정에서 세이런 측은 엄청난 거금을 벌었다. 토벌을 중개하고 참여한 것만으로 가온으로부터 7만 골드라는 보수를 챙길 수 있었다.

그 돈은 세이런 사람들을 위한 식료품과 각종 생필품을 구입하는 데 아주 요긴하게 쓰일 예정이라서 자치위원들은 신이 났다.

수도행에 동참한 사람들도 온 클랜의 임시 대원으로 일하

면서 큰돈을 벌었다. 수당으로 각자 120골드씩 받았고 후와
로부터 적출한 마정석들도 열 개 이상씩 챙긴 것이다.

"하하하. 다들 정말 부자가 되었으면 좋겠네요. 다음에 만
날 때까지 몸 건강하십시오."

"대장님 덕분에 세이런이 살아날 수 있었어요. 오크라강
도 이젠 안전해져서 많은 사람들이 대장님 덕분에 새로운 미
래를 꿈 꿀 수 있게 되었어요. 항상 대장님을 기억하고 있을
게요. 가까이 오시면 꼭 다시 들러 주세요."

"그러겠습니다."

세이런에서 파견한 전사들은 여기까지 오는 동안 자신들
이 정말 온 클랜의 정식 대원인 것처럼 가온의 명령을 따랐
고 자발적으로 많은 일을 했다.

특히 던전에서 살아 나온 이들은 가온이 목숨을 구해 준
것이나 다름없기에 몸을 사라지 않고 사냥에 참여했다.

그 덕분에 가온이나 온 클랜도 큰 도움이 되었다. 그들이
아니었다면 콰르나 플고렌스 사냥은 몰라도 후와 사냥 의뢰
는 그렇게 빠르게 수행하지 못했을 것이다.

그동안 생사의 위기를 함께 넘으면서 상당히 친해졌기 때
문에 이별하는 시간도 길었다.

하지만 끝은 있는 법, 아쉬운 인사를 나눈 세이런 측 사람
들도 필요한 물품을 구하기 위해서 서둘러 시장 쪽으로 향
했다. 그들은 한시라도 빨리 세이런이 필요로 하는 물품을

구해서 돌아가야만 했다.

이제 항구에 남은 건 온 클랜원들뿐이다.

"이제 우리만 남았네요."

헤븐힐이 조금은 쓸쓸한 얼굴로 말했다. 그동안 많은 사람들과 지내서인지 이렇게 클랜원들끼리만 남은 것이 좀 이상하게 느껴진 것이다.

"두어 시간 정도면 해가 질 테니 일단 수도에 들어가서 머물 곳부터 잡도록 하지요."

일단 숙소를 잡으면 갓상점에 접속해서 인근에 있다는 초대형 던전의 위치를 알아볼 생각이다.

막 말에 올라타려고 하는데 퍼슨이 그를 만류했다.

"대장님, 굳이 수도에 들어갈 필요는 없습니다. 쉬는 것도 그렇지만 만약 구할 것이 있으면 이곳 아보린 시티에서 구입하는 편이 좋을 겁니다."

"여기에서 말입니까?"

주위를 돌아본 가온이 고개를 끄덕였다.

과연 퍼슨의 말대로 멀지 않은 곳에 무척 번화한 거리가 보였다. 아마 큰 규모의 시장이 있을 것 같았다.

그래서 노라와 말톤 등 세이런 측 사람들도 수도로 갈 생각을 하지 않고 번화가 쪽으로 향했을 것이다.

"큰 규모의 상단들이 수시로 들락거리는 곳이라서 숙소도

깨끗하고 좋습니다."

그렇다면 굳이 수도로 들어갈 필요는 없었다.

온 클랜은 천천히 아보린이라고 부르는 시티의 번화가 쪽으로 향했다.

얼마 후 도착한 번화가를 본 사람들 일부는 크게 놀랐다.

일단 마차 네 대 정도가 서로 오갈 수 있는 크기의 대로부터 시작해서 대로 양편에 있는 상점의 규모가 아예 달랐다.

"후유! 어마어마하네!"

가게들이 보통 상점의 열 배는 될 것 같은 규모에 내용물도 어마어마했지만, 이런 시국에도 오가는 마차와 사람이 얼마나 많은지 정신이 없을 정도였다.

수도에 처음 와 보는 정령사 대원들과 스톤, 그리고 랄프는 입이 떡 벌어졌다.

"퍼슨 아저씨, 이곳이 수도가 아니라고요?"

샤나가 눈알이 돌아가는 모습을 보여 주며 물었다.

"그래. 이곳 아보린 시티는 수도의 관문에 불과한 곳이지. 그래도 대부분의 왕국민은 이곳까지 수도로 여길 정도로 번화해. 그래도 마수와 몬스터 사태 때문인지 예전에 방문했을 때보다는 덜 혼잡하네."

"하하하. 퍼슨의 말이 맞습니다. 예전에는 지금보다 훨씬 혼잡했지요. 세금과 공물이 납부되는 가을에는 선착장도 배를 댈 수가 없을 정도로 번잡해지고 우리가 지금 보는 길도 제대로 걸을 수 없을 정도로 혼잡합니다. 수도와 통하는 대로가 꽉 막힐 정도니까요."

마론이 퍼슨의 말에 보충 설명을 했다.

"아보린에는 네 개의 대로가 있습니다. 그리고 세 개의 대로 양편으로 총 여섯 개의 상점가가 있지요. 한 개의 대로는 관리국으로 통하는데, 그 양편에는 여관들이 즐비하고 관리국과 가까운 끝부분에는 용병 지부와 모험가 지부 그리고 마탑 지부 들이 있습니다. 대로의 끝은 시장과 연결이 되는데, 왕국에서 구할 수 있는 건 이곳에 다 있다고 보면 됩니다. 대신 앞에 보이는 시장에서는 소매를 하지 않습니다."

퍼슨이 상점가에 대해서 설명을 했다.

가온은 수도답게 도매시장이 따로 있다는 점에 흥미를 가졌다. 그리고 그 도매시장은 주로 배를 이용하는 상인들이 주 고객일 수밖에 없다.

"소매시장은 도매시장의 뒤편에 따로 있는데 수도의 시장에 비하면 가격이 싼 편입니다. 물건도 아주 다양하고요."

소매시장 얘기를 들은 대원들의 눈이 반짝거렸다.

"여관들도 시설이 아주 좋습니다. 가격은 좀 비싸지만 여관마다 별채들이 십여 개씩 있고 보안 수준도 아주 뛰어난 편입니다."

"일단 여장부터 풀도록 하지요."

사실 여기까지 오는 동안 거의 매일 사냥과 수련을 했기 때문에 대원들의 몸 상태는 그리 좋지 않은 편이다.

연공으로 육체 피로를 푼다고는 하지만 매일 수천 마리 규모의 후와를 상대하는 과정에서 쌓인 정신적인 피로는 해소할 수 없었다.

퍼슨과 패터가 길을 잡고 일행을 안내한 지 얼마 되지 않아서 사람들은 입이 떡 벌어지는 시설들이 쭉 늘어선 번화가에 도착할 수 있었다.

퍼슨이 그중 한 곳으로 거침없이 향했다.

"오크라트가 술맛이 제일 괜찮았습니다."

오크라트는 술맛 때문에 선택한 여관인 모양인데 시설도 외관만큼이나 훌륭했다. 식당은 뒤편에 따로 있었고 방이 다섯 개 이상인 별채 열두 개로 구성된 여관이었다.

마침 가장 큰 별채가 비어 있어서 거기에 들어가기로 했다.

다들 그룹 별로 아공간 주머니들을 소지하고 있어서 따로 여장을 풀 것은 없었지만, 방어구 대신 평상복으로 갈아입고 나서 다들 모였다.

미리 가온과 일정을 논의했던 로에니가 사람들에게 말했다.

"내일은 종일 자유 시간을 드릴 생각이니 다른 곳에 볼일이 있는 분들은 보시고, 나머지 대원들은 가볍게 주위를 돌아보고 오기로 하지요. 식사는 무료인데 정해진 시간에서

예지몽으로
히든랭커

2시간이 지나가면 먹을 수가 없으니 시간을 잘 맞추어야 합니다."

"제대로 된 무구를 구입할 절호의 기회야!"

다들 신이 났다.

"조금 오래전이기는 하지만 내가 와 본 적이 있으니 내가 안내할게요."

시장에 들를 사람들은 패터를 따라 여관을 나섰다.

사람들의 주머니 사정은 아주 빵빵했다. 수시로 영약을 제공해 주는 가온에게 고마움의 표시로 보수의 1%만 받겠다고 했지만, 이번 여정 동안 개인적으로 받은 수당만 해도 300골드에 마정석도 100여 개씩이나 챙긴 것이다.

가온은 패터를 따라나서는 헤븐힐을 따로 불렀다.

"왜요, 대장님?"

"마탑 지부들을 돌면서 스크롤을 보충하도록 해. 필요한 돈은 로에니에게 말하고."

"안 그래도 스크롤이 거의 다 소진되어서 말씀드리고 했어요."

콰르의 경우 매직 스크롤이 아니었다면 대원들끼리 그렇게 손쉽게 사냥하지 못했을 정도로 유용하게 활용했다.

"이제부터는 좀 더 다양한 사냥감을 사냥해야 하니 되도록 다양한 종류의 매직 스크롤이 필요해."

"알겠어요."

"그럼 제가 함께 갈게요."

듣고 있던 로에니가 일어났다.

"성공적인 사냥은 물론 우리 생명이 달렸으니 돈을 아끼지 말도록 해."

"명심할게요."

사실 돈은 충분했다. 가온에게 받은 공금만 해도 무려 5만 골드에 달했다.

"포션은 어떻게 할까요?"

로에니의 질문을 받은 가온은 잠시 생각하다가 앙헬이 책임을 지고 생명의 아공간에서 포션 조제기를 돌리고 있다는 사실을 떠올렸다.

"하급과 중하급은 내가 충분히 가지고 있으니 중상급으로 충분히 사도록 해."

"알겠어요. 왕도의 포션과 매직 스크롤의 시세는 지방에 비하면 굉장히 싼 편이니 충분히 구입해 두도록 할게요."

그렇게 로에니와 콜 일행 역시 여관을 나섰다.

"대장님, 저희는 용병 지부에 들러서 수도 상황을 대충 파악하고 오겠습니다."

"저희도 잠깐 모험가 지부에 들르겠습니다."

타람과 퍼슨 그리고 마론 부부도 볼일을 보러 떠나자 다시 가온만 남았다. 누구도 함께 가자고 하지 않았기 때문이다.

'조금 외롭네.'

예지몽으로
히든랭커

예전이라면 패터가 챙겼을 텐데 녀석은 정령사 대원들이 합류한 이후로는 샤나에게 푹 빠져서 그런지 가온에게 영 신경을 쓰지 않았다.

처음으로 느끼는 생소한 감정에 당황한 가온은 그제야 한동안 부모님과 통화를 못 했다는 사실을 깨달았다.

'너무 정신없이 살았어.'

아나더 문두스에서 성장하는 것과 돈 버는 재미에 너무 푹 빠졌던 모양이다. 아무리 현실감이 강하더라도 이곳은 자신이 살아가야 할 세상이 아닌데 말이다.

그래도 지금은 로그아웃할 타이밍이 아니다.

'시장이나 한 바퀴 돌아보고 오자.'

대원들은 소매시장으로 갔을 테니 자신은 도매시장이나 둘러볼 생각이다.

그런 생각으로 나간 가온은 그야말로 지름신이 강림한 듯 마구 골드를 뿌렸다. 도매시장이고 수도의 관문이다 보니 물품도 다양했거니와 질도 아주 좋았기 때문이다.

가장 먼저 챙긴 것은 식료품이었다. 밀과 호밀, 보리, 쌀 등 곡물을 취급하는 상점 열 곳이 보유하고 있는 재고를 모두 구입하는 것을 시작으로 도축한 고기들까지 쓸어 담았다.

다음은 건과와 건야채, 건육, 설탕, 소금, 향신료 등으로 해당 물품을 취급하는 상점의 창고를 통째로 사들였는데, 상인들은 가온을 대상인으로 여기는 것 같았다.

다음은 무기였다. 대장간이 딸린 가게들을 돌면서 자신과 대원들에게 필요하다 싶은 것들은 수백 점씩 구입을 해 버렸다.

가장 많은 물량은 창과 화살 그리고 볼트였다. 이런 무기의 경우 대량으로 구입해야만 가격이 확 떨어지기 때문에 어쩔 수 없는 선택이었다.

그 후 대장간 주인들의 소개를 받아서 무구점을 돌았는데 100명은 무장시킬 수 있는 엄청난 물량을 사들였다. 등급이 고급에 불과해서 망정이지 그 위 등급이었으면 가진 돈을 탈탈 털어야 했을 것이다.

그 후로도 도매시장에서 다양한 물품을 구입한 가온은 무려 15만 골드가 훌쩍 넘는 거금을 소비하고 말았다.

딱히 비쌌던 물품은 독을 제외하면 없었지만 워낙 수량이 많다 보니 총액이 이렇게 많아진 것이다.

그래도 후회는 없었다. 이렇게 대량으로 구입하면 쌀 뿐 아니라 나중에 결국 쓸 곳이 있다고 생각했기 때문이다.

그래도 이제 15만 골드라는 거금을 한 번에 써 버릴 정도가 된 자신이 좀 뿌듯했다. 예지몽 속의 자신과 비교하면 이쪽이 훨씬 멋있다는 생각이 든 것이다.

여관에 돌아왔지만 다른 대원들은 보이지 않았다.

저녁 식사 시간까지는 아직 좀 여유가 있었다. 시장만 둘러봤기에 다시 나가서 아보린 시티를 구경할까 하는 생각이 잠깐 들었지만 가온은 그냥 방으로 향했다.

'모처럼 시간이 났으니 흡정 장갑으로 마정석의 마나를 흡수해 보자.'

그동안은 통 여유가 나지 않아서 마음만 먹었지 시험해 보지 못했다.

효율이 얼마나 나올지 모르지만 시간적인 여유가 날 때 부지런히 마나와 마력을 올려야 했다.

현재 양손에 끼고 있는 흡정 장갑은 본래의 용도가 아닌 보호용으로 써 왔다. 아이템 설명에는 없었지만 방호력이 상당하고 착용감이 거의 없어서 평소에는 끼고 있다는 사실조차 의식하지 못할 정도였다.

각 등급의 마정석을 꺼낸 가온은 하나씩 에너지를 흡수해 보았다.

'오!'

평균을 내 보니, 생각보다 에너지를 흡수하는 시간이나 효율이 아주 좋았다.

최하급 3, 하급 9, 중하급 35, 중급 135, 중상급 313, 상급 1,814.

대단히 놀라웠다.

'비쌀 만하네!'

연공을 통해서 순화를 시키는 과정이 꼭 필요했지만 마나와 마력 모두 그 정도의 흡수 효율이 나왔다.

그렇게 흡수한 에너지는 연공을 하지 않고도 마나로도 마력으로도 활용이 가능했다. 물론 축적은 되지 않지만 말이다.

'마나 혹은 마력을 소진한 상태에서 급하게 힘을 써야 할 때 무척 유용하겠네.'

이제 막 검사까지 생성할 수 있게 된 상태인 가온에게는 꼭 필요한 아이템이 맞았다.

검사부터는 검기와는 비교도 되지 않을 만큼 무지막지한 마나를 잡아먹으니 말이다.

가온은 대원들이 돌아오기 전까지 약 1시간에 걸쳐서 환금성이 떨어지는 중급 이상의 마정석들을 대상으로 에너지를 흡수했다.

결과는 놀라웠다. 이제 그의 마나와 마력은 모두 1만을 넘어서 어지간한 스킬이나 마법은 마나 걱정을 하지 않고 사용할 수 있게 된 것이다.

레벨이나 마나 보유량을 생각하면 검강, 즉 오러 블레이드를 구현하는 것도 가능할 것 같은데 다른 깨달음이 필요한지 아직은 불가능했다.

오러 블레이드를 생각하면 마음이 급해지지만 지금의 성취만 해도 플레이어들 중에는 감히 따라올 자가 없다는 점을 생각하면 자긍심이 들었다.

무엇보다 아직 아공간에 그동안 모은 천연 영약들이 가득 들어 있는 것을 고려하면 앞으로도 성장할 여지가 충분한 점도 무척 고무적이었다.

휴식

해가 질 무렵, 소매시장을 돌아보고 온 대원들이 아쉬움이 가득한 얼굴로 여관으로 돌아왔다. 도매시장만큼은 아니지만 소매시장도 규모나 거래되는 물품의 종류와 숫자가 엄청나서 구경만 했는데도 몇 시간이 훌쩍 지나갔다.

하지만 아쉬움도 잠시 수도답게 각종 향신료로 정성을 들여 조리한 음식이 나오자 다들 식사에 집중했다. 그만큼 음식의 맛과 잘이 뛰어났다.

어느 정도 식사가 마무리가 되자 끊겼던 대화가 재개되었다.

"이곳 사정은 좀 어떻습니까?"

가온이 막 포크를 내려놓은 퍼슨에게 물었다.

"3개월 전에 왕실 기사단 세 개를 포함해서 토벌군을 편성했답니다."

"토벌군요?"

"네. 기사들은 물론 실력이 뛰어난 병사, 용병, 헌터 그리고 모험가까지 모아서 대대적인 토벌을 하려고 만들었다고 하더군요."

아무래도 나크 훈 스승이 랑트에서 수도로 향한 이유가 토벌군 때문인 것 같았다.

"하지만 상황이 사람들의 기대와 다르게 크게 나아지지 않았습니다. 수도에서 말로 하루 거리까지는 이제 안전하다고들 하지만 가도를 기준으로 아직도 심심치 않게 마수와 몬스터가 출현하는 상황이라고 합니다."

"토벌군이 편성되었는데도 그 정도밖에 토벌이 안 되었다고요?"

어나더 문두스의 설정에 따르면 아그레시아 왕국은 국력이 강한 나라다. 기사들의 숫자나 실력도 뛰어난 편이고 마탑도 많은 편이었다.

게다가 이계인들이 본격적으로 건너오기 시작하면서부터는 기사와 마법사 그리고 고위급 용병 등을 토벌군으로 편성해서 일반 헌터들이 상대할 수 없는 오우거와 같은 거대 몬스터를 사냥한다고 했었다.

"저도 좀 의아합니다. 민간에서 모집한 이들은 몰라도 토벌군에 포함된 아그레시아의 중앙군 부대는 대마수, 대몬스터 토벌에서 큰 성과를 올렸거든요. 왕실 기사단과 왕실 마탑에서 차출된 사람들은 말할 필요도 없고요."

마론과 퍼슨의 설명이 이어졌는데 사실 토벌군은 그냥 강한 게 아니었다. 토벌군의 수장은 20여 년 전에 소드마스터가 된 베를로 후작이었고, 부수장은 왕실 마탑의 탑주이자 7서클 마도사인 암무레슈 후작이었다.

소문이기는 하지만 토벌군의 전력은 막강 그 자체였다. 달리 소드마스터라고 부르는 1급 기사만 무려 네 명에 2급 기사는 서른세 명, 수련 기사를 포함한 왕실 중앙군 1천여 명에 B급 이상의 용병만 해도 300명이 넘었다.

또한 왕실 마탑을 중심으로 3서클 이상의 마법사 300여 명으로 구성된 마법단과 스파인 산맥을 무대로 마수와 몬스터를 상대하던 변경 군단이 자랑하는 레인저 기사들도 두 부대 400여 명이 가세했다고 알려졌다.

토벌군의 종적과 달리 편성에 대한 건 크게 과장된 소문이 아니다. 진실 여부를 확인할 수 있을 정도의 인원 이동이 다수에 의해서 확인되었다.

그때 막 식사를 막 끝낸 타람이 대화에 합류했다.

"확실히 이상합니다. 길드에 들렀더니 왕국에서 활동하는 2급 이상의 용병 중 3할 이상이 왕실의 요청을 받아들여 토벌군에 합류했다고 했거든요. 그 정도면 훨씬 더 가시적인 성과가 있었어야 했는데 겨우 하루 거리라니 이해가 가질 않습니다."

"그래도 왕국을 종횡으로 가로지르는 가도는 대부분 뚫렸다고 하잖아요. 가도 주위를 먼저 정리하고 있는 거 아닐까요? 워낙 숫자가 많잖아요."

로에니는 오빠인 타람과 의견이 달랐다. 그녀는 토벌군이 활약한 덕분에 막혔던 가도가 열린 것이라고 생각한 것이다.

사실 그녀의 생각이 완전히 틀린 것도 아니었다. 수도 주변, 특히 가도 주위에는 엄청난 숫자의 마수와 몬스터가 들끓고 있었다고 들었다.

"그런 것치고는 들려오는 소문이 너무 없어. 토벌군이 지금 어디에서 토벌을 하고 있는지에 대해서 알고 있는 사람이 거의 없더라고."

"확실히 그건 이상하지. 보급 때문이라도 보통 활동하는 지역은 알려질 수밖에 없는데 말이야."

말없이 대화를 듣고 있던 가온도 이상하게 생각하고 있었다.

그때 막 식사를 마치고 자리에서 일어나던 샐리가 주위를 살피며 입을 열었다.

"제가 들은 소문에 의하면 토벌대가 엄청나게 거대한 던전에 들어갔다고 해요."

"저, 정말입니까?"

샐리의 말에 가장 크게 반응한 사람은 의외로 콜이었다.

"그 소문은 나도 들었네."

"나도."

샐리뿐 아니라 퍼슨이나 마론까지 들었다면 꽤 널리 퍼져 있는 소문일 것이다. 그만큼 어느 정도 신빙성이 있을 것이다.

물론 가온은 내심 토벌군이 초대형 던전을 공략하고 있다고 거의 확신하고 있었다.

'초대형 던전은 확실히 있어!'

그렇게 엄청난 전력을 가진 토벌군이 지금 초대형 던전을 공략하고 있기 때문에 예지몽의 말미에는 플레이어들에게 공개가 된 것이리라.

그런 생각을 하자 자연스럽게 현재는 물론 예지몽에서도 수수께끼였던 초랭커들의 동선이 어느 정도 그려졌다.

'그동안 초랭커들의 종적이 거의 밝혀지지 않은 것은 던전 때문일 거야.'

콜 일행이 던전을 찾아다니는 것이 그 증거였다. 초랭커들은 일반 플레이어들과 달리 처음부터 왕국의 의뢰를 받아서 다양한 던전을 공략하면서 빠르게 성장해 온 것이 틀림없었다.

그런 초랭커들이라면 당연히 현재 토벌군이 공략 중인 초대형 던전에도 들어가려고 할 것이다.

들어갈 수 있는 방법도 알고 있다. 콜 일행이 말한 조건들이 그런 사실을 알려 주고 있었다.

'나도 빨리 거길 들어가야 해!'

비공식 세계 1위와 같은 타이틀은 이제 관심 밖이다. 그가 초대형 던전에 들어가려는 것은 그곳에서 더 큰 폭의 성장을 할 수 있기 때문이다.

문제는 던전의 출입을 왕실에서 직접 관리하고 있을 거란 사실이다. 이곳에 있는 모험가 길드나 용병 길드에서 던전의 위치를 제대로 알지 못하고 있다는 것이 증거였다.

정말 나크 훈 스승이 토벌군에 포함되었다면 그의 이름을 파는 것으로 초대형 던전에 들어가는 건 어렵다. 검갑을 제외하고는 증거가 없었거니와 설사 그의 제자로 인정을 받는다고 해도 던전을 들어갈 수 있다는 보장이 없었다.

'일단 콜의 말을 믿어 봐야겠네.'

지금으로서는 그 방법밖에 없었다.

그래도 혹시 모르는 일이니 내일 수도로 들어가서 나크 훈의 종적을 찾아보기로 하고 생각을 일단락했다.

식사 후, 헤븐힐 일행은 바로 로그아웃을 했지만 콜 일행은 남았다.

"수도에 다녀온 겁니까?"

대원들에게 얘기를 들어 보니 콜과 드골 그리고 무조는 잠

깐 시장에 들렀다가 볼일이 있다고 해서 헤어졌다고 했는데
식사 시간이 임박해서 돌아온 것이다.

"그렇습니다."

"현재 토벌군이 들어가 있는 초대형 던전 건에 알아보러
간 거겠지요?"

세 사람은 귀신이 따로 없다는 얼굴로 고개를 끄덕였다.

"결과는요?"

"전에 말씀드린 대로 오우거가 보스인 던전을 클리어하는
것이 조건입니다."

"인원수에 제한은 없고요?"

"네. 그런데 오크를 먼저 처리해야 하기 때문에 사람이 많
이 필요하지만 현재 수도 인근에는 도움이 될 만한 실력자들
이 거의 없다고 합니다."

콜 일행도 온 클랜만으로 오우거 던전을 클리어하는 것은
어려울 것으로 생각했는지 그것까지 알아본 모양이다.

하지만 그건 이미 예상한 바였다.

"세이런 측을 잠깐 고용하면 어떨까요?"

콜이 좋은 의견을 냈지만 가온은 고개를 저었다.

"이미 의사를 타진해 봤는데 우리 때문에 일정이 늦어진
상태라서 곤란해하더군요."

그런 사정은 온 클랜원들은 모두 알고 있기에 콜 일행도
더 이상 말을 꺼내지 못했다.

"그럼 우리끼리 던전을 공략해야겠네요."

"쉽지는 않겠지만 그래야 할 것 같습니다."

그렇게 물어보는 콜이나 옆에 있는 드골과 무조의 얼굴을 보니, 막상 오크와 오우거를 사냥해야 하는 일에 엄두가 나지 않는 것 같았다.

말은 그렇게 했지만 가온은 시간이 좀 걸릴 뿐 충분히 오우거 던전을 클리어할 수 있다고 생각했다. 흡정 장갑을 통해서 마나와 마력 모두 1만을 넘겼기에 더욱 자신감이 들었다.

"그나저나 던전에 대한 더 자세한 정보는 없습니까?"

"던전 공략을 신청한 순서대로 입장을 할 수 있는데 저희의 경우 보름 후입니다. 그리고 오늘 온 클랜의 이름으로 신청했는데 걱정한 것과 달리 바로 신청을 받아 주더군요."

"신청을 안 받아 주는 경우도 있습니까?"

"네. 담당 부서에서 그 정도 전력을 갖추지 못했다고 생각하면 아예 신청조차 받지 않는다고 들었습니다."

어쨌거나 자신이 따로 알아보지 않아도 콜 일행이 던전 공략 건을 처리해서 다행이었다.

"수고했습니다. 그럼 한동안 다들 고생을 했으니 사흘 정도는 푹 쉬고 나머지는 오우거에 맞춘 사냥 훈련을 해야겠군요."

사실 세이런에 도착한 이후부터 대원들은 제대로 된 휴식을 가져 본 적이 없었다. 수중 던전에 후와 토벌 그리고 출발해서도 콰르와 후와 사냥에 전념을 했었다.

다음 날 아침, 식사 후 가온은 별채에 따로 모인 대원들에게 전날 들었던 콜 일행의 제안에 대해서 상세히 말해 주었다.

"사실 여러분의 의견을 듣지 않은 상태에서 이미 신청은 했습니다. 하지만 우리의 숫자가 적은 만큼 반대하는 분들이 많으면 포기할 생각입니다."

"전 찬성입니다. 어차피 이곳까지 오게 된 것도 대장의 스승님을 만날 겸 던전을 공략하기 위해서이니까요."

실력이 쑥쑥 오르고 있는 패터가 호기로운 얼굴로 대답했다. 단기간에 폭발적으로 성장해서 그런지 자신감 가득한 얼굴이 보기 좋았다.

"패터의 말이 맞습니다. 안 그래도 새로운 던전을 찾아보려고 했는데 이미 찾아서 신청까지 해 두었다니 우리에겐 좋은 일이지요."

퍼슨이 그 뒤를 따르자 다른 대원들도 연이어 찬성했다. 수도 구경을 하러 온 것도 아니고 왕국에서 날고뛰는 실력자들이 이미 진입해서 공략을 하고 있는 초대형 던전을 들어갈 수 있는 기회를 마다할 대원은 없었다.

"좋습니다. 만장일치로 찬성했으니 사흘 휴가를 드리겠습니다. 휴가는 자유롭게 지내시고 이곳에서 다시 모이는 것으로 하지요."

"나크 훈 기사님도 그 던전에 들어가 계실 가능성이 높은데 대장은 그동안 뭐 하시려고요?"

다른 대원들과 달리 마땅히 할 일이 없어 가온과 수도 구경을 하려고 생각했었던 정령사 대원들을 대표해서 세르나가 물었다.

"잠깐 볼코트 스승님께 다녀오려고 합니다."

"마법 스승님께요?"

세르나 일행도 가온이 마검사의 길을 추구하며 6서클 마도사를 스승으로 모시고 있다는 사실 정도는 알고 있었다.

"그렇습니다."

"우리는 그동안 수도 구경이나 하려고 했는데 안 되겠네. 한 이틀 정도 정비를 한 후에는 주위에서 적당한 곳을 찾아서 정령 마법을 더 수련해야겠어."

세르나가 정령사 대원들을 돌아보며 그렇게 말했다. 클랜에서 제일 강한 대장도 수련에 매진하는데 놀 수는 없다는 생각이 든 것이다.

"히잉. 엄청 기대했는데……."

"나도……."

"어차피 마수와 몬스터 창궐 사태로 인해서 수도 상황도 그리 좋지 않은 것 같은데 잘됐네. 수련이나 하자고."

예지몽으로
히든랭커

샤나와 라쟈는 실망한 기색이 역력했지만 달쿤은 잘됐다
는 얼굴이었다. 그는 최근에 계약한 대지의 정령을 성장시키
고 기존의 불의 정령과 연계 마법 공격을 다듬는 데 재미가
들린 상태였다.

결국 플레이어 대원들을 제외한 나머지는 현재의 여관에
서 계속 묵으면서 휴식을 하는 한편 수련하는 시간을 가지기
로 결정했다.

수도야 금방이니 볼일이 있으면 다녀오면 그만이고 무엇
보다 이 여관은 별채마다 지하에 연공실이 있어 수련하기에
좋았기 때문이다.

다만 플레이어 대원들은 휴가를 제대로 즐기기로 했다. 꽤
오랫동안 게임 제한 시간을 꽉꽉 채워서 플레이를 했기 때문
에 일상생활에 지장이 클 정도였다.

그렇게 온 클랜은 오랜만에 쉬고 정비하는 시간을 가질 수
있었다.

가온 역시 오랜만에 탄 차원을 벗어나서 휴식을 취하기로
했다. 물론 가온의 아바타는 쉬지 못한다. 벼리가 가온 대신
접속해서 마법 수련을 할 예정이었다.

오랜만에 로그아웃을 했지만 몸은 전혀 굳지 않았다. 영혼

이 아니라 몸까지 함께 차원 여행을 다녀온 것 같았다.

'정말 신기하네.'

캡슐은 사양이 어느 정도인지와 상관없이 영혼체를 어나더 문두스의 무대인 탄 대륙으로 차원 이동을 시켜 줄 뿐이다.

탄 대륙에서는 루의 권능으로 만들어진 아바타에 영혼이 깃들어서 플레이를 하기 때문에 현실의 육체는 캡슐의 사양이나 기능으로 굳지 않도록 적당히 자극을 주는 정도에 불과했다.

하지만 자신의 몸은 달랐다. 현실의 몸이 차원 이동을 한 것처럼 전혀 움직이지 않고 캡슐 안에 누워 있었음에도 불구하고 근육이 굉장히 발달한 상태였다.

'벼리, 네가 해 준 거지?'

─전에 말씀드렸잖아요. 오빠의 경우 현실의 육체와 탄 대륙의 아바타가 동화되어 있다고요.

벼리의 말을 듣고 보니 그런 얘기를 들은 것도 같았다.

─몸 상태는 어때요?

'당연히 좋지. 그래도 탄 대륙의 육체와는 차이가 커서 좀 아쉽기는 해.'

지구에서는 마력도 마나도 쓸 수 없으니 더욱 그랬다. 탄 대륙의 아바타에 비하면 현실의 육체 능력은 그야말로 어른과 아기만큼이나 차이가 크니 말이다.

아마 그래서 자신과 같은 플레이어들이 현실에서 벗어나서 어나더 문두스에 더욱 집착하는 건지도 몰랐다.

-그럼 동화율을 더 올리세요.

'동화율을 올린다고? 그게 내가 인위적으로 할 수 있는 거야?'

-네. 지구에도 르테인이 서서히 퍼져 가고 있으니 가능해요.

'그게 정말이야?'

르테인이 탄 대륙에서 마나 혹은 마력의 근원이 되는 에너지라고 알고 있는 가온에게 큰 충격을 주는 말이었다.

-네. 아직 농도가 엷기는 하지만 받아들이고자 하면 받아들일 수 있는 정도예요.

'그럼 현실에서도 오행 마나 연공법으로 마나를 쌓을 수 있다는 거지?'

-맞아요.

'그, 그럼 마력은?'

-당연히 가능해요, 정령력이나 신성력도.

'......'

그럴 수 있다면 정말 좋겠다는 생각은 수시로 했지만 가능할 거라고는 전혀 생각하지 않았기에 순간 사고가 멈추는 것 같은 충격이 덮쳤다.

벼리가 틀린 말은 할 리가 없으니 사실일 텐데 정말 그게 가능하다니!

정말 그게 가능하다면 가온은 초인이 될 수 있다. 100미터를 3~4초에 질주하고 1톤 무게를 들 수 있는, 히어로 영화에서나 나올 법한 그런 초인이 되는 것이다.

－한계는 있어요. 현재 지구 대기 중의 르테인 농도는 탄차원의 그것에 비하면 100분의 1 수준도 안 되기 때문에 노력을 한다고 해도 아바타와 같은 능력을 가지는 건 무리예요.

그래. 그래야 정상이다.

그 소리를 듣고 나서야 충격이 좀 가셨다.

－한계는 있지만 그래도 르테인을 마나나 마력으로 순화시켜서 제대로 쌓을 수 있게 되면 오빠의 육체 능력이 비약적으로 높아질 거예요.

하긴 마나로 육체능력을 강화시키는 신강 단계만 되어도 초인 소리를 들을 수 있다.

'한번 시도해 볼 필요가 있겠네.'

－당연히요.

초인까지는 아니더라도 최소한 몸은 건강해질 테니 당연히 시도해 봐야만 했다.

막 가온이 지구에 르테인이 늘어나고 있는 이유에 대해서 질문을 하려고 할 때 공교롭게도 전화가 왔다. 바로였다.

－형!

"어! 바로야."

─마침 나와 계셨네요. 우리 오랜만에 한번 뭉치죠?

"그럴까."

헤븐힐 일행과는 어나더 문두스에서 매일 봐서 그런지 오랜만이라는 생각은 들지 않지만 상대는 다를 것이다.

─좀 씻어야 하니까 30분 후에 밑에 있는 치킨가게에서 만나요, 형.

"그러자."

치킨이라는 단어를 듣자 갑자기 맹렬한 식탐이 솟구쳤다. 기름진 치킨에 시원한 맥주 한 잔이 너무 간절했다.

그래도 부모님과 통화는 먼저 해야 할 것 같았다.

'혼 좀 나겠네.'

며칠 쉬는 김에 방치했던 인맥 관리 좀 해야겠다는 생각이 들었다.

─그런데 오빠, 집 밖에 들여와야 할 짐이 있어요.

씻고 나와서 막 옷을 갈아입던 가온은 벼리의 말에 황급히 문을 열어 봤다.

'이게 다 뭐야?'

문 앞에는 수십 개의 박스가 쌓여 있었다.

─제가 주문한 것들이에요.

'벼리, 네가?'

─네. 오빠의 동화율이 높고 아바타의 성장세가 가파른 만큼 필요한 것들이 많았어요.

'분말형 식료품?'

자신에게 필요한 거라면 그것밖에 없었다.

－네. 영양적으로 균형을 맞추기도 해야 하고 르테인의 흡수율을 더욱 끌어 올리기 위해서 필요한 약재들도 있어요.

가온은 일단 물건들을 모두 안으로 들인 후 벼리가 시키는 대로 분말들을 차례로 주입구에 부었다.

그런데 참으로 희한한 것이 그가 주입구에 부은 분말의 양이 캡슐을 가득 채우고도 남을 정도인데 캡슐은 마치 아공간처럼 쪽쪽 빨아들였다.

'대체 얼마나 구입한 거야?'

－대략 1억 원이 넘어요. 특히 제대로 된 약초꾼들이 캔 천연 약초가 무척 비싸더라고요.

입이 떡 벌어졌다. 자신은 그만한 돈은 한 번도 써 본 적이 없었다.

'돈이 어디에서 나서?'

－제가 벌었어요.

아! 생각해 보니 벼리가 투자를 해 보겠다고 해서 맡긴 돈이 있었다.

'손해는 안 본 거야?'

－호호호. 보시면 놀랄걸요.

손해를 안 봤다니 됐다. 사실 돈은 가온도 많았기에 벼리가 투자로 얼마를 벌었는지는 그리 궁금하지 않았다.

'그래. 그런데 내가 이렇게 많은 양이 필요해?'

−그건 많은 게 아닌걸요. 보름이면 떨어져요.

벼리의 대답을 들은 가온의 표정이 이상해졌다.

'그럼 보름에 한 번씩 이 정도의 양을 보충해 왔다고?'

그가 쓰는 캡슐은 오랫동안 로그아웃을 하지 않고 접속할 수 있는 특별한 장치이기 때문에 생명 유지에 필요한 다양한 식품을 분말 형태로 일종의 탱크와 같은 곳에 주입을 해 주어야만 했다.

그런데 자신은 로그아웃을 하지 않고 한 달 이상 어나더 문두스에 접속해 있었다.

즉, 벼리가 시킨 물건을 집 안으로 들이거나 캡슐에 투입하지 않았다는 소리였다.

그런 가온의 의구심을 벼리가 눈치를 챘는지 캡슐 한쪽에서 직경이 5cm 정도 되는 긴 관 네 개가 빠져나왔다.

"그, 그건?"

−로봇 팔이에요.

그러고 보니 로봇 팔과 비슷하기는 했다. 끝 부분에 집거나 잡을 수 있는 손가락과 같은 장치들이 달려 있었다.

−오빠가 사 놓고 쓰지 않으시는 청소용 로봇을 개조했는데 로봇 팔이 생긴 덕분에 오빠를 위해서 많은 일을 할 수 있게 되었어요.

입주를 할 때 청소용 로봇을 사긴 했지만 사실 써 본 적은 없었다. 대부분의 시간을 캡슐 안에서 지냈기 때문이다.

그런데 로봇 팔은 하나가 아니었다. 네 개나 되는 로봇 팔이 캡슐로부터 뻗어 나왔는데 길이가 족히 10미터는 넘을 것 같았다.

부피는 물론 무게가 상당한 것 같은데도 그 긴 로봇 팔들은 어렵지 않게 박스들을 개봉하고 잠시 손을 멈춘 가온 대신에 내용물을 투입구에 넣은 것을 보면 굉장히 뛰어난 기술이 적용된 것 같았다.

'대박!'

이런 용도로 사용하는 산업용 로봇이 있다는 얘기는 들어봤지만 아무리 초인공지능이라고 해도 캡슐에서 벗어나지 못하는 벼리가 청소용 로봇을 개조해서 이런 엄청난 물건을 만들 거라곤 생각하지 못했다.

'대체 어떻게 로봇 팔을 저렇게 개조한 거지?'

─캡슐의 부속품을 움직여서 도구를 만들어서 청소로봇을 해체하고 제가 원하는 형태로 재조립할 정도의 능력은 있다고요.

'도구는?'

─도구도 만들면 돼요.

아무리 벼리가 초인공지능체라도 물리적인 육체가 없는데 어떻게 도구를 만들고 로봇을 해체해서 자신이 원하는 형태로 재조립을 할 수 있는지 도무지 이해가 가질 않았지만 증거가 이렇게 뚜렷하니 믿을 수밖에 없었다.

가온은 벼리가 현재의 과학문명으로 절대로 창조할 수 없는 초인공지능체라는 사실을 실감할 수 있었다.

게다가 무슨 방법으로 돈을 버는지는 모르겠지만 보름에 한 번씩 1억에 가까운 거금을 자신을 위해 쓸 수 있을 정도로 재테크 능력이 탁월한 벼리 덕분에 자신이 호강을 하고 있다.

'벼리와 함께라면 어나더 문두스는 물론이고 현실에서도 잘살 수 있을 것 같아.'

새삼 벼리가 있어 든든했다.

-그런데 서둘러야 하는 거 아니에요, 오빠?

'아! 그렇지.'

헤븐힐도 그렇고 바로와 매디 남매도 약속은 칼같이 지키는 편이라서 서둘러야만 했다.

가온은 집을 나서면서 엄마에게 전화를 했다.

"엄마!"

-우리 온이 아아~주우~ 오랜만에 전화를 하네.

역시 예상한 대로 삐친 목소리였다. 한 달 넘게 연락을 안 했으니 당연한 반응이었다.

"좀 바빴어요. 정신없이 바쁘긴 했지만 보수가 끝내주는 알바도 했거든요."

―그랬어. 우리 아들, 몸은 괜찮고?

역시나 알바 얘기를 꺼내자 엄마의 목소리가 달라진다.

학비만 대 주면 생활비는 알아서 하겠다는 말은 들었지만 엄마 입장에서는 걱정이 될 수밖에 없었다.

"네. 젊잖아요. 엄마는 괜찮으세요?"

―빚도 정리하고 정기적으로 병원에 다니면서 호르몬 치료를 받고 있어서 그런지 몸도 마음도 너무 가벼워. 네가 준 포션도 효과가 큰 것 같아.

"다행이네요. 아빠는요?"

―니 아빠야 어나더 문두스에 푹 빠져 살고 있지.

역시 아빠에게 먼저 전화를 하지 않길 잘했다. 엄마가 퇴근하고 난 이후의 시간을 함께하기 위해서 자신과 달리 느지막이 접속해서 늦게까지 게임을 즐기는 것이다.

"엄마는요?"

―오늘은 약속이 있어서 접속을 안 했어. 잠깐 들어갔다가 나오려면 차라리 안 들어가는 게 낫지.

"재미는 있으세요?"

―응. 생각보다 훨씬 더 재미있네. 아들 말을 듣길 잘했어. 요즘은 우리처럼 나이가 많은 사람들도 많이 접속하더라고. 젊은 친구들이야 사냥이나 레벨 업에 목숨을 걸지만 우리 같은 중년들은 살면서 이런저런 이유로 해 보지 못한 일을 이곳에서 시도할 수 있어서 정말 새로운 인생을 사는 것 같은 기분이거든.

예지몽으로
히든랭커

아빠는 몰라도 엄마는 어나더 문두스에 적응을 못 할 수도 있겠다고 생각했는데 아니었다.

-참, 그런데 방학하지 않았니?

그러고 보니 어느새 대학이 방학에 들어갔을 시기였다.

'시간 참 빨리 간다.'

로그아웃조차 하지 않고 탄 대륙에서 지낸 시간이 오래라서 오히려 현실의 시간 흐름에 금방 적응이 되질 않았다.

"네. 그래서 내일 한번 내려가려고요."

-잘 생각했어. 너희 아빠, 즐기는 건 너무 좋은데 요샌 너무 빠져 있어서 좀 걱정이 되니까 와서 한 소리 좀 해. 내 말은 귓등으로 안 들어.

"엄마 말을 안 듣는데 제 말은 들으시겠어요?"

-아니야. 들을 거야. 네가 우리 집안의 우환을 싹 해결해 버렸잖아. 네 덕분에 빚도 청산했고, 포션 덕분에 10년은 젊어졌잖아. 거기에 어나더 문두스를 추천해 주고, 어떻게 플레이를 해야 할 지까지 말해 주어 즐겁게 시간을 보낼 수 있도록 해 주었으니, 아빠도 허투루 듣지는 않을 거야.

"일단 알겠어요. 내일 일찍 내려갈게요."

그러면서 요일을 확인해 보니 화요일이다.

-알았어. 아빠한테 얘기해서 내일은 접속을 아예 안 하든지 일찍 나오든지 하라고 할게. 같이 저녁 먹자.

"네."

엄마는 자신이 요리 솜씨가 그다지 뛰어나지 않다는 사실을 잘 알고 있어서 해 주신다는 말은 절대로 하지 않는다. 물론 누구보다 그 사실을 잘 아는 아빠와 가온도 외식을 더 좋아한다.

예지몽으로
히든랭커

엇걸리는 마음

어나더 문두스에 집중하는 동안 계절은 어느새 한여름이
되었다.

오랜만에 가온을 현실에서 만난 헤븐힐과 매디의 옷차림
은 눈을 어디에 둬야 할지 모를 정도로 짧아졌다.

날씬하면서도 굴곡이 뚜렷한 몸매의 헤븐힐도 그렇지만
좋게 말하면 풍만한 체형의 매디마저도 몸매를 강조하는 옷
을 입어서 그런지 사람들의 시선을 끌었다.

하지만 그런 가온을 묘한 눈으로 훔쳐보는 이도 있었다.
바로 매디였다.

'가온 씨도 나처럼 게임만 했을 텐데 왜 더 멋있어진 것
같지?'

참 이상한 일이다. 자신만 해도 얼굴 피부가 상해서 화장이 잘 안 먹는 것 같았는데, 자신보다 더 광적으로 게임을 하고 있는 가온의 얼굴은 이전보다 더 잘생겨져서 제대로 관리를 받고 있는 듯 빛이 나고 있었다.

그런데 헤븐힐도 같은 생각을 했는지 바로 그것을 물어봤다.

"대체 뭘 하고 지냈기에 피부가 그렇게 좋아? 따로 관리라도 받는 거야?"

"제가요? 그런 거 전혀 없는데……."

"에이, 형, 얼굴도 관리를 받는 것 같지만 내가 봐도 형 몸이 장난 아니게 바뀌었어요. 혹시 우리한테는 어나더 문두스를 한다고 해 놓고 종일 운동이라도 한 거예요? 어깨나 가슴도 떡 벌어지고 이두와 삼두근이 발달한 것이 눈에 확 보여요."

그러고 보니 피부가 좋은 것만이 아니다. 이목구비가 제대로 균형이 맞추어져서 마치 연예인처럼 보이는 것은 물론 잘 발달된 근육을 얇은 옷 위로도 느낄 수 있었다.

"그래? 난 그저 너무 오래 게임을 하는 것 같아서 몸이 굳지 말라고 잠깐씩 운동을 하는 것이 다인데……."

거짓말 같지는 않았지만 몸의 변화가 너무 확연했다. 그것도 아주 좋은 쪽으로 말이다.

"그나저나 세 사람, 레벨업은 잘되고 있어요?"

가온은 세 사람의 눈이 왠지 뜨거운 것 같아서 화제를 돌렸다.

"하하하. 대박이에요. 형이 온 대장님에게 소개해 준 덕분에 우리 셋 모두 날아다닌다고요."

"그래? 레벨이 많이 오른 모양이네."

"우리 셋 다 하이랭커 중에서도 수위권이에요. 덕분에 방송 출연 제의부터 시작해서 꽤 많은 관심을 받고 있어요."

그 얘기는 얼마 전에 훔쳐 들었기에 알고 있었지만 랭킹에 대해서는 별 관심이 없어서 크게 생각하지 않았다.

바로는 하이랭커에 대해 가온이 잘 모르는 눈치이자 설명을 하면서 현재 어나더 문두스 전반에 대한 얘기까지 상세하게 해 주었다.

초랭커들은 약속이라도 한 듯 모습을 드러내지 않고 있지만 하이랭커들은 달랐다.

일부는 대중의 관심을 한 몸에 받아서 게임방송을 포함한 다양한 매체에서 맹활약을 하고 있으며 연예인의 범주에 들어갔다는 얘기는 예지몽을 통해 알았지만 바로에게 들으니 좀 충격이었다.

"하이랭커가 아이돌처럼 대우를 받는다고?"

"당연하죠. 자신의 플레이를 녹화해서 살짝 편집만 한 하이랭커들의 영상은 일단 올렸다 하면 게임튜브에서 1천만 조회수 찍은 건 일도 아니에요. 당연히 대중의 관심이 집중될 수밖에 없지요."

"바로 말이 맞아요. 저만 해도 방송 출연과 광고 제의만 여섯 개나 들어왔어요. 물론 저랑 어울리지 않는 것 같아서 모두 고사했지만요."

매디가 바로의 말을 거들었다.

"플레이 영상을 공개한 적도 없는데 그런 제의가 들어온다고요?"

"네. 하이랭커 대부분은 이미 게임뷰트에 자신의 플레이 영상을 공개했거나 방송에 출현했지만, 우리는 신비에 쌓여 있는 초랭커들처럼 모습을 드러내지 않으니 궁금한 것 같아요. 직업도 특별하다면 특별하고요."

"매디 말이 맞아. 나한테도 그런 제의가 열 건 정도 들어왔어. 하지만 얼굴 팔리는 것도 싫고 그런 곳에 신경을 쓰고 싶지 않아서 아무런 대응도 하지 않고 있지만 말이야. 버퍼 겸 힐러이면서도 하이랭커 중에서도 수위권에 들어간 것이 신기한가 봐."

들고 보니 그럴 수 있기는 했다. 사실 게임 초중반에는 독자적인 사냥이 가능하거나 딜양이 압도적일 수밖에 없는 전사 계열의 레벨이 빠르게 높아진다.

서포터나 원거리 딜러 계열에 속하는 힐러나 사제 그리고 마법사는 주도적으로 사냥을 하기 힘들기 때문에 이 세 사람의 경우가 더욱 특별하게 보일 수밖에 없었다.

예지몽으로
히든랭커

진심으로 부러웠다. 자신도 이들처럼 레벨을 공개할 수 있다면 아마 전 세계의 게이머들에게 슈퍼 아이돌로 자리매김을 할 수 있지 않을까 싶었다.

'아니지. 어나더 문두스는 단순한 게임이 아니야.'

레벨이 문제가 아니다. 초랭커들이 자신들을 공개하지 않는 이유가 있을 것이다.

'어쩌면 그들이야말로 지구의 지도자들이 어떤 상황에 대비해서 비밀리에 키우고 있는 인재들일지도…….'

그럴 가능성이 아주 높았다.

타인의 관심을 받고 싶어 하는 것은 인간의 본성이다. 그들이라고 대중의 관심을 받고 인기를 끌 생각이 없겠는가. 다 사정이 있으니 공개를 하지 않는 것이다.

그렇게 네 사람은 어나더 문두스를 회제로 한참이나 얘기를 나누면서 오랜만에 기분 좋게 술을 마셨다.

덕분에 벼리가 해 준 근 미래의 예언 때문에 무거웠던 기분도 서서히 풀리는 것 같았다.

역시 좋은 사람들과 함께 시간을 보내는 것은 팽팽하게 당겨진 정신적인 긴장을 풀어 주는 최고의 약인 것 같았다.

"그런데 이번에 마통기가 나왔다면서요?"

바로가 꺼낸 말에 어디선가 들어 본 단어라고 생각한 가온은 물론 헤븐힐과 매디의 관심이 새로운 아이템으로 돌아갔다.

"마통기가 뭐야?"

가온은 들어 본 것 같기는 하지만 잘 모르는 물건이다.

"현실의 휴대폰과 같은 기능을 하지만 같은 주파수를 가진 마통기끼리만 통화를 할 수 있는 통신용 아이템이라고 하네요."

"그럼 파는 거야?"

"곧 마탑 지부들에서 판매를 한다고 하네요."

'아!'

이제야 생각이 났다.

예지몽에서도 그가 게임을 시작하고 얼마 후에 통신기가 출시되어 수많은 플레이어들은 물론 탄 대륙 사람들도 크게 환호했다는 사실은 알고 있었는데, 지금쯤 판매되는 모양이다.

지금 정도면 플레이어들도 오크를 단독으로 사냥할 정도로 성장했고, 길드가 크게 활성화되고 있는 시점이라서, 마통기는 그야말로 필수품이나 다름없었다.

'나는 써 본 적이 없지.'

길드에 가입한 것도 아니지만 마통기를 구입할 돈이 없었다.

심지어 그가 플레이를 한 변경 성은 플레이어들이 거의 없었고 길드조차 소규모밖에 없는 곳이어서 마통기는 말만 들었을 뿐 보지도 못했다.

"우리도 사야겠네. 그런데 가격이 얼마나 된대?"

남매이면서도 마통기에 대해서는 처음 들었던 매디가 바로에게 물었다.

"10대까지는 대당 20골드이고 100대일 경우 대당 12골드 라고 들었어요."

설명을 들어 보니 개인용보다는 주로 길드용으로 쓰이는 모양이다.

"그래? 생각보다 비싸네."

"그래도 필요한 사람들은 사겠지."

바로의 말을 들은 헤븐힐과 매디는 별반 반응이 없었지만 가온은 달랐다.

'미친!'

1골드의 시세를 감안하면 그야말로 미친 가격이다. 10대 를 산다고 해도 대당 1천만 원에 육박하는 고가였다.

'그런 것을 산다고?'

그런데 세 사람은 생각이 다른 모양이다.

"좀 비싸긴 하지만 사냥을 하다가 일행과 헤어지기라도 하 면 연락할 방도가 없었는데, 잘됐네."

"길드들은 물론 우리처럼 현지인들과 함께 다닐 경우에 는 꼭 필요하겠네. 이 기회에 대장님에게 구입하자고 졸라 보자."

생각을 해 보니 확실히 쓸모는 있었다. 특히 플레이어 대원들이 로그아웃을 한 이후 특이 상황이 발생해서 헤어질 때의 위치에서 멀리 벗어날 경우에는 꼭 필요하긴 했다.

'하긴, 그리 비싼 건 아니네.'

지구의 화폐를 기준으로 하면 엄청난 가격이지만 이계인 탄 대륙을 기준으로 삼으면 못 살 것도 없었다. 그만큼 엄청난 돈을 벌어들이고 있으니 말이다.

아무튼 마통기가 출시된다는 것은 본격적으로 지구 문명이 탄 대륙의 문명에 영향을 주기 시작한다는 것을 의미한다.

'아마 지금부터는 양 세계의 문명이 서로에게 더 많은 영향을 미치겠지.'

아무래도 편의에 초점을 둔 과학문명이 더 발달한 지구가 탄 대륙 쪽에 더욱 큰 영향을 미칠 것이다.

"어때요?"

자신만의 생각에 매몰되었던 가온은 문득 자신을 또렷하게 쳐다보는 매디의 모습이 눈에 들어오고 그녀의 말이 귀에 들려와서 내심 깜짝 놀랐다.

"뭐가요?"

"핏! 다른 생각 했죠?"

주위를 둘러보니 바로는 헤븐힐과 열심히 앞으로 구입할

스킬에 대해서 대화를 나누고 있었다.

"미안해요. 갑자기 떠오른 생각이 있어서……."

"괜찮아요. 별것도 아니고 몇 번을 물어봐도 아무 대답이 없어서요."

"뭘 물어보셨죠?"

"마법은 잘 배우고 있냐고요. 매직북 형태로 스킬을 배우는 것은 좋은데 숙련도가 너무 더디게 올라가는 것 같더라고요."

"그래요?"

"네. 숙련도를 올리기 힘드니 자꾸 다른 마법에 관심이 가는데, 이래서는 마법은 많이 배우겠지만 실력 자체는 높아질 것 같지 않아서 고민이에요."

일리가 있는 말이었다. 그리고 레벨업에 연연하지 않고 실력을 높이려는 태도가 무척 마음에 들었다. 그래서 뭔가 도움을 주고 싶었지만 신성 마법에 대해서는 아는 것이 전혀 없었다.

그때 벼리가 의념을 보내왔다.

─오빠, 정말 도와주고 싶어요?

'응. 열심히 하잖아.'

─그런 거라면 알려 줘도 될 것 같네요. 시간이 날 때마다 룬어를 공부하라고 하세요. 그리고 성심을 다해서 기도도 하고요.

'기도?'

신성 마법도 마법이기 때문에 룬어를 공부하라는 건 이해할 수 있지만 기도는 좀 생뚱맞게 들렸다.

─지구의 신들과 달리 루는 권능을 가지고 있음이 증명되었잖아요. 신성력과 신성 마법은 루의 권능이니 만큼 성심을 다해서 기도를 하고 루의 가르침이 담긴 성경을 공부하며 그 내용을 실생활에서 실현하는 것이 필요해요.

'게임의 플레이어로서가 아니라 진짜 성기사처럼 해야 한다고?'

─네. 그래야 실력이 늘어요. 루의 사제이니까요.

벼리의 조언을 들은 가온은 또 다른 생각을 하는 것 같은 자신에게 샐쭉한 눈길을 보내는 매디를 보았다.

"매디 씨."

"네. 말씀하세요."

매디는 가온이 정색을 하고 자신의 이름을 부르자 갑자기 심장이 너무 뛰었다.

'가온 씨가 고백을 하는 것도 아닌데 왜 이렇게 가슴이 두근거리지?'

참으로 이상한 일이다.

'꿈 때문에 이러는 걸까? 아니면 정말 내가 가온 씨에게 반한 건가?'

사실 매디는 몇 번이나 꿈에서 가온을 만났다. 안타깝게도 내용을 모두 기억하는 것은 아니지만 그와 누구에게도 말 못할 뜨거운 사랑을 나누고 행복한 시간을 보낸 것은 기억하고 있었다.

꿈에 대해서 누구에게도 말할 수 없는 것은 내용이 전부 떠오르는 것은 아니지만 너무 야하기 때문이다.

자신은 그런 경험도 없거니와 그런 여자도 아닌데 꿈에서 그를 만나면 자신이 아닌 것처럼 뜨겁고 적나라한 욕망에 몸부림치며 사랑을 갈구하고 사랑을 받으면서 행복한 시간을 보냈다.

"제 개인적인 생각임을 전제로 들어 주십시오. 사실 신성마법에 대해서는 문외한이기는 하지만, 마법이라는 이름이 붙은 만큼……."

가온은 벼리에게 들은 그대로 조심스럽게 조언을 했다.

가온의 조언을 듣던 매디는 어느 순간부터 진지한 얼굴이 되더니 조언이 끝날 때는 안 그래도 보석처럼 빛나던 눈이 더욱 깊어져 현실 너머를 응시했다.

잠시 후 그녀의 눈이 정상으로 돌아왔다.

"가온 씨의 말을 듣고 반성했어요."

"네?"

"아무리 게임이라지만 신을 따르기로 맹세한 사제가 되어 놓고 제대로 된 신앙생활도 하지 않으면서 실력이 오르기를 바라는 것은 어불성설이에요."

말하는 태도나 진지한 얼굴을 보아하니 그의 조언을 듣고 뭔가 깨달은 것 같았다.

"사실 저도 예전부터 희미하게나마 비슷한 생각을 하고 있었던 것 같아요. 가온 씨 말을 들으니 생각이 구체화되었어요. 아까도 다들 말한 것처럼 이 어나더 문두스는 단순한 게임이 아니라 또 다른 현실에 가깝다는 점을 고려하면 더욱 진실한 신앙생활을 해야 할 것 같아요."

"신앙생활이 쉽지 않을 텐데요?"

"그건 크게 걱정하지 않아도 돼요. 루는 지구의 신처럼 금지하라는 게 거의 없으니까요. 있어 봐야 우리가 초등학교 때 배우는 도덕에 가까운 내용에 불과해요. 심지어 고기나 술도 금지하지 않고 결혼도 하는데요."

그러고 보니 루의 사제들은 극히 일부를 제외하고는 지구의 사제와 달리 세상과 유리되는 신앙생활을 하지 않는다. 결혼도 할 수 있고 술도 마실 수 있으며 고기도 마음대로 먹을 수 있었다.

심지어 성기사들은 물론 일반 사제들도 사냥을 하는 경우가 많았다. 지구의 대형 종교들이 하나같이 살생을 금지하는 것과는 달랐다.

"가온 씨 덕분에 엄청난 깨달음을 얻은 것 같아요. 고마워요."

그렇게 말하는 매디의 얼굴은 만난 이후 가장 밝고 화사해서 가온은 순간 가슴이 설렜다.

'정말 예쁘네.'

술 때문인지 이렇게 단둘이 눈을 맞추고 이야기를 나누어서 그런지 한동안 비활성 상태였던 연애세포가 깨어나는 것 같았다.

그런데 술이 확 깨는 말이 귀에 들어왔다.

"아무래도 나, 온 대장한테 반한 것 같아."

"엥! 누나, 그게 무슨 말이에요?"

아이템이나 매직북 얘기는 언제 끝냈는지 두 사람의 대화 화제가 바뀌었는데, 가온으로서는 절대로 넘겨들을 수 있는 게 아니었다.

"자꾸 대장이 생각나. 같이 있으면 마냥 좋고 로그아웃을 해도 자꾸 생각이 난다고."

"……진심이에요?"

바로가 몽둥이로 머리를 맞은 것 같은 얼굴로 물었다.

"응. 보기만 해도 너무 좋아. 남자를 안 사귀어 본 것도 아닌데 이렇게 남자에게 빠진 건 처음이야. 심지어 꿈에서도 나타날 정도야. 그런데 그 꿈의 내용이 다 생각이 나는 건 아닌데 도저히 남들에게 말할 수 없을 정도로 적나라하고 야해."

꿈이라는 말에 가온은 순간 앙헬을 떠올렸다.

'혹시?'

자신이 꿈을 통해서 정혈의 극히 일부를 흡수하도록 허락한 적이 있긴 했지만, 앙헬은 분명히 당사자가 꿈을 기억하지 못할 거라고 했었다.

　　하지만 그런 꿈을 꾸었다는 것만으로는 지금 헤븐힐의 반응은 이해가 되질 않았다.

　　무엇보다 보통 앙헬이 정혈을 흡수할 때 꾸게 하는 꿈에서의 상대는 이상형이라고 들었는데, 헤븐힐의 이상형이 자신일 리가 없지 않은가.

　　"바로야, 이 정도면 내가 대장을 사랑하는 거 맞지? 짝사랑!"

　　"그, 그런 것 같긴 한데……. 그런데 누나, 온 대장은 NPC 잖아요."

　　바로가 곤혹스러운 얼굴로 말했다.

　　"온 대장도 그렇지만 탄 대륙 사람들은 단순한 NPC가 아니라고 몇 번을 말해! 탄 대륙의 모든 사람은 우리와 똑같은 지성체라고!"

　　"후유! 중증이네. 그래요. 뭐 저도 그들이 다른 게임에서 우리와 같은 플레이어들을 보조하는 NPC와 같다고 생각하는 건 아니에요. 달리 부를 말이 없어서 그렇게 말한 것뿐이고요. 그래도 이건 아니지 않아요?"

　　"뭐가? 내가 온 대장에게 반하면 안 되는 거야?"

　　"그건 아니고요. 뭐 온 대장이 남자인 제가 봐도 매력적인 사람이기는 해요. 말수가 적고 재미가 없는 편이라서 그렇지 정도 많고 실력도 뛰어난 사람이지요."

"맞아. 거기에 노력파인 것도 마음에 들고. 이번에 세이런에서 치료 봉사를 한 것만 봐도 그의 품성을 알 수 있잖아. 인간적으로 너무 멋있고 존경스러워. 보기만 해도 가슴이 뛰고 한 공간에 있으면 너무 기분이 좋아. 나, 이런 기분 처음이야."

조언을 듣고 뭔가 결의를 다지던 매디는 가온의 얼굴이 시시각각 바뀌는 것을 이상하게 생각하다가 비로소 헤븐힐과 바로 간의 대화를 들을 수 있었다.

"언니도 참 힘든 사랑을 하네."

"매디 씨도 알고 있었어요?"

"언니에게 몇 번 들었어요. 자꾸 마음이 간다고. 그런데 저 정도일 줄은 몰랐어요."

충격이었다. 더 이상 대화를 하기 힘들 정도로 강렬한.

그때 그를 더 놀라게 하는 바로의 말이 들렸다.

"뭐 사실 저만 해도 샤나가 자꾸 눈에 들어오기는 하는데……."

엘프의 피를 물려받아서 뛰어난 미모와 몸매를 가지고 있으며 청순미까지 가지고 있는 샤나라면, 바로가 좋아할 수도 있을 거란 생각이 들긴 했다.

"그렇구나. 샤나라면 이해할 수 있어. 탄 대륙 남자들도 그렇지만 지구의 남자들에게 세르나나 샤나와 같은 엘프 혼혈들은 그야말로 이상형이나 다름없을 테니까. 잘해 보라고."

헤븐힐은 바로도 자신과 비슷한 입장이라고 생각했는지 열렬한 태도로 격려를 해 주었다.

하지만 문제가 있었다.

'샤나는 패터와 가까이 지내는 것 같은데.'

즉 바로가 아무리 샤나를 마음에 두고 있다고 해도 시간적인 한계가 있는 바로는 늘 붙어 있을 수 있는 패터보다 불리했다.

거기에 상황은 이미 패터에게 유리하게 돌아간 상태다. 저녁 식사 이후 함께 수련을 하고 난 후 두 사람은 종종 산책을 하거나 차를 즐기는 등 이른바 연애를 하는 중이었다.

"하지만 저는 현실을 잘 파악하고 있어요."

"무슨 현실?"

헤븐힐이 불콰해진 얼굴로 물었다.

"설사 샤나가 저와 같은 마음이라도 결국은 이루어질 수 없는 사랑이잖아요."

"야! 이룰 수 없기는 왜 없어? 함께 온 시간을 보낼 수 없어서 그렇지 얼마든지 사랑할 수 있다고!"

얼굴이 터질 것처럼 벌겋게 달아오른 헤븐힐이 벌떡 일어나더니 가게 안의 사람들이 모두 들을 정도로 크게 소리쳤는데, 몸이 위태롭게 흔들렸다. 취한 것이다.

그러고 보니 탁자 위에는 언제 마셨는지 1만 CC짜리 생맥주 컵 세 개와 소주 여섯 병이 있었는데, 대부분 비어 있었다.

'대체 누가 저렇게 많이 마신 거야?'

그렇게 생각하는 가온은 자신이 가장 많이 마셨다는 사실조차 인지하지 못했다. 달라진 몸이 알코올을 빠르게 분해하고 있다는 사실을 알지 못하고 마셨다.

"뭐 완전히 불가능한 건 아니긴 하죠. 주말 부부처럼 하루에 일정 시간만 함께하는 연인이나 부부도 있을 테니까요."

"맞아! 그거라고! 사랑만 있으면 시간의 한계 따위는 얼마든지 극복할 수 있어!"

"마, 맞아요."

겨우 헤븐힐을 진정시킨 바로가 곤란한 얼굴로 매디를 쳐다봤다.

"아무래도 오늘 자리는 이만 끝내야 할 것 같아요. 언니가 평소보다 많이 마신 데다 흥분한 모양이에요."

매디가 아쉬운 얼굴로 그렇게 말했다.

"그런 것 같네요."

이제야 자신을 이해해 주는 것 같은 바로의 반응에 다시 얼굴이 헤벌쭉해져서 온 대장이 얼마나 멋있는 남자인지 다시 이야기를 늘어놓는 헤븐힐을 쳐다보는 가온의 눈은 참으로 복잡했다.

'헤븐힐이 나를 짝사랑한다고?'

그럴 줄은 전혀 상상도 해 보지 않았기에 가온도 나름 충격이었다.

하지만 그런 감정에 빠져 있을 수는 없었다.

"이해하세요. 미리 언니한테 몇 번 얘길 듣기는 했는데 절대로 가벼운 감정은 아니에요. 뭐 제가 봐도 어나더 문두스의 온 대장님은 굉장히 매력적인 남자이긴 하니까요. 다만 저는 그림의 떡이라는 사실을 명확하게 파악하고 있는 데 반해서 언니는 그게 가능하다고 생각하는 게 문제예요."

"정말 가능하다고 생각한다고요?"

"가능이나 불가능을 떠나서 아예 푹 빠져 있어요. 사냥이나 수련을 할 때 외에는 언니의 눈은 항상 온 대장님을 향하고 있거든요. 하지만 저도 이 정도로 진지한 감정인지는 몰랐어요."

"……쉽지 않겠군요."

차라리 남 이야기라면 뭔가 할 말이 많을 것 같은데 자신과 관계가 된 일이다 보니 뭐라 할 말이 없었다.

"현실적인 문제가 뚜렷하니 언니도 저러다가 말 수도 있어요. 일단 시간이 날 때마다 현실에 대해서 말해 주려고요."

자신의 일이면서도 자신의 일이라고 보기엔 좀 이상한 상황이라서 바로 반응을 할 수가 없었다.

"나중에 시간이 되면 다시 만나서 언니 건에 대해서 의논을 좀 해야 할 것 같아요."

"좋아요. 그럴 필요가 있을 것 같네요."

일단 생각을 좀 해 봐야 할 것 같았다.

세 사람과 헤어져 자신의 집으로 돌아온 가온은 평소와 달리 한동안 소파에 축 늘어져 있었다.

취해서 그런 건 아니다. 술을 꽤 마시긴 했지만 게임을 시작한 후로는 육체 능력이 더욱 높아져서 어지간해서는 취하지 않는다.

'살면서 이런 충격을 받은 건 처음이네.'

가온은 자신의 외모를 떠올려 봤다.

'내가 봐도 예전보다는 상태가 많이 좋아지긴 했어.'

예전에도 속살은 많이 쪘지만 큰 키와 적당히 잘생긴 얼굴 때문에 여자들에게 인기가 없지는 않았다.

하지만 진지하게 사귀려고 생각했던 여자들과는 오래가지도 않았고 끝도 좋지 않았다. 그래서 여자에는 별 관심이 없었는데 이런 상황이 벌어지다니 어떤 의미에서는 신기하기도 했다.

'헤븐힐이 나를 좋아하고 있었다니.'

평소 어나더 문두스에서 자신에게 하는 행동으로 보아 어느 정도 호감을 가지고 있는 거야 알았지만, 그건 동료로서의 감정이지 남녀의 그것은 아니라고 생각했었다.

또 하나, 헤븐힐이 마음에 품고 있는 상대는 자신이기는 하지만 외모는 자신과 전혀 달랐다.

'탄 대륙의 온과 나는 하나이면서도 다른 존재이지.'

어떻게 보면 다른 사람이라고도 할 수 있지만 같은 영혼이었기에 고민이 될 수밖에 없었다.

사실 자신도 헤븐힐이 싫지는 않다.

하지만 그녀처럼 평소에 상대방만 보이거나 꿈에서도 나타나거나 할 정도로 좋아하는 건 아니다.

어떻게 해야 할지 감을 잡을 수가 없었다.

'어떻게 처신을 해야 하는 거지?'

아무리 머리를 굴려도 결론이 나오지 않았다.

'모른 척을 해야 하나?'

아무래도 그 수밖에 없을 것 같았다. 더 지켜보다가 헤븐힐이 자신의 마음을 밝히면 그때 결정해야 할 것 같았다.

마음이 움직이면 받아들이고 그게 아니면 명확하게 선을 그어야만 했다.

사실 가온은 헤븐힐보다 매디에게 마음이 있었다. 몸매나 미모만 보자면 헤븐힐의 조건이 우세하지만, 매사에 사려가 깊게 행동하는 매디에게서는 이상하게 편안함을 느낄 수 있었다.

오늘만 해도 그녀와는 뭔가 교감이 있었다. 자신을 쳐다보는 그녀의 눈빛에서도 자신이 느끼고 있는 감정과 비슷한 감정을 느낀 것 같았다.

'조만간 데이트를 신청해 보자.'

만약 데이트를 받아 준다면 그날 하루를 같이 보내면서 자신의 감정은 물론 매디의 감정도 확인해 볼 생각이다.

헤븐힐이 준 충격에도 불구하고 매디와 데이트를 즐기는 모습을 상상하던 가온이 자신도 모르게 미소를 짓고 있었다.

현실의 수련

술자리에 따른 감정을 어느 정도 정리한 가온이 자려고 캡슐로 향했다. 침대는 있었지만 캡슐이 더 편해서 접속하지 않은 때에도 캡슐을 애용하고 있었다.

마치 명품 침대처럼 자신을 포근히 받아 주는 캡슐에 누운 가온은 문득 아까 벼리가 했던 말을 떠올렸다.

'벼리야, 내가 현실에서도 마나를 쌓을 수 있다고 했지?'

―네, 오빠. 가능해요.

'그 정도로 현실의 대기에도 르테인의 농도가 짙다는 거야?'

―탄 대륙과는 비교할 수 없지만 오빠에게는 르테인 목걸이가 있잖아요.

"아!"

생각해 보니 자신에게 예지몽을 꾸게 만들어 준 귀중한 목걸이가 있었다.

'지금 바로 해 볼까?'

가온은 목걸이의 펜던트인 르테인석을 만지며 잠시 고민하다가 곧바로 시도해 보기로 하고 바르게 누웠다. 굳이 정좌를 하지 않아도 오행 마나 연공술을 운공할 수 있었다.

그런데 문득 현재 자신의 상태가 궁금했다. 그것을 알아야 어떻게 성장하고 있는지 쉽게 파악할 수 있는데 아쉽게도 현실의 육체에는 어나더 문두스의 시스템이 적용되지 않는다.

그때 벼리의 의념이 전해졌다.

―현실에는 시스템은 없지만 오빠 한 명이라면 제가 상태창을 구현할 수 있어요.

'정말? 그게 가능해?'

―네. 그동안 저도 놀지만은 않았거든요.

벼리가 도와준다니 최고다.

가온은 바로 현재 자신의 상태부터 확인해 보았다.

이름 : 가온
레벨 : 1
칭호 : ――
근력 : 14
체력 : 19
지력 : 15

직업 : 휴학생
특성 : ――
민첩 : 15
감각 : 13
마나 : ――

예지몽으로
히든랭커

어나더 문두스의 그것에 비하면 너무나 초라한, 정말 볼 게 전혀 없는 내용이었다. 칭호도 특성도 없으며 마나 역시 없다.

그렇지만 가온은 실망하지 않았다.

'어나더 문두스를 기준으로 생각하면 스텟 내용이 아주 충실해.'

오랫동안 단련한 프로 선수들의 스텟 한계치가 15라는 점을 고려하면 일반인이 가온의 상태는 경악할 정도였다. 특히 체력의 경우 한계치를 초월한 상태였다.

이렇게 되면 굳이 육체 단련은 따로 할 필요가 없었다.

'바로 운공에 들어가도 되겠어!'

그 전에 스킬창을 확인해 봤더니 달랑 하나만 있었다. '투척술'로 F급이었는데, 그래도 레벨은 3이나 되었다. 아마 튜토리얼을 준비하는 과정에서 훈련을 했을 때 스킬로 등록이 된 것 같았다.

그렇게 상태를 확인한 가온은 일단 자신의 몸과 주위의 기운에 집중했다. 아직 마나로드가 열려 있지 않아서 감응(感應)부터 해야만 했다.

그런데 감응 과정이 너무 쉬웠다. 정신을 집중하고 마나를 감지할 마음을 먹었을 때 바로 느낄 수 있었다.

'느껴진다!'

따듯하고 서늘한 열감부터 시작해서 날카롭고 부드러운

촉감에 이르기까지 다양한 감각으로 신체 내부는 물론 주위에 있는 마나의 존재를 확인한 가온은 들뜬 얼굴로 집중했다.

그런데 반개했던 가온의 눈이 금방 다시 떠졌다.

'뭐야?'

자신의 육체를 관조하다 보니 상체 정중앙을 도는 소주천의 마나로드는 물론이고 오행 마나 연공술의 마나로드가 열려 있었다. 한 번도 운공을 하지 않았음에도 말이다.

'벼리야, 이게 왜 이래? 왜 마나로드가 이미 열려 있는 거지?'

아바타와 현실의 육체는 전혀 다르다. 그렇기에 전혀 이해가 가질 않았다.

─그건 저도 잘 모르겠는데요. 그냥 열려 있으면 좋은 거 아닌가요?

맞다. 좋은 일, 아니 엄청나게 좋은 일이다. 바늘처럼 좁은 통로를 제외하고 막혀 있는 마나로드를 뚫으려면 보통 수천수만 번의 연공을 거듭해야 하니 말이다.

'그렇긴 한데 이해가 안 가네.'

─전 알 것도 같아요.

'한번 말해 봐.'

─비록 마나 연공은 아바타의 육체로 하지만 의식은 현재의 육체에 머물러 있기에 연공을 할 때마다 영향을 받은 것

이 아닐까요? 마나는 의지에 쉽게 반응하니까요.

듣고 보니 일리가 있었다.

'그럼 내가 알지 못하는 사이에 마나 연공을 하고 있었다는 거네?'

-동화율도 작용을 했을 테지만 그럴 수도 있을 것 같아요. 지구의 기록을 보다 보니 어떤 골프 선수가 전쟁 중 포로가 되어 갇혀 있는 몇 년 동안 심상으로 골프 연습을 했는데, 나중에 구출이 된 후 골프를 다시 쳤을 때 실력이 꽤 높아져 있다는 사실을 확인했다는 내용도 있더라고요.

실제 사례까지 들어 설명을 하니 더욱 신뢰가 갔다.

'그런 것이든 아니든 내겐 더할 수 없이 좋은 일이긴 하지. 알았어, 고마워, 벼리야.'

가온이 다시 집중하더니 본격적으로 운공에 들어갔다.

바로 마나 연공을 시작한 것이 아니라 청뇌명상법이 먼저다.

쏴아아!

사방에서 몰려오는 청기(靑氣)!

시원하고 청량한 청기를 희미하게 열려 있는 정수리 부위의 마나포인트에 모으기 시작한 가온은 강한 의지로 청기를 회전시켜서 압축을 시키기 시작했다.

청기는 셀 수 없이 다양한 기운 중에서 육체에 손상에 주지 않는 성질을 가지고 있다. 즉 압축을 하다가 폭발을 하더라도 마나로드는 물론 세포조차 손상되지 않는다.

아니, 오히려 청기 샤워를 받은 부위는 강력한 활력을 얻을 수 있다.

세포 단위부터 시작해서 뼈나 장기 그리고 큰 기관들도 청기를 접하면 크게 활성화된다.

압축을 거듭했다가 도저히 참을 수 없는 순간 청기를 폭발시켰다.

쾅!

몸이 들썩거릴 정도로 강한 반응이 있었지만 폭발음은 가온만 들을 수 있었다.

뇌에 이어 사지(四肢)와 몸의 중요 부위에 해당하는 마나포인트마다 청기가 모여들어서 압축되고 터졌다.

그러는 과정에서 육체는 강하게 활성화되었을 뿐 아니라 내외부에 존재하는 기운 역시 활성화되었다.

그렇게 준비 과정을 마치고 시작한 소주천.

단번에 마나시드가 생성되었다. 이미 마나로드가 열려 있어서 그런지 그 크기는 탄 대륙에서 처음 생성한 그것에 비해 족히 수십 배는 더 크고 단단했다.

자신감을 얻은 가온은 바로 오행 마나 연공술을 운공하기 시작했다.

이번에도 역시 단번에 운공에 성공했다. 아바타의 마나로드와 달리 탄탄대로는 아니지만 수천 번은 연공한 것처럼 열려 있는 마나로드를 경유한 마나는 각각 다른 속성을 띤 채 마나오션에 자리 잡은 마나시드에 합해졌다.

토기부터 시작해서 상생의 도리에 맞추어 금기, 수기, 목기, 화기까지 다섯 기운이 차례로 마치 엉킨 뱀 덩어리와 같은 마나시드가 마나오션에 똬리를 틀었다.

그런데 놀라운 것은 그 크기가 초심자의 그것과는 사뭇 달랐다는 것이다. 가온이 묵직한 느낌을 받았을 정도이니 말이다.

연이어 아홉 번을 운공한 가온이 반개했던 눈을 뜨자 전광처럼 강렬한 빛이 순간적으로 번뜩였다가 사라졌는데 연공을 하기 전과는 기도부터가 차이가 났다.

'뭔가 많이 달라진 것 같은데…….'

푹 자고 일어난 것처럼 머리부터 발끝까지 상쾌하고 가벼운 몸 상태에 만족한 가온은 벼리가 제공하는 시스템의 도움을 받아서 상태창을 확인했다.

'이런!'

단 한 번의 연공으로 마나가 무려 33이나 생성되었다.

혹시 하는 생각에 개수대 주변에 있는 과도를 찾아서 마나를 주입해 봤다.

지지이잉.

놀랍게도 과도가 검명을 토해 내더니 순식간에 은은한 오색 빛을 방출했다.

'검광(劍光)!'

무기에 마나를 주입해서 본연의 재료가 가진 힘과 무기의 위력을 극대화시키는 과정에서 방출되는 빛이 분명했다.

이건 단순히 마나가 많다고 되는 경지가 아니다. 마나오션에서 손까지 연결되는 마나로드까지 충분히 확장되어야 하고, 의지로 마나를 면면부절하게 이동시킬 수 있어야 가능한 경지다.

마나의 양이 적어서 순식간에 사라지기는 했지만 수없이 시도를 해야만 성공할 수 있는 검광을 발현하는 데 성공했다.

다시 연공을 통해 마나를 회복한 가온은 이번에는 온몸으로 마나를 퍼트렸다.

미친 듯 펌핑하는 심장이 뿜어내는 혈액에 마나가 깃들어 전신 곳곳으로 퍼져 나갔고 육체 전 부위의 세포들이 일제히 깨어나서 맹렬하게 맡은 임무를 수행했다.

주먹을 쥐어 보니 뭐든 부술 수 있을 것 같은 강력한 힘이 느껴졌다.

그와 동시에 끓어오르는 고양감에 입을 벌리고 소리를 지르고 싶은 욕구를 간신히 참아 낸 가온은 이미 육체를 강화시키는 신강(身强) 단계를 뛰어넘어 무기를 강화시키는 검강(劍强) 단계에 올랐다는 알 수 있었다.

'이게 가능하다니!'

예지몽으로
히든랭커

새삼 벼리가 얼마나 대단한 존재인지 깨달을 수 있었다.

벼리는 그의 영혼으로 인해 육체가 영향을 받은 것이라고 말했지만, 그녀가 초월적인 능력으로 아바타와 현실의 육체를 어느 정도 동화시켜 주었기에 이런 결과가 나올 수 있었다.

다음 날, 가온은 아침 일찍 본가가 있는 천안으로 내려갔다.

집에 거의 도착했을 때 아빠에게 전화를 걸었다.

하지만 신호는 가는데 받질 않았다. 아무래도 저녁을 함께 먹으려고 오늘은 일찍 어나더 문두스에 접속하신 모양이다.

'그럼 집에 들어가도 혼자 있어야 하네.'

혼자 집에서 시간을 보내기가 난감했던 가온은 고교 동창들에게 전화를 해 봤지만 다들 받질 않았다.

이번에는 대학 동기들에게 전화를 걸었는데 운이 좋았는지 성현이가 바로 받아서 내일 저녁에 만나기로 약속을 잡았다.

'정말 많은 사람들이 어나더 문두스를 하는 모양이네.'

내려오면서 잠깐 뉴스 영상을 시청했는데 요즘 젊은이들은 너 나 할 것 없이 어나더 문두스라는 게임에 푹 빠져 있어서 사회문제로 부각되고 있다는 내용이었다.

생각해 보니 도시의 풍경도 작년과 비교하면 확연히 바뀌긴 했다. 일단 돌아다니는 사람의 숫자가 크게 줄어서 한국이 아니라 외국의 대도시 외곽처럼 한산하게 느껴졌다.

뉴스에서 들으니 어나더 문두스가 출시된 후 사회가 급격하게 변했다고 했다.

자영업자들이 거의 몰락한 것이 가장 큰 변화였다. 연이은 전염병 창궐로 많은 사업장이 사라졌지만 그래도 명맥을 유지하고 있었는데 최근에는 폐업이 속출한다고 한다.

패션 등 유통업계는 물론이고 음식점들도 타격이 컸다. 돈을 써야 할 직장인들이 소비를 확 줄인 것은 물론 퇴근하기가 무섭게 캡슐이 있는 집으로 퇴근을 하기 때문이라고 한다.

심지어 결혼율이나 출산율도 영향을 받고 있었다. 미혼의 경우 연애할 시간에 게임을 즐기는 것을 더 선호하고 부부의 경우 육아에 대한 부담으로 인해서 피임을 강화하고 있다는 추세라고 했다.

이건 비단 대한민국에서만 발생하는 현상이 아니었다. 제대로 어나더 문두스를 즐길 수 없는 후진국들을 제외한 거의 모든 나라에서 공통적으로 벌어지는 현상이었다.

최근에는 연예인들까지 지상파 방송을 포기하고 어나더 문두스와 관련된 개인 방송에 나서는 경우가 빈번해졌다고 한다.

전 세계적인 전염병 위기로 인해서 비대면이라는 단어가

유행했었는데, 최근에는 그 단어에 더욱 적합한 상황이 되어 버렸다.

학업이나 업무, 그리고 출퇴근이 아니면 아주 나이가 많은 노년층과 게임이 접속할 수 없는 18세 미만이 아니면 보기 힘든 세상이 되어 버렸다.

심지어 범죄율까지 크게 줄었다. 교도소에 가면 어나더 문두스를 플레이할 수 없어서 범법 행위를 자제한다고 하니 참으로 희한한 세상이 되어 버렸다.

갑자기 할 일이 없어진 가온은 잠깐 고민에 빠졌다.

'캡슐방이라도 갈까?'

내일 학교 친구들과 만나면 틀림없이 어나더 문두스가 화제가 될 텐데 소외되지 않으려면 정식 계정으로 등록한 아바타로 플레이를 해 보는 것도 나쁘지 않을 것 같았다.

하지만 가온은 이내 그 생각을 지워 버렸다.

'저레벨로 플레이하려니 너무 갑갑해.'

현재의 아바타로 플레이하는 것이 지루하다면 모르지만 로그아웃도 하지 않고 내내 플레이를 할 만큼 재미가 있으니 레벨 18로 플레이하고 싶은 생각이 전혀 없었다.

'그럼 뭘 하지?'

그때 어제 벼리가 해 준 얘기가 떠올랐다.

'현실에서도 마력을 축적해서 마법을 사용할 수 있다고 했지. 한번 시도해 보자.'

생각해 보니 벼리의 말이 사실인지 확인할 좋은 기회였다.

⚜

가온은 바로 택시를 타고 태조산으로 향했다.

태조산은 천안의 진산(鎭山)으로 나지막해서 등산객들은 물론 트래킹을 하는 이들이 많이 찾는 곳이다.

가온은 청동대불로 유명한 각원사까지 택시를 타고 가서 잘 닦인 등산로를 따라 올라갔는데 예전 같았으면 운동 삼아서, 더위를 피해서 산을 찾는 중년의 등산객들이 제법 있었는데 지금은 아예 찾아보기가 힘들었다.

사실 어나더 문두스가 아니더라도 사람이 줄어드는 것은 추세였다.

전염병으로 촉발된 비대면 사회 풍토와 중국발 미세먼지 그리고 기능이 높아진 공기청정기로 인해서 산을 찾는 이들은 갈수록 줄어들고 있었다.

하지만 수련을 하려는 가온에게는 이런 환경이 더 좋았다.

등산로를 어느 정도 벗어난 가온은 나무가 우거져 강렬한 햇빛이 들어오지 않는 작은 공터를 발견했다.

'이런 곳이라면 수련해도 상관없겠지.'

티셔츠와 바지를 벗은 가온은 팬티 차림으로 수련에 들어갔다.

수련이라고 해서 다른 건 아니다. 가장 익숙한 검술과 창술을 주위에 떨어져 있던 적당한 나뭇가지로 펼쳐 보는 것인데, 초식이나 투로가 영혼에 새겨져 있어서 그런지 신기하게도 열 번의 시도 만에 정확하게 펼칠 수 있었다.

스킬창을 확인해 보자 훈 검술과 창술이 각각 E급 3레벨이 되어 있었다. 아바타의 스킬 레벨을 생각해 보면 갈 같이 한참 멀지만, 그래도 첫 수련에 이 정도의 성과라 만족스러웠다.

근처의 작은 개울에서 손수건을 빨아서 대충 땀을 닦아 낸 가온은 드디어 산에 들어온 목적을 위해 움직였다.

'정말 마력까지 사용할 수 있을까?'

살짝 의심이 들었지만 이미 마나오션과 오행기로 이루어진 마나시드까지 생성했으니 의심의 여지는 없었다.

확신을 가지고 청류 마력 서킷을 운공했는데, 앞서 운공한 명상법 덕분인지 의식이 너무나 명료하고 의지로 마나를 제어하는 것이 너무 쉬워서 꽤 오래 수행을 한 것 같았다.

한참이 지나서야 마력 서킷을 끝낸 가온의 얼굴에는 환한 미소가 떠올라 있었다.

탄 차원의 아바타가 그랬듯 일반적인 마나링이 아니라 뫼비우스의 띠처럼 생긴 고리를 생성하는 데 성공했다.

직접 마법을 연구하고 있는 벼리가 일전에 해 준 말에 의하면 그의 마나링이 뫼비우스의 띠 형태를 하고 있는 것은 마검사라서 그럴 가능성이 높다고 했다.

마나오션에 자리를 잡고 있는 마나와 충돌하거나 반발하는 것을 막기 위해서 그렇게 생성되는 생각된다는 것이다.

뭐 마나링의 형태야 가온에게는 큰 문제가 아니다. 마법을 제대로 구현할 수 있는 토대가 마련되었다는 것에 만족할 뿐이다.

그렇게 현실에서 마나오션과 마나링을 생성하는 대단한 성과를 거두었지만 가온은 수련의 재미에 푹 빠져 있었다.

검술과 창술 수련 후 청뇌 명상법과 오행 마나 연공술을 운공하고 다시 검술과 창술을 수련한 후 청류 마력 서킷을 운용하는 루틴이었다.

지친다 싶을 때는 아공간에서 허니비 포션과 미리 볶아 둔 카농 속 씨를 먹으면서 루틴을 반복했다.

그렇게 수련을 하다가 문득 정신을 차린 가온은 강한 시장기를 느꼈다.

"벌써 시간이 이렇게 되었나?"

한쪽에 놔두었던 와치폰을 확인하니 벌써 오후 5시였다. 대략 10시경에 이곳에 도착했으니 7시간 정도를 거의 무아지경으로 수련한 것이다.

다시 근처의 개울가에서 땀을 씻어 낸 가온은 다시 옷을 입은 후 수련의 성과를 확인하기 위해서 상태창을 확인했다.

이름 : 가온
레벨 : 8   **직업** : 휴학생
칭호 : 마검사   **특성** : ――
근력 : 25   **민첩** : 24
체력 : 31   **감각** : 23
지력 : 15   **마나** : 92
마력 : 74

놀랍게도 수련만으로 레벨이 1에서 8로 올라 버렸다.

비어 있던 칭호란에는 마검사가 등재되어 있었으며 스텟은 지력을 제외하고 모두 크게 올랐다. 허니비 포션과 카농의 씨 덕분이었다.

하지만 그럼에도 스텟의 증가폭은 그가 예상했던 수준을 뛰어넘었다.

가능성은 한 가지였다.

'설마 레벨업을 하면 내 마음대로 배분할 수 있는 포인트가 주어지는 것이 아니라 스텟으로 반영되는 식인가?'

―맞아요, 오빠. 전 그렇게밖에 할 수 없어요.

신인 루의 권능이 관장하는 어나더 문두스의 시스템과 달리 벼리가 자신에게만 적용시킬 수 있는 시스템은 이것이 한계인 것 같았는데, 가온은 크게 개의치 않았다.

'어쨌든 레벨업을 하면 내가 성장하니까.'

레벨업에 관여한 행동의 패턴에 따라서 관계된 스텟이 높

아지는 거라면 큰 차이는 없었다.

마지막으로 큰 변화가 하나 더 있었다. 천연 영약과 연공, 그리고 마력 서킷을 운용한 덕분에 마나 고리가 생긴 것에 더해서 수치가 단숨에 74로 올라 버린 것이다.

'시작이 좋네!'

탄 차원에 비하면 너무 보잘것없었지만 가온은 지금 자신의 수준에 아주 만족했다.

그리고 지금보다 더 성장할 수 있는 대안이 있어서 더욱 즐거웠다. 현실에서는 마나나 마력을 높이려면 마나 연공이나 마력 서킷에 의존해야 하지만 방법은 있었다.

'내 영혼과 연결된 아공간 안에 마나와 마력을 높여 줄 것들이 엄청나게 많아.'

콰르나 플고렌스의 고기는 물론 카농 열매의 속 씨들도 많았다. 여차하면 갓상점에서 영약을 구입해도 된다.

시험 삼아서 갓상점을 열어 봤는데 아쉽게도 열리지 않았다.

그래도 상관은 없었다. 탄 차원에서 구입해서 영혼에 각인된 아공간에 넣어 두면 현실에서도 얼마든지 사용할 수 있으니 말이다.

이렇게 되면 빠르게 늘어날 수 있는 마나와 마력에 적합한 육체를 만드는 데 중점을 두고 수련을 해야 한다. 육체라는 그릇을 키우지 않는다면 마나와 마력은 일정 수준 이상으로 쌓을 수 없으니 말이다.

'앞으로는 특수한 상황이 아니면 로그아웃을 한 후 수련을 해야겠네.'

지구는 탄 대륙과 달리 일찍 법치가 구현되어 어지간한 일이라면 법으로 대응할 수 있다.

물론 그럼에도 불구하고 조직폭력배 등에 의한 불법적인 폭력은 암암리에 벌어지고 있었다. 그래서 만에 하나 그런 상황이 벌어지면 현재의 육체 능력으로 충분히 대응할 수 있었다.

굳이 탄 대륙의 아바타처럼 소드마스터의 길을 걸을 필요가 없다. 그저 법의 테두리를 벗어난 예외적인 사태가 벌어졌을 때 육체적인 힘으로 해결할 수 있으면 된다.

그러니 탄 대륙에서처럼 수련에 매진할 필요는 없었다. 그저 시간이 날 때마다 건강을 위해서 수련을 하면 될 것이다.

그 생각을 하자 현실에서도 마나와 마력을 사용할 수 있다는 사실에 확 올라간 고양감이 빠르게 진정되었다.

시간이 되어 집에 들어갔지만 반기는 사람은 없었다. 아버지는 아직 어나더문두스를 플레이하고 있었고, 엄마는 퇴근하려면 시간이 더 있어야만 했다.

편한 옷으로 갈아입은 가온은 딱히 할 일이 없자 부모님을 위해 특별한 음식을 조리하기로 했다.

엄마가 퇴근해서 집에 도착했을 때는 아버지도 로그아웃을 한 상태였고, 저녁 준비가 거의 다 끝나 가고 있었다.

"밖에서 먹자니까!"

"애가 다 준비를 했잖아. 정성을 생각해서라도 그냥 먹자고."

"외식도 좋긴 한데 아는 분에게 아주 끝내주는 장어를 선물 받았어요. 자연산이라 가격도 가격이지만 쉽게 구할 수가 없다고 들었어요."

"자연산 장어?"

"장어치고는 고기가 굉장히 두껍고 큰데?"

부모님은 가온이 내오는 장어구이를 보고 의아한 눈길을 보냈지만 풍겨 오는 냄새에 이미 화색이 되었다.

"여름 보양식으로 장어가 최고이기는 하지."

"우리 아들이 받아 온 선물이니까 먹어 볼까."

못 이기는 척하고 식탁에 앉은 부모님은 두툼하게 자른 고기 한 점을 먹더니 눈이 휘둥그레졌다.

"이, 이게 장어라고?"

"씹을수록 쫄깃쫄깃하고 고소한 육즙이 흘러나오네."

두 사람은 정신없이 플고렌스 양념구이를 먹기 시작했다. 시장한 상태에서 두 사람이 먹어 봤던 장어와는 비교할 수 없는 맛과 풍미를 지녔으니, 흡입 수준으로 먹을 수밖에 없었다.

예지몽으로
히든랭커

가온은 천천히 몇 점을 먹으며 그 모습을 흐뭇하게 쳐다보다가 소주병을 들었다.

"술도 한잔하셔야지요."

가온은 잔 세 개를 채웠다.

"하하하. 우리 온이가 센스가 있네. 자, 건배!"

"언제 이렇게 컸는지…… 요즘만 같으면 정말 살맛이 나."

부모님은 온을 향해 환하게 웃으며 잔을 부딪쳤다.

그때부터 세 사람은 고기에 술을 곁들여서 대화를 하면서 느긋하게 식사를 하기 시작했다.

엄마는 생활은 별다른 변화가 없었지만 주기적인 치료로 갱년기 증상이 완화된 데에다 퇴근 후 어나더 문두스에 예전의 꿈을 실현하고 있어서 무척 만족스럽다고 했다.

"무엇보다 빚을 해결해서 마음이 너무 편해. 그래서인지 몸 상태도 10년은 젊어진 것 같고. 아! 네가 지난번에 구해다 준 그 포션 덕분인지도 모르겠다. 그때부터 잔병이 모두 사라졌거든."

"그러고 보니 나도 그때부터 몸이 확 좋아진 것 같아. 술을 마실 일이 확 줄어들기는 했지만 술을 마셔도 다음 날 아침에 너무 편안하고. 이게 모두 우리 아들 덕분이야."

아빠의 경우에는 어나더 문두스에서 플레이를 하면서 친한 분들과 길드를 만들어서 사냥을 다니는데, 계정비나 용돈 정도는 충분히 벌 수 있다고 했다.

빚을 다 해결한 상태에서 큰돈을 벌지 못해도 쑥쑥 늘어나는 세이뷰어 주식도 있고 자신이 좋아하는 게임을 즐기면서 사는 현재 상황에 무척 만족하고 있었다.

"참, 온아, 그거 또 구할 수 없니?"

"뭐요?"

"그때 네가 선물 받았다는 포션 말이야. 효과가 아주 좋더라. 갱년기 증상은 물론 잔병도 다 사라졌고 아침에 일어나도 몸이 아주 거뜬해. 더 이상 호르몬 치료를 받지 않아도 될 것 같을 정도야."

"나도, 온아! 구할 수 있으면 한번 구해 봐. 부탁하는 사람이 한둘이 아니야. 구하기 힘들다고 아무리 말을 해도 통 믿지를 않네."

포션의 효과를 확실하게 본 분들이니 이런 반응이 당연한 건지도 몰랐다. 당연히 드리고 싶었지만 그건 극도로 조심해야만 했다.

미리 걱정했던 대로 포션의 효과를 제대로 본 부모님은 주위에 잔뜩 얘기를 해 둔 것 같았다.

다행히 주변 분들이 어나더 문두스의 포션을 차용해서 만든 새로운 건강식품 정도로 받아들여서 문제가 없는 것이지 진짜 포션임을 알게 되면 그야말로 난리가 날 것이다.

'오늘 드렸으면 일 났겠네.'

오늘도 두 분에게 체력 포션과 치료 포션을 드리려고 했던

예지몽으로
히든랭커

가온은 식겁했다. 이전과 달리 일이 커질 가능성이 아주 높았다.

"그때 말씀드린 대로 제품의 효과는 확실한데 가격이 너무 세서 제약사 측에서 다운그레이드를 해야 할지 고민한다고 들었어요."

"그게 그렇게 비싼 거니?"

"비싸죠. 그 작은 병 하나에 1천만 원 정도 하니까요."

"헤엑!"

"정말?"

효과를 눈으로 확인할 수 있어서 무척 귀한 약이라고 생각은 했지만, 그 정도로 비싼 물건일 줄은 몰랐던 두 사람은 깜짝 놀랐다.

"천종산삼부터 시작해서 몸에 좋은 약초는 다 들어갔다고 했잖아요. 게다가 지금은 시제품이 동나서 구하고 싶어도 구할 수가 없어요. 방금 말씀드린 대로 회사가 판매 방향을 두고 고민을 하고 있다고 하니까요."

"정말 귀한 약이었구나."

"그런 귀한 것도 그렇고 이렇게 맛있는 장어까지 선물 받은 것을 보니 우리 아들 인맥이 장난이 아닌데. 호호호!"

그렇게 화기애애한 식사 시간은 길게 이어졌다. 장어구이로 알고 있는 플고렌스 구이가 생각보다 좋은 술안주가 되었다.

덕분에 가온은 부모님의 생활 전반에 대해서 파악할 수 있었고, 욕심이 많지 않은 두 분이 현재 상황에 무척이나 만족하고 있다는 사실을 알 수 있었다.

　'정말 다행이다.'

　예지몽에서 자신 때문에 이혼을 하셨던 부모님은 더 이상 없다는 점이 가장 마음에 들었다. 두 분이 자신 덕분에 삶이 안정되었다고 생각하시는 것까지 포함해서 말이다.

　그런데 플고렌스는 단순히 육체를 활성화시키고 마나 보유량을 증가시키는 효과만 있는 것이 아니라는 사실을 밤에 깨달았다.

　소주를 곁들여서 그런지 식사 말미에는 자식 입장에서도 민망할 정도로 애정 표현을 아끼지 않는 데다 끈적끈적한 시선을 교환하고 있던 두 분이 안 그래도 감각이 예민해진 가온을 새벽까지 잠들지 못하게 만들었다.

　'이러다가 늦둥이 동생이 태어나는 거 아닌지 모르겠네.'

　좀 민망하기는 했지만 금슬이 좋아진 부모님의 모습을 확인하게 되어 기분이 좋은 밤이었다.

생명의 아공간

　다음 날, 엄마가 출근할 때 같이 나온 가온은 서울 집으로 올라오자마자 바로 어나더 문두스에 접속했다.

　눈을 뜬 장소는 여관의 지하에 있는 개인 연공실이었다. 방금 전까지 벼리가 대신 플레이를 하고 있었다.

　'마법 수련은 잘했어?'

　어제 하루와 오늘 이 시간까지 벼리가 자신의 아바타로 마법 수련을 했다는 사실을 알고 있는 가온이 그렇게 물었다.

　–네, 오빠. 생명의 아공간에서 시간을 5분의 1로 느리게 흐르게 한 후 수련을 했어요. 그 결과 이제 마법의 원리와 구현에 대한 전반적인 이해를 할 수 있게 된 것 같아요. 어쩌면 오빠와 별도로 마법을 사용할 수도 있을 것 같고요.

가온은 벼리가 생명의 아공간을 이용해서 수련을 했다는 소리에 놀랐지만 그보다 벼리가 한 말의 내용이 더 충격적이었다.

'그럼 네가 단독으로 마법을 쓸 수 있는 거야?'

─제 에고가 오빠의 영혼에 귀속되었지만 별도의 존재이듯 마나링을 움직여서 마법을 발현할 수 있을 것 같아요.

벼리가 상세히 설명한 바에 따르면 그녀가 생명의 아공간에서 연구한 내용은 가온이 검술이나 정령술을 쓸 때 벼리가 따로 마법을 발현할 수 있는가 하는 것이었다.

가온은 벼리가 자신에게 귀속된 존재이기는 하지만 자신의 마력을 따로 쓸 수 있을 거라고는 생각하지 않았는데, 가능한 모양이다.

사실 가온이 크게 생각해 보지 않아서 그렇지 만약에 가능하다면 실로 대단한 일이다.

보통 마검사라고 하면 마법과 검술을 둘 다 사용할 수 있다는 것이지, 동시에 두 가지를 펼칠 수 있는 건 아니다. 아무리 짧더라도 시차가 존재할 수밖에 없는 것이다.

그런데 벼리의 말이 사실이라면 자신이 온전히 집중한 상태로 검술을 펼치는 동안 벼리가 따로 마법도 펼칠 수 있다는 것이니 충격적일 수밖에 없었다.

'대단하네!'

─다만 이게 주문 없이 의지로 발현하는 방식이기 때문에

제한이 좀 있어요.

'혹시 의념 마법을 발현하겠다고 말하는 거야?'

－네. 그래서 현재 수준으로는 2서클 마법까지만 발현할 수 있어요.

의념 마법은 자체적으로 마력을 움직이는 힘을 가진 룬어로 이루어진 주문을 영창하지 않고 오직 의지만으로 마법을 발현하는 방식으로 의지로 마나를 완벽하게 제어할 정도로 대단한 정신력의 소유자가 아니면 불가능하다고 알고 있다.

그런데 벼리가 그게 가능하다고 하니 놀라지 않을 수 없었다.

2서클 마법이라고 해서 무시할 수 없다. 적이 가온을 상대하는 동안 갑자기 졸린다든가 바닥이 미끄럽게 변하거나 발화가 된다면 집중력이 깨질 수밖에 없었다.

만약 상대가 가온이 마검사라는 사실을 모른다면 그 효과는 더욱 커진다. 상대 입장에서는 비겁하다고 생각될 테지만 그 역시 자신의 능력이라는 범주에 들어가니 가온 입장에서는 크게 반길 수밖에 없었다.

'그런데 어떻게 의념 마법을 쓸 수 있게 된 거야?'

－고대 도서관 유적에서 얻은 마법 지식을 연구하다 보니 고대에는 의념 마법이 마법의 한 카테고리로 등재가 되어 있더라고요. 사실 높은 지력이 필요하고 심력이 크게 소모되는 마법이라서 다급한 상황에 주로 펼쳤던 것 같아요.

사실은 앙헬이나 세 정령처럼 가온과 함께 플레이를 하고 도움이 되고 싶어서 의념 마법을 파고들었지만, 벼리는 사실 대로 밝히기는 너무 부끄럽다는 생각이 들어 그렇게 말했다.

'우리 벼리, 정말 대단하네.'

마법만 파고들더니 정말 놀라운 능력을 얻었다. 정말 벼리이니 이런 성과를 거두었지 자신 같았으면 어림도 없었다.

-아니에요.

가온의 칭찬에 대한 대답은 의념임에도 불구하고 벼리가 마치 몸을 배배 꼬면서 좋아하는 모습이 느껴졌다.

'잘됐어. 이제부터 네가 내 보조 역할을 하면 되겠다.'

-같이 플레이를 하자고요?

'응. 어차피 현실에서는 크게 신경을 쓸 게 없잖아. 전투 상황이 아니면 벼리가 굳이 관여할 일도 없고.'

벼리가 현실에서 어떤 일을 하는지 자세히 알지 못하는 가온은 그렇게 제의했다.

-호호호. 알겠어요. 그래도 제가 해야 할 일은 확실하게 수행해 둘게요.

가온의 제의를 수락하는 벼리의 의념은 그 어느 때보다 신이 난 듯 무척이나 거센 파동을 그렸다.

'아무튼 이제 남들이 보면 나는 마법과 검술을 동시에 사용하는 특이한 능력자로 보이겠네.'

마검사라고 해도 검술을 발휘하는 동시에 마법을 쓸 수는 없었다. 의식을 분리할 수 없기 때문이다.

그러니 아마 자신이 진정한 의미의 마검사가 되지 않을까 싶다.

'아니지. 정령들도 별도로 움직일 수 있으니 마검정령사라고 해야겠다.'

마치 팔다리가 두 쌍이 더 생긴 것같이 뿌듯했다. 그만큼 전투력이 크게 높아졌다고 확신했다.

'조금 있다가 한번 시험해 보자!'

그 전에 할 일이 하나 있었다. 너무 바빠서 그동안 확인을 못 했던 생명의 아공간을 둘러보고 싶었다.

오랜만에 찾은 생명의 아공간은 처음 얻었을 때와는 너무나 달라져 있었다.

"이게 다 뭐야?"

작은 강이 흐르는 황량한 대지밖에 없었던 아공간은 이전보다 훨씬 더 커졌을 뿐 아니라 '생명'이라는 단어에 어울리게 변화되어 있었다.

수중 던전을 클리어하면서 얻은 차원석 덕분에 아공간이 커진 것이야 예상했지만 내용은 가온이 생각했던 범위를 확 뛰어넘었다.

익히 아는 과실수들을 포함해서 수많은 나무들이 숲을 이루고 있는 대지에는 왕성한 생명력이 넘쳐흐르고 있었다.

-오셨어요!

-온이 왔다!

몰라보게 달라진 아공간의 모습에 주위를 둘러보는 가온을 먼저 맞이한 것은 모둔과 녹스였다.

"모둔, 몰라보게 달라졌네!"

녹스는 이전에 본 그대로지만 녹색 드레스를 입고 있는 모둔의 모습은 생동감이 넘쳐흐르고 있었다.

-호호호. 생명력이 왕성한 곳에서 지내서 그런가 봐요. 이렇게 좋은 곳을 거처로 내주셔서 감사해요.

-우리가 모둔을 도와줬어. 모둔이 부탁한 신기한 꽃들과 나무들을 이곳으로 옮겼다고.

숲의 식생이 굉장히 다양하고 생각했더니 세 정령이 모둔의 부탁을 받아서 저렇게 다양한 식물들을 이곳으로 옮겨 온 것이다.

그러고 보니 모둔의 본체가 보이지 않았다.

"모둔의 본체는 어디에 있어?"

-저기에 있잖아. 우리 모두 저 나무에서 지낸다고.

녹스가 가리키는 곳은 생명의 아공간 중앙이었는데 그곳에는 던전에서와 달리 가지를 수십 미터까지 뻗은 거대한 나무가 자리하고 있었는데, 왠지 모를 신령함까지 느껴졌다.

"저 나무가 모둔의 본체라고?"

-네. 던전에서는 저를 괴롭히는 세 악물(惡物) 때문에 그런

모습을 했지만 이곳에서는 그럴 필요가 없으니까요. 그리고 카농 나무들로부터 흡수한 에너지를 이곳에 방출했더니 이렇게 생명력이 왕성해졌어요. 이런 곳에서 살게 되어 너무나 행복해요.

그래서 그런지 모둔의 모습은 처음 봤을 때와는 너무 많이 달라졌다. 현재 상황에 만족해하는 모습이 역력했다.

－같이 가서 구경해요.

－그래. 온이 오면 머무를 곳도 마련해 두었다고.

모둔과 녹스의 재촉에 가온이 막 움직이려고 했을 때 안 보이던 셋이 날아왔다.

－온 님!

－주인님!

－온!

가온은 이곳을 방문한 것이 기뻤는지 품에 안기는 카오스부터 양팔을 붙잡은 앙헬과 마누에게 이끌려 그녀들이 지내는 곳으로 향했다.

자신의 아공간이라서 그런지 이동하겠다는 의지만으로 아공간 내의 어디든 순간 이동할 수 있는 가온이었지만 이번에는 정령들에게 몸을 맡겨 버렸다.

모둔의 본체는 정말 거대했다. 밑동만 해도 직경이 10미터는 충분히 될 것 같았으니 말이다.

이곳에 씨를 심은 것이 불과 얼마 전인데 이렇게 빠르게 성장할 거라곤 생각도 하지 못했기에 더욱 놀라웠다.

"이렇게 빨리 생장할 수도 있는 거야?"

─원래는 이 정도로 빠르지 않은데 시간의 흐름을 빠르게 했고, 온 님 덕분에 카농 나무들의 에너지를 흡수한 덕분에 이렇게 됐어요.

듣고 보니 과정은 알 수 없지만 충분히 납득이 가는 설명이었다.

"멋있다!"

─아직 더 성장해야 해요.

아직 다 성장한 것도 아니지만 모둔의 본체는 소설이나 게임에서 자주 접했던 세계수를 연상하게 했다.

던전에서 봤을 때처럼 높은 것은 아니지만 정령들이 깡충 뛰면 겨우 닿을 수 있는 높이에 수많은 가지들이 뻗어 있는데, 가지마다 크고 싱싱한 잎들이 무성했고, 익어 가거나 익은 열매들이 수없이 달려 있었다.

그런 모둔의 줄기 한쪽에는 가온이 머리를 약간 숙이면 들어갈 크기의 공간이 있었다.

─우리는 이 안에서 지내.

─들어가 봐.

카오스와 녹스에게 이끌려 안으로 들어갔는데 놀랍게도 내부 공간이 엄청나게 넓었다. 현실의 집에 비해 서너 배는 넓었다.

"여긴 왜 이렇게 커?"

─우리의 아공간을 이용해서 이곳을 넓혔어.

그게 어떻게 가능한지는 모르겠지만 일단 공간 확장에 성공한 모양인데, 양쪽에 방이 여섯 개가 있었고 가운데는 모여서 시간을 보내는 공간인 듯 다양한 크기와 형태의 테이블과 의자들이 놓여 있었다.

나무로 만든 테이블과 뿌리로 만든 의자들은 보기만 해도 차를 한잔해야 할 것 같은 분위기를 자아내고 있었다.

─꽃차를 드릴게요.

모둔이 서둘러 차를 준비하는 동안 네 정령과 앙헬은 가온의 옆에 착 달라붙어서 이곳에 대해 설명을 했는데, 동시에 의념을 전하는 바람에 무슨 내용인지 제대로 알 수가 없었다.

그래도 알 수 있었던 것도 있었다. 모둔을 포함해서 모두가 이 생명의 아공간을 무척 마음에 들어 한다는 사실이다. 얼굴 표정이며 행동에서 그것을 알 수 있었다.

그사이에 모둔이 꽃차를 타 왔는데 맛보는 순간 눈이 커질 정도였다.

입안 가득 퍼지는 다양한 꽃향기는 입안은 물론 몸 전체를 향기롭게 만들어 주는 것 같았고 머리는 청뇌 명상법을 운공하고 난 것처럼 청량하고 맑아졌다.

그런데 그냥 기분이 아니었다. 정말 푹 자고 일어난 것처럼 뇌 상태가 최고조로 활성화가 되었다.

"고마워, 모둔. 이렇게 맛있는 차는 처음이야."

─호호호. 우리와 같은 존재는 물론 생물에게 도움을 줄 수 있는 차를 만들어 보려고 이것저것 시험해 보다가 나온 차인데, 좋아하셔서 다행이에요.

이런 차가 완성된 것이 아니라니 정말 대단했다.

─나도 만화차(萬花茶)를 엄청 좋아해!

처음 듣는 이름인 것을 보니 차 이름까지 정해 둔 모양이다.

─힝! 자주 마시고 싶은데 모둔이 안 타 줘.

카오스와 녹스의 말을 들어 보니 자신의 입맛에만 맞는 것은 아닌 것 같았다.

"부족한 건 없고?"

─식물은 친구들에게 부탁을 하면 되는데, 곤충이 좀 필요해요.

"곤충이라면 나비나 벌과 같은 종류를 말하는 거지?"

─네. 제 본체를 포함해서 몇 종류는 필요가 없지만 나머지는 수분(受粉)을 시켜야 제대로 된 과일을 맺을 수 있으니까요.

그 말을 듣자 허니비가 떠올랐다.

"그럼 이건 어때?"

가온은 생물 전용 아공간에서 허니비 몇 마리를 꺼내어 관련된 이야기를 해 주었다.

　-제가 찾던 그런 아이들이에요! 이 아이들이라면 이곳을 더 아름답게 만들어 줄 거예요! 제가 꿀과 로열젤리를 많이 모아서 드릴게요!

　허니비의 설명을 들은 모둔은 굉장히 기뻐했다.

　"그런데 위험하지 않겠어?"

　-전혀요. 우리들이야 물리적인 육체가 없으니 해를 끼칠 수도 없고 다루는 것은 여왕벌만 제대로 길들이면 될 것 같아요.

　하긴 허니비들은 앙헬과 네 정령을 해치지 못한다.

　잘됐다. 안 그래도 수시로 먹어 대는 바람에 허니비의 꿀과 여왕벌의 로열젤리가 그리 많이 남지 않은 상태였다.

　"그럼 모둔이 잘 관리해 줘."

　-네, 온 님. 잘 돌볼게요.

　가온은 허니비 중에서 다섯 무리를 꺼내 모둔에게 주었다.

　-다들 날 도와줘. 영역에 민감한 아이들인 것 같으니 각각 한 무리씩 맡아서 집도 마련해 주고 돌봐 주자. 이 아이들은 꽃이 많이 피는 곳을 좋아해.

　-그럼 각자 한 무리씩 맡는 거야?

　-응. 누가 더 잘 돌보는지 시합을 하는 거야.

　카오스의 질문에 모둔이 그렇게 대답했다.

-모둔 언니, 어떻게 돌봐야 하는 건데요?

-그건 말이지…….

한동안 이어진 모둔의 설명을 들은 세 정령과 앙헬은 각각 한 무리의 허니비 여왕벌과 가온이 먹다 남긴 벌집을 들고 사방으로 흩어졌다.

처음에 그를 반겼을 때와 달리 지금은 그의 존재를 아예 까먹은 것 같았다.

"이런!"

원래는 포션 생산 상황도 살펴보고 잠시 같이 지내려고 했는데, 마계와 자연에서 연원하는 존재들이라서 그런지 이상한 곳에 꽂혀 버렸다.

가온은 기다릴까 하다가 언제 돌아올지 알 수 없어서 그냥 포기하고 아공간을 나왔다. 잘 지내는 것을 확인했으니 자세한 건 나중에 시간이 필요한 수련을 할 때 확인할 생각이었다.

생명의 아공간을 나온 가온은 은신한 상태로 여관의 지하 연무장을 빠져나와서 아보린 시티의 강 건너편으로 향했다.

오크라강 건너편은 왕실 직영지로 개발이 되지 않은 광대한 숲이 펼쳐져 있다.

왕실에서는 귀족의 숫자가 늘어나면서 새로운 영지를 마

련하기 위해서 몇 번이나 개발을 하려고 했었지만 모두 실패했다.

스파인 산맥과 연결되는 알카스 소산맥의 지류와 닿아 있는 광대한 숲의 생명력은 강인했고 그 숲에 기대 오랫동안 번식해 온 마수와 몬스터는 인간의 발걸음을 격렬하게 거부했다.

다만 강폭이 워낙 넓기에 건너편의 마수나 몬스터가 이쪽으로 넘어올 가능성은 거의 없었다. 그래서 지금과 같은 마수와 몬스터 창궐 시기에는 더 이상 신경을 쓸 수가 없었다.

나무들이 워낙 울창한 데다 곳곳에 산과 저지대가 펼쳐져 있어서 마수와 몬스터는 물론 다양한 약초와 독물이 서식하는 그 광대한 수림지대는 노련한 헌터와 약초꾼의 발길도 거의 용납하지 않았다.

그곳에 가온이 나타났다.

'숲이 너무 울창해서 아래쪽이 보이지 않네.'

투명날개에 은신한 상태로 상공을 유유히 날아가는 가온은 적당한 사냥감을 물색하려고 했지만 잎이 넓은 나무들로 이루어진 숲이 끝없이 펼쳐져 있는 광경에 압도되는 것 같았다.

10여 분 동안 강 근처 숲을 살펴보던 가온은 더 멀리 나가지 않는 이상 상공에서는 적당한 사냥감을 찾을 수 없다는 사실을 깨닫고 마음을 비웠다.

'아무튼 대단하네.'

지구에도 이런 광대한 밀림 지대가 존재하기는 하지만

20세기에 비하면 면적이 수십 분의 1로 쪼그라들었다.

그렇게 마음을 비우고 유유히 비행을 하는데, 문득 나무들이 거칠게 흔들리며 뭔가 거대한 물체가 움직이는 징후를 포착했다.

아래쪽으로 날아 내려간 가온은 시끄러운 소리와 함께 나무들이 부러진 곳에서 오우거과 스밀로돈으로 보이는 마수들이 싸우는 장면을 목격할 수 있었다.

'잘됐네.'

안 그래도 오우거 던전에 들어가야 하는데 지켜보기만 해도 얻는 것이 많을 것 같았다.

흥미가 돋은 가온은 이미 거대한 나무 수십 그루가 부러져서 만들어진 공터의 가장자리에 있는 나무 꼭대기로 내려앉았다.

'확실히 크네!'

사실 오우거는 처음 본다. 예지몽에서야 고블린과 오크를 상대하기에도 부족한 실력이었으니 트롤만 나타났다고 해도 도망치기에 바빴고, 오우거는 기사들도 도망쳐야만 하는 상대여서 볼 일이 아예 없었다.

그래도 거대화한 자신을 생각하자 작다는 생각이 들었다.

오우거 성체의 키는 대략 8미터 정도로 몸집은 거대화 스킬을 사용한 후와 보스와 비슷하다.

'아름드리 거목을 주먹과 발길질로 쉽게 부러뜨릴 정도로

대단한 근력을 가지고 있고 몸도 굉장히 민첩하지만 저 정도라면······.'

체고가 대략 3미터 정도에 달하는 스밀로돈 네 마리는 그런 오우거를 상대로 굉장히 잘 싸우고 있었다.

공격을 할 때는 거의 동시에 달려들었는데 노리는 부위가 각각 달라서 오우거의 주의를 혼란스럽게 만들었고, 길게 삐져나온 송곳니와 손 길이에 달하는 길고 날카로운 발톱들은 생체 방어막은 물론 질기고 두꺼운 가죽을 뚫고 커다란 살점을 떼어 냈다.

애초에 스밀로돈은 여섯 마리였는데 두 마리는 머리가 부서지고 온몸의 뼈가 부러진 상태로 공터 가장자리에 혀를 길게 뺀 상태로 널브러져 있었다.

하지만 그 두 마리의 아가리에는 두꺼운 살점이 물려 있었다. 죽을 때까지 오우거를 물어뜯고 있었나 보다.

그래서 오우거를 자세히 보자 과연 온몸 곳곳에 살점이 떨어져 나간 상처들이 십여 곳이나 되었다. 출혈량도 꽤 많았던 것으로 보였는데, 특유의 재생력으로 벌어진 피는 더 이상 흐르지 않았다.

얼마나 싸웠는지 모르겠지만 양쪽 다 꽤 지친 것 같았다. 뼈와 송곳니 그리고 발톱 일부가 부러진 스밀로돈들은 혀를 길게 빼고 거칠게 호흡을 하고 있었고, 오우거의 움직임도 처음 봤을 때보다 좀 느려졌다.

'아무래도 어부지리 상황인 것 같은데.'

스밀로돈들은 오우거가 죽은 동료들을 우악스럽게 움켜쥐었지만, 짧은 꼬리를 아래로 내린 채 더 이상 반응하지 않고 지켜보고만 있었다. 더 이상은 싸우지 않겠다는 표시인 것 같았다.

'벼리야, 준비됐지?'

―정말 2서클 마법까지밖에 쓸 수 없는데 괜찮아요?

'응. 상황에 맞게 네가 마법을 사용하면 돼. 정령들도 도와줄 거야.'

가온은 일단 마누에게 선공을 맡겼다.

쿠르르릉!

갑자기 공터 위쪽의 대기가 요동을 치더니 순식간에 시퍼런 뇌전 다발들이 슬그머니 공터를 빠져나가려던 오우거와 망연자실 그 모습을 지켜보던 스밀로돈들을 향해 떨어졌다.

오우거와 스밀로돈은 느닷없는 전격 세례에 비명을 지르며 도망을 치려고 했다.

하지만 안타깝게도 전격은 놈들의 움직임을 제한할 정도의 충격을 주지 못했다. 특히 오우거는 전격에 휩싸인 상황에서도 빠르게 움직여서 최상급 몬스터다운 육체 능력을 보여 주었다.

그게 전부가 아니었다. 공터 지반이 마치 부드러운 밀가루 빵으로 변한 듯 마구 요동치며 양쪽을 모두 기겁하게 만들어서 코로 독이 들어오는 것을 감지하지 못하게 만들었다.

"우와아아!"

그때 나타난 것이 바로 거대화한 가온이다.

키가 무려 12미터에 달하는 가온이 끓어오르는 투기를 고함으로 발산하며 나타나자 스밀로돈들은 물론 오우거도 깜짝 놀랐다.

분명히 인간인데 오우거보다 훨씬 더 크고 우람한 근육질의 몸을 가지고 있으니 당황할 수밖에 없었다.

그 거대한 인간은 거대한 창을 들고 있었는데 모습을 드러내기 무섭게 스밀로돈에게 창을 던졌다. 물론 창은 앙헬이 꺼내 주었다.

쌕! 쌕! 쌕! 쌕!

지친 상태에서 갑자기 나타난 거인이 연속해서 던진 네 자루의 창은 스밀로돈들의 머리통을 정확하게 꿰뚫었다.

놈들은 극도로 지친 가운데서도 전격에 당했고 흔들리는 지반 때문에 중심을 잡지 못하는 상황이었기 때문에 빠르게 날아오는 창을 피할 수가 없었다. 그렇게 네 스밀로돈을 끝장낸 가온은 오우거의 주의를 끌었다.

크라라랏!

오우거는 자신이 한참을 싸웠지만 잡아 죽이지 못한 적들을 생소한 존재가 너무나 쉽게 죽이는 광경에 자존심이 상했는지 그 와중에서도 붙잡고 있던 스밀로돈 사체를 내려놓고 고함을 지르며 투기를 발산했다.

'일단 무기 없이 해 보자!'

동료들에게 나서지 말아 달라고 부탁을 한 가온은 마주 소리를 지르며 오우거를 향해 달려갔다.

놈 역시 괴성을 지르며 달려왔는데 둘 다 워낙 거구에다 몸이 크다 보니 순식간에 부딪혔다.

선빵은 팔이 긴 오우거가 먼저였다.

충분히 피할 수 있었지만 일단 맞아 주었다.

빽!

자신도 모르게 머리가 옆으로 돌아가며 눈앞에 별이 보였다. 놈의 주먹에는 실로 무시무시한 힘이 실려 있었기 때문이다.

'그래도 이 정도면 맞을 만하네!'

피부를 덮고 있는 파르의 방호력 덕분인지 아니면 거대화된 신체의 맷집이 뛰어나서인지는 몰라도 이 정도 타격은 별게 아니었다. 뼈나 피부도 상하지 않았다.

돌아간 머리를 제자리로 돌린 가온이 이번에는 주먹을 날렸다. 특별히 배운 적은 없지만 허리를 돌리면서 최단 거리로 날아가는 주먹이었다.

빽!

너무 빨리 날아오는 바람에 미처 피하지 못하고 인간의 주먹에 맞은 오우거가 뒤로 몇 걸음 물러났다.

화가 잔뜩 난 오우거가 뜨거운 콧김을 뿜어내며 달려오며 주먹을 날려 왔다.

물론 가온도 거의 동시에 앞으로 나가면서 주먹을 뻗었다.

뻑! 뻑!

둔탁한 타격음과 함께 머리를 흔드는 가온의 눈은 호선을 그렸다.

"하하하!"

분명히 맞아서 아프기도 했지만 아무런 스킬 없이 그저 완력과 주먹으로만 공방을 주고받는 것이 갑자기 즐겁다는 생각이 들었다. 그것도 오우거랑 말이다.

그때부터 가온과 오우거는 서로 주먹을 날리고 발로 상대를 걷어차는 등 그야말로 개싸움을 벌였다.

그렇게 5분 정도 정신없는 난타전을 벌이던 가온은 갑자기 주먹에 마나를 담기 시작했다. 오우거의 주먹에 담긴 힘이 증강되었다는 사실을 느낀 직후였다.

처음에는 균형을 이룬 오행기를 담았는데 문득 떠오르는 것이 있어서 금기를 따로 뽑아내어 담았다. 다른 스킬을 쓰는 것이 아니라서 난타전을 벌이고 있는 상황에서도 그 정도는 가능했다.

금기가 주입된 주먹은 처음에는 엷은 황금색을 발산하더니 점점 더 많은 금기가 주입되자 짙은 황금색이 되었고, 주먹 주위에 일렁이는 오러로 인해서 크기가 세 배 이상 커져

보였다.

아마 남들이 보았다면 '피스트 오러!'라고 외쳤을 것이다. 검기에 갈음할 수 있는 권기였다.

그때부터 오우거가 받는 충격은 급속히 커졌다. 주먹을 감싼 황금색의 금기는 엄청난 충격과 함께 놈의 신체 내부로 고스란히 전해져서 장기며 근육 그리고 신경을 망가뜨리고 있었다.

결국 오우거의 주먹에서 힘이 빠지고 놈의 투기가 사라진 것을 느낀 가온은 앙헬에게 철심목 창을 주문했다.

가온의 추측이 맞았다. 놈은 도저히 안 되겠다 싶은지 몸을 돌리려고 했다. 도망치려는 것이다.

그때 창이 날아갔다. 아니, 거리가 가까웠던 만큼 던진 것이 아니고 빠르게 찌르는 것이 되었다.

오우거 입장에서는 아무것도 없었던 상대의 손에 창이 생긴 것이고, 충격이 누적된 상태라 근육과 신경이 정상이 아닌 상황이었기 때문에 뒤에서 찔러 오는 창을 피할 수가 없었다.

푹!

감각이 예민한 오우거는 뒤에서 찔러 오는 창의 존재를 눈치채고 간신히 몸을 틀어서 심장은 피했지만 철심목은 놈의 두꺼운 대흉근을 뚫고 들어갔다.

근육이 찢어지고 뼈가 부서지는 생생한 감촉이 철심목 창을 통해 전해져 왔다.

예지몽으로
히든랭커

끄라라랏!

오우거는 처음 겪는 격통에 비명을 지르며 반사적으로 창을 붙잡고 힘을 썼다. 부러뜨리려는 것이다.

하지만 창의 재료는 일반적인 나무가 아니었다. 바위보다 더 단단한 철심목은 오우거의 괴력에도 불구하고 부러지지 않았다.

물론 시간만 있다면 창을 부러뜨리거나 빼내었을 테지만 창의 주인이 그냥 있지 않았다. 창대에서 손을 뗀 가온이 다리를 위로 뻗어서 마나를 주입한 발로 창대를 걷어찬 것이다.

크아아악!

오우거는 가슴을 꿰뚫은 창이 크게 움직이자 비명을 지르며 창에서 손을 떼고 가온의 발을 붙잡으려고 했지만 갑자기 눈이 보이지 않았다. 벼리가 놈의 안면부에 워터 마법을 펼쳐서 커다란 물 덩어리를 생성시킨 것이다.

오우거는 갑자기 시야가 흐릿해지고 코 안으로 물이 들어오자 격렬하게 기침을 하면서 정신없이 뒤로 물러났다. 본능적으로 더 지체하면 죽을 거라는 사실을 깨달은 것이다.

"끝이다!"

가온의 손가락 끝에서 주먹 크기의 마나탄이 발출되었다.

퍽! 꽝!

마나가 무려 1천이나 압축된 마나탄은 오우거의 이마를 정확하게 파고들었다.

순간적으로 얼굴을 포함해서 머리통 전체가 시뻘겋게 변한 오우거의 눈에서 급격히 빛이 사라지더니 결국 뒤로 넘어갔다. 아까 주먹에 금기를 담았던 것처럼 마나탄을 만들 때 이번에는 화기를 사용했더니 놈의 뇌가 타 버린 것이다.

"하하하하!"

가온은 아무리 상처를 입은 오우거지만 이렇게 간단하게 처리할 수 있을지 몰랐기에 너무 만족한 나머지 거대화 스킬도 풀지 않고 크게 웃음을 터트렸다.

-주인님, 거대화 스킬부터 빨리 해제하세요! 무슨 싸움을 이렇게 무식하게 해요! 마나가 거의 바닥이라고요!

앙헬이 가장 먼저 잔소리를 했다.

-맞아. 거대화가 되었다고 자신도 오우거가 된 줄로 안 거 아니야?

-나도 오우거끼리 싸우는 줄 알았어.

-빨리 원래대로 돌아가세요!

정령들도 한 소리를 했는데 유일하게 벼리만 조용했다.

그때 기다리던 안내음이 들렸는데 레벨이 8이나 올랐다는 내용이었다.

'역시 오우거나 되어야 레벨이 제대로 올라가네.'

그래도 추정 레벨이 400이나 되는 오우거 한 마리에 스밀로돈 네 마리를 사냥했음에도 8밖에 안 올랐다면, 일반 오우거는 벼리나 정령들과 함께하는 자신의 상대가 아니라는 것이다.

새로운 의뢰

오우거와 스밀로든을 상대로 파워 드레인 스킬을 펼친 후 사체를 챙긴 가온은 조용한 곳에서 찾아 연공을 했다.

'역시!'

상태창을 확인한 가온의 입이 귀에 걸렸다. 마나가 612, 마력이 339가 올랐다. 파워 드레인을 흡수한 오우거와 스밀로돈의 마나가 그만큼 많았다.

정확히 오우거로부터 마나와 마력을 얼마나 흡수했는지는 알 수 없지만 확실한 것은 앞으로 이런 놈들을 사냥해야만 레벨을 올리고 마나와 마력을 제대로 늘릴 수 있다는 사실이다.

'이렇게 되면 오우거 사냥만 해야겠네.'

이후 가온은 저녁이 다 되도록 사냥을 이어 갔다.

광대한 수림지대는 목표를 찾기는커녕 이동도 힘들기 때문에 거의 토벌이 되지 않아서 오크나 고블린은 물론이고 스밀로돈과 샤벨 타이거, 블랙 레오파드와 같은 마수들과 트롤, 오우거와 같은 최상위 몬스터들의 천국이나 다름없었다.

그런 수림 지대에 사냥꾼이 나타났다. 때로는 암살자처럼 몸을 숨긴 채 마나탄으로, 때로는 오우거보다 더 큰 거인으로 모습을 드러내어 마수와 몬스터를 사냥했다.

그 사냥꾼은 집단생활을 하지만 만만한 스밀로돈을 피해서 단독 생활을 하는 놈들을 노렸는데 조력자들의 도움을 받아서 아주 은밀하고 빠르게 목표를 사냥하는 데 성공했다.

사냥을 하면 할수록 벼리와 앙헬 그리고 세 정령의 역할이 커졌다. 네 존재는 사냥 대상을 찾고 가온의 공격이 시작되기 직전을 노려 상대의 시야를 가린다든지 균형을 잃게 해서 제대로 대응을 하지 못하도록 만들었다.

그렇게 해가 질 무렵까지 사냥을 한 결과는 대단했다.

'정말 나 혼자 사냥한 결과가 맞나?'

오우거 다섯 마리. 트롤 열한 마리, 스밀로돈 스물한 마리, 샤벨 타이거 여섯 마리, 블랙 레오파드 열한 마리를 사냥했다.

자잘한 놈들은 아예 지나쳐 버린 결과로 중상급 마정석 32개와 상급 마정석 24개는 물론 최고급 가죽들까지 얻을 수 있었다.

재물을 빼고도 꽤 많은 것들을 얻을 수 있었다.

일단 레벨은 33이 올랐고 명예 포인트는 무려 211,000이
나 획득했다.

칭호도 몇 개 받았지만 이제 그런 것은 크게 주의가 가지
않았다.

가온이 오우거를 사냥할 때 가장 효과적인 무기는 바로 마
나탄 스킬이었다.

다른 스킬도 써 봤지만 몸 전체에 생체 보호막을 두르고
있었거니와 가죽이나 뼈의 방호력이 얼마나 높은지 큰 피해
를 줄 수 없었다.

반면에 스킬 진화권을 써서 S등급으로 진화시킨 마나탄은
무려 1천이나 되는 마나를 압축시킬 수 있을 뿐 아니라 오우
거도 피하기 힘들 정도로 속도가 빨랐고 속성 마나를 담을
수 있어서 무척 효과적이었다.

명예 포인트에도 여유가 있어서 당장 스킬 진화권을 구입
해서 다른 A급 스킬을 S급으로 올리고 싶은데, 막상 결정하
기가 쉽지 않았다.

곧 소드마스터 경지에 오를 것 같은데 그동안 진화시킨 검
술을 진화시켜야 할지 얻은 후 무척 유용하게 사용하고 있는
거대화 스킬을 진화시켜야 할지 선택하기가 힘들었다.

'일단 명예 포인트를 여유 있게 쌓아 둔 다음에 결정해도

늦지 않아.'

　결론은 부지런히 사냥을 할 수밖에 없었다. 그것도 탄 차원에 위해를 가하는 마수나 몬스터를 말이다.

　여관으로 돌아온 가온은 늦은 저녁을 혼자 먹었다. 다른 대원들은 시간에 맞추어 식사를 마친 모양이다.

　그런데 식사가 끝나갈 무렵에 마론 부부가 들어왔다.

　"대장님!"

　"저녁이 늦었습니다."

　"식사는 진즉 했지요. 수도의 길드 총단에 다녀오는 길입니다."

　모험가 길드도 다른 길드처럼 왕국의 수도에 총단이 있다.

　듣기로는 대륙 전체의 길드를 관할하는 총본부가 있다고 하는데, 아직 중앙집권화는 되지 않은 상태라서 실질적으로 수도의 총단이 길드 전체를 총괄한다고 했다.

　"아! 그래 특별한 일이라도 있습니까?"

　두 사람의 눈치가 일이 있는 것 같아서 그렇게 물었다.

　"실은 의뢰가 들어왔습니다."

　"의뢰요? 이미 하기로 한 일이 있는 건 아시잖습니까?"

　"콜 일행이 말한 곳과 동일한 장소에 대한 의뢰로 보입니다."

　마론은 보수와 같은 사항은 빼고 그 점부터 말했고 가온의 흥미를 돋우었다.

"동일하다면 오우거 던전 말입니까?"

"대충 들은 설명으로 보아 그곳이 분명합니다."

참으로 이상한 일이다. 같은 오우거 던전을 두고 의뢰가 겹치다니 말이다.

"혹시 이계인들이 한 의뢰입니까?"

촉이 왔다.

"총단에서 의뢰인의 정보는 알려 주지 않았습니다."

"조건은요?"

"여섯 명을 데리고 들어가서 던전을 클리어하면 되는데 다른 전리품은 상관이 없지만 차원석을 달라고 합니다."

"차원석을요?"

차원석은 많은 마탑에서 연구를 해 오고 있지만, 현재까지는 아무것도 밝혀지지 않아서 큰 쓸모가 없다고 잠정적으로 결론이 나 있었다.

바라는 것이라곤 차원석밖에 없는 이런 식의 의뢰는 처음 듣는다.

'흠. 아무래도 콜 일행처럼 초대형 던전에 들어갈 수 있는 자격 때문에 의뢰를 한 것 같구나. 초랭커들 사이에 무슨 일이 있는 모양이네.'

가온은 콜 일행이 혹시 접속했는지 물어봤지만 샐리가 고개를 흔들었다.

"그들도 헤븐힐 일행처럼 휴가를 주셨잖아요."

콜 일행과 따로 연락할 수단이 없으니 일단은 의뢰인들을 만나 봐야 할 것 같았다.

"내일 이곳에서 보자고 해 주십시오. 일단 얘기를 해 봐야 할 것 같네요."

"그럼 의뢰를 받으려고요?"

"못 받을 것도 없지요."

"하긴 목적지가 동일하고 우리야 초대형 던전의 입장 자격만 취득하면 되니 양측만 양해를 하면 상관이 없을 것도 같습니다."

일단 이번에 들어온 의뢰는 던전 클리어에 이름을 얹겠다는 것이 목적이니 콜 일행이 원하는 것과 겹치지도 않는다.

이제야 그 사실을 깨달은 마론과 샐리는 병행해도 상관이 없다는 생각이 들었다.

"알겠습니다. 내일 아침 무렵에 찾아와 달라고 전하겠습니다."

"그런데 이거 혹시 지정 의뢰입니까?"

갑자기 온 클랜을 대상으로 한 지정 의뢰가 아닌가 하는 생각이 들었다.

"맞습니다."

"우리 클랜의 행방을 모험가 길드 총단에서 알고 있는 거야 충분히 짐작할 수 있지만 그들이 어떻게 알았을까요?"

이미 이곳에 도착한 날, 퍼슨과 마론이 길드에 들렀으니 자신들의 행방이야 알려졌겠지만, 이계인들이 자신들을 어떻게 알고 지정 의뢰를 했는지 모르겠다.

　"정보 길드에 들렀답니다. 현재 수도와 인근 영지에서 던전을 가장 빠르게 클리어할 수 있는 무력 단체를 찾은 모양입니다."

　그러고 보니 정보 길드가 있었다.

　'그들이라면 충분히 가능한 일이지.'

　사회 전반에 그물망처럼 촘촘한 정보망을 가동하고 있는 정보 길드라면 온 클랜에 대한 정보를 어느 정도는 파악하고 있을 것이다.

　가온의 긍정적인 대답을 들은 마론 부부는 다시 길드 총단으로 향했다. 그만큼 중요한 의뢰라고 생각한 것이다.

　'벼리야, 난 친구들하고 약속이 있어서 나갈 건데 네가 플레이할래?'

　아침에 올라오면서 성현이에게 전화를 했는데 다행히 통화가 되어 오늘 만나기로 했다.

　―네, 좋아요. 생명의 아공간에서 수련을 할게요.

　그러고 보니 벼리와는 아바타를 공용으로 사용하고 있어서 편한 점이 많았다. 대신 수련까지 해 주니 말이다.

　마음이 통했을까.

로그아웃을 하고 캡슐 밖으로 나오자 기다렸다는 듯이 전화가 왔다.

"매디 씨."

—어디세요?

"올라왔습니다."

—식사는 했어요?

"매디 씨는요?"

탄 차원에서 식사를 했지만 지구 시간으로는 아직 먹을 때가 아니어서 대답을 보류하고 그렇게 물었다.

—전 원래 저녁은 안 먹어요.

"그 몸매로 말입니까?"

—힝. 저 살쪘다고 놀리는 거죠?

매디가 짐짓 우는 소리를 했다.

"무슨 말씀을요. 지금도 충분히 날씬한데요."

—듣기 좋으라고 그런 말을 해 줄 필요는 없어요.

"아닙니다. 정말 보기 좋은데."

사실 몸매로만 따지면 헤븐힐, 아니 미령이 더 좋긴 하다. 마르긴 했지만, 굴곡이 뚜렷한 데다 키도 큰 편이라서 모델처럼 보였다.

하지만 가온은 마른 여자보다는 살집이 좀 있는 여자가 더 좋았다.

—가온 씨는 정말 나 같은 몸매가 좋아요?

예지몽으로
히든랭커

그렇게 물어보는 매디의 목소리에는 숨길 수 없는 떨림이 느껴졌다.

'자신감이 부족한가?'

문득 그런 생각이 들어 안타깝다는 생각이 들었다. 매디는 누가 봐도 충분히 매력적인 미모를 가지고 있었다.

"당연하지요. 사실 여자들은 남자들이 마르고 굴곡이 뚜렷한 몸매를 좋아한다고 생각하지만 정말 그런 남자는 극히 일부에 불과합니다. 안았는데 뼈만 느껴진다면 누가 좋아하겠습니까? 물론 내적인 매력은 차치하고요."

말은 안 했지만 가온은 처음 봤을 때부터 매디에게 끌렸다. 그의 이상형은 지적이고 예쁘며 분위기가 있는 여자였다. 몸매는 남들 눈에 이상하게 보이지만 않으면 된다는 주의였다.

-호호호. 그 말을 들으니 좀 안심이 되네요.

웃음소리가 왠지 청량하게 들렸다.

"어떻게, 얘기는 해 봤습니까?"

헤븐힐 이야기였다.

-네. 그런데 생각보다 훨씬 더 온 대장님을 좋아하는 것 같아요.

그 얘기를 들으니 마음이 착잡했다.

'어떻게 해야 할까?'

호감이 없는 건 아니지만 매디만큼 끌리지 않는 헤븐힐의 연정을 과연 받아들여야 하는 걸까?

-그래도 현실은 명확하게 인지하고 있으니 시간이 해결해 주지 않을까 싶어요. 무엇보다 온 대장님의 의사가 중요하고요.

　지금 헤븐힐의 마음은 일방적인 것이니 맞는 말이다.

　-기회를 봐서 온 대장님과 언니 얘기를 나누어야 할 것 같아요. 더 시간을 끌다가 언니의 마음대로 되지 않으면 언니는 마음의 상처를 입을 것이고, 결국 온 클랜에도 좋지 않은 결과로 이어질 것 같아요. 전 온 클랜원이라는 사실이 너무 좋아요.

　단호하기보다는 우유부단한 면이 많은 가온으로서는 피하고 싶은 일이지만, 매디의 말대로 그냥 방치한다면 큰일로 비화될 수 있었다.

　"난 매디 씨 생각이 맞는다고 생각해요. 남의 인생에 감 놔라 배 놔라 하는 건 안 될 일이지만, 그동안의 정을 생각하면 마냥 지켜보는 건 옳지 않다고 생각해요."

　-제 생각에도 그래요. 언니가 다치더라도 일찍 마무리가 되어야 할 일인 것 같아요.

　일단 매디의 의견을 지지했지만 막상 헤븐힐이 고백이라도 하면 어떻게 해야 할지 아직도 모르겠다.

　-그런데 오늘은 뭐 하세요?

　볼코트 스승이 잠시 외출을 해서 며칠 여유가 있다고 했던 가온의 말을 기억하는 매디가 물었다.

　매디의 물음에 가온은 아주 잠깐 고민을 했다.

　'만나자고 할까?'

눈빛을 교환한 것뿐이지만 자신에 대한 호감을 여실하게 드러낸 매디이니 거부하지 않을 것이다. 마침 휴식기이니 말이다.

하지만 가온은 그러지 않기로 했다. 일단 헤븐힐에 대한 일부터 정리를 한 후 매디를 대하는 것이 낫다고 생각한 것이다.

"전 오늘 친구들과 약속이 있어서 나가 보려고요."

―그렇구나. 생각해 보니 어나더 문두스를 시작한 이후, 전 친구도 거의 만나지 않고 살았네요.

매디만 그런 것이 아닐 것이다. 사회가 연이은 전염병 사태로 인해서 자연스럽게 비대면으로 바뀌면서 깊은 관계보다는 얕은 관계를 선호하는 식으로 변화했기에, 게임에 깊이 빠지니 굳이 누굴 만날 생각을 하지 못하는 것이 보통일 것이다.

그래서 활동적인 성격이 아닌 사람은 외로움을 느낄 수밖에 없었다.

사회학자들이 현 시대를 고독 사회라고 부르는 것도 그 때문이다.

"안 그래도 어렵게 약속을 잡았습니다. 다들 어나더 문두스를 하느라고 연락조차 잘 안 되더라고요."

기온은 매디의 마음을 짐작하면서도 그렇게 말할 수밖에 없었다.

─그렇기는 해요. 저도 오랜만에 친구들에게 연락을 해 볼까 해요. 곧 다시 힘든 수련에 들어갈 테니 술 많이 드시지 마세요.

"명심할게요."

술을 많이 마실까 봐 걱정을 해 주는 매디의 말이 왠지 기분 좋게 만들었다.

부모님 말고 자신을 신경 써 주는 사람이 더 있다는 것 때문에 그런 걸까?

오랜만에 만난 친구들과의 자리는 즐거웠다.

다들 휴학 중이었고 같은 게임을 즐기고 있었기 때문에 함께 플레이를 하지 못함에도 통하는 것이 있었던 것이다.

성현이의 경우에는 입대까지 미루고 어나더 문두스를 플레이하고 있을 정도로 게임에 푹 빠져 있었다. 친구들끼리 길드를 만들어서 함께 사냥을 하고 레벨업과 보상을 얻는 재미가 컸다.

그 때문에 사기를 치려고 했던 장호 일당에 대한 뒷얘기는 들을 수 없었지만 그래도 같은 화제를 공유할 수 있었고, 플레이어들의 사정을 알 수 있어서 가온에게는 좋은 시간이었다.

초랭커들은 어느새 100레벨을 넘긴 상태였고, 하이랭커들도 80레벨 이상까지 성장해서 검광을 발현할 수 있게 되어 트롤까지 사냥할 정도로 실력이 높아졌다.

친구들의 애기를 들은 가온은 헤븐힐 일행이 생각보다 레벨이 아주 높다는 사실을 알 수 있었다. 얼마 전에 확인했을 때의 레벨이 셋 모두 90대 초반이었다.

초랭커 중 몇 명이 게임튜브를 통해서 존재감을 널리 알리기 시작했고, 하이랭커 중 상당수도 게임튜브와 방송을 통해서 사냥하는 모습과 공략 방법을 공개하면서 대중에게 얼굴을 알리며 기존의 연예인 대열에 끼어들었다.

심지어 하이랭커 중 일부는 광고까지 출연하면서 인기를 끌기 시작했고 엄청난 돈을 벌어들이고 있었다.

세계적으로 동접자만 무려 5억에 달할 정도로 성장한 어나더 문두스는 기존의 가상현실 게임과 달리 현실과 연동되는 화폐 시스템을 확보했기 때문에 이제 완전히 새로운 산업으로 자리매김을 한 상태였다.

무엇보다 어나더 문두스가 수많은 사람들에게 인기를 끄는 것은 비록 레벨업 속도는 극악에 가까울 정도로 느리지만, 꾸준히 사냥을 하면 어지간한 중소기업을 다니는 직장인에 비해 약간 못 미치는 돈을 벌 수 있다는 사실이다.

어나더 문두스 덕분에 높은 실업률에도 불구하고 현실의 경제가 활황이라는 경제 보고서가 나올 정도이니 인기를 끌지 않을 수 없었다.

만나서 개인적인 얘기는 거의 하지 못하고 어나더 문두스 얘기만 했지만 그래도 오랜만에 친구들을 만난 가온에게는 즐거운 시간이었다.

　가온은 늘 긴장을 해야 했던 탄 대륙과 달리 지금은 모든 긴장을 내려놓고 편안하게 술자리를 즐겼다.

다음 권으로 이어집니다

예지몽으로
히든랭커